갈밭을
헤맨
고양이들

제1권

박주원 장편소설

갈밭을
헤맨
고양이들

제1권

비극의 잉태

bookin

차

례

제 1 권   비 극 의   잉 태

제1권

비극의 잉태

나는 그때 하늘 가운데 있었다. 구름 무리는 어느새 끝없이 활짝 핀 갈밭으로 바뀌어 있었고, 비몽사몽인 듯싶은데 야아옹, 야아아 웅웅웅… 떼로 몰려 달려와 가슴을 치며 안기는 고양이 때문에 문득 눈을 떴다. 이게 무슨 징조인가. 고양이들의 남루한 꼬락서니를 되새겨볼 틈도 없이 덜컥, 착지로 인한 비행기의 요동도 그 순간 일어났다.

비행기가 드디어 공항에 안착했다. 긴 활주로 위를 미끄러지듯 굴러가는 바퀴의 흐름을 전신으로 받아들이는 동안 가슴의 동계動悸가 사뭇 쿵쾅거리며 고조되기 시작했다. 마음대로 안 되는 것이 인생인데, 나이 든 어른들은 그랬다. 나는 거기다 어떤 희생을 감수하더라도 꼭 지켜야 된다고 고집할 수 있는 가치는 과연 몇 가지나 될까 덧붙이고 싶다. 남눈에는 하찮게 보일지라도 당사자에게는 엄청 큰 무게이고, 고통이었을 삶의 멍에를 지고 허위단심 헤쳐나온 사람들, 특히 그 시절의 여인들….

나, 수연은 귀국전시회가 끝나고 나면 최호남 이모가 설립한 '자매유아원'의 원장이 될 것이다. 취임하면 첫 번째 내가 할 일은 '자매유아원'

이름부터 '이모유아원'으로 개명할 것이다. 설립의 근간이 된 선배들의 거룩한 사업에 대한 후배의 친숙하고 뜻깊은 현창이라 할 수도 있다. 그리고 방대한 터전을 거느리고 이모유아원이 설립되기까지의 내력을 구전이나 기록 등을 참고해서 밝혀볼 참이다.

내가 운영하게 될 유아원을 처음 둘러보면서 내가 느낀 감상은 묘했다. 내가 명색이 화가라는 직함을 갖게 된 것도, 한쪽 팔이 짧은 선천성 기형의 장애를 조금의 불구감조차 못 느끼게 길러진 것도, 모국어도 핏줄도 까맣게 모르는 입양아가 되지 않은 것도 다 이모들 덕분임을 알기 때문이다.

내가 태어났을 그때만 해도 그루터기 사납게 버티고 있던 남존여비에 저항하며 일생을 바치다시피 해온 나의 이모들. 특히 '최강양지'라는 다른 이름을 고집하며 살았던 최쾌남 여섯째 이모는 '고아수출국'이라는 국가적인 오명을 덧칠하지 않기 위해 작은 실천(이모 본인의 표현)으로나마 나를 지켜주었다. 그 과정에서 개인적으로 많은 것을 희생한 이모에 대한 나의 안타까움과 존경심은 한층 배가 된다.

고구마 줄기를 잡아당기면 주렁주렁 달린 고구마가 딸려 나오듯 쾌남 이모를 비롯하여 그 주변 신구新舊 여성들의 한 많은 인생은 그야말로 비참했다. 그중 한 예를 들자면 이모 자매들 이름에는 모두 사내 남男 자가 들어 있다. 많은 남손을 필요로 한 고조할아버지의 엄명이었다. 그러나 줄줄이 열 명이나 이모만 태어났다. 개화기의 밝은 빛 속에서도 백골수 마냥 더욱 강건하게 버텨온 남존여비 사상의 여파 때문이었다. 인습과 무지로 박해받은 여성들의 자기정체성을 향한 줄기찬 노력은 여성들 스스로도 회의적일 정도로 무지했다. 하지만 소위 '여성 상위 시대'라는 속어가 만들어질 정도의 변화에 이르도록 그들은 끈질긴 신음을 토해내며 가파른 길을 달렸다. 좁은 가족사로나마 20세기 어우름의 격랑 속에 서 있던 여성들의 잔혹사를 조명해보는 데 의의를 둔다. 기형의 불구인 나 도 활짝 핀 문명시대의 빛을 보면서 살 수 있는 오늘의 터전은 그들 이모 들이 영육을 태워서 만든 옥토이므로 이에 대한 사명감까지 더해진다.

나를 통해서 헌신하고 싶은 여인들의 환영이 아우성치듯이 줄을 서 있다. 대방마님에 의해 도륙 당하듯이 자취를 감춘 삼월 할머니를 비롯 하여 언양 할머니, 고모할머니, 큰이모 성남과 피어보지 못한 꽃봉오리 마냥 사라져간 나의 엄마 최정남, 그들의 핏빛으로 얼룩진 흔적….

나 수연이 굳이 여섯째 이모 '최쾌남'의 궤적을 핍박 받은 여인들의 선 두에 두고 따르는 것은 나를 지켜준 은인이기도 하지만 버려진 아이들 의 요람인 유아원 설립을 죽어가는 순간까지 간절히 염원하여 자금원인 여덟 번째 '호남 이모'의 뜻을 움직였던 장본인이었음에 바탕을 둔 이유 가 크다.

호남 이모가 보낸 승용차에 오르면서 또 그 생각이 들었다. 할아버지 는 아직도 그 언덕에 앉아 자매유아원을 내려다보고 계실까. 자매유아 원에 대한 그분의 감상 또한 남다르게 아프고 복잡한 역사일 것은 분명 하다. 백세 가까운 할아버지가 하필 그 자리에 앉아 있는 모습은 마치 누군가가 의도적으로 설치해놓은 조형물처럼 보여서 더욱 아이러니다. 검버섯이 숭숭 뒤덮인 얼굴은 볕에 노출되어 지내는 하루 일과를 증명 하듯 거칠고 꺼먼 주름으로 뒤엉켜 있는데, 상처난 자국으로 진액이 흘 러내리는 오래된 참나무나 소나무들을 떠올리게 되곤 했다. 그러나 맛 난 간식을 핥기 위해 눈 주위로 빙빙 꼬이는 파리를 쫓느라 파리채처럼 간간이 손을 휘두를 때면 아직도 자신이 살아 있음을 증명하는 당찬 거수를 보여주는 것 같아 당황스럽기 그지없었다.

늘 거기 앉아 있는 할아버지를 만나러 몇 번 언덕을 올라간 적이 있다. 이모들이 애쓰지 않았다면 '양자'라는 허울 좋은 이름으로 모래알처럼 흩어진 세계 각처에서 외롭고 불쌍하게 야윈 영혼을 끌어안고 전전긍긍 살아갈지도 모르는 아이들이 보육원 뜰에서 뛰놀고 있는 모양을 내려다보는 할아버지의 심중에 대한 감상이 궁금했던 것이다. 하지만 내가 자신을 향해 올라가는 것을 본 할아버지가 변명의 기회도 거부한 채 먼저 자리를 떠버리는 바람에 애석하게도 그런 기회는 단 한번도 잡히지 않았다. 유난히 파리가 꾀어들던 눈물샘은 아직도 마르지 않은 채 늙은 눈시울을 꾀죄죄하게 적시고 있을까. 그 눈물에 담긴 어떤 맛에 대해 파리가 내리는 정의는 무엇이 될까.

* * *

30여 년 전 가을 어느 날, 나의 이모 최쾌남(최강양지)은 독신을 부르짖는 여성들의 단체인 '우먼파워'의 간사 자격으로 어떤 연회에 참석했다.

"최강양지, 어서 이리 좀 와봐!"

회원 중 누군가가 빨리 달려올 것을 조급하게 외치며 손짓하고 있었지만 양지는 이미 제 생각의 혼란으로 옆 사람의 뜻에 응할 여유가 없었다.

'내 가족이 먹을 음식이나 옷을 짓는 일만 하니 여자들의 의식은 솔고 작을 수밖에 없다. 모성과 대비되는 대지의 품성을 활용한다면 여자는 능히 하늘과 땅을 거느리고 다스릴 수도 있다. 그런데 여자들 스스로 제

굴레를 떨치는 과감성에 소극적이다. 그저 제 품안의 것만 깔다듬고 지키는 것에 연연하고 있어 안타깝다. 남성 못지않은 여성의 사회성과 능력을 확보하기 위해 우리는 모였다. 나는 우먼파워의 회원이다. 그런데 지금 나까지 이런 감정의 동요를 느끼다니. 내가 왜 이러나. 여자는 요물이라더니, 나도 지금 그 복잡다단한 요물의 본색을 드러내는 건가?'

양지는 당황해서 벌렁거리는 가슴을 누르다가 달아오른 얼굴이 친구에게 들킬까봐 두 손으로 얼굴을 쓱쓱 문질렀다. 자신도 살아 있는 가슴을 가진 여자, 처녀라는 정체성이 다시 한번 확인되는 순간이었다. 우둔우둔…. 그녀는 좀처럼 진정되지 않는 가슴을 누르며 호흡을 크게 조절했다. 눈까지 깊이 감아 보았지만 혼란은 수습되지 않았다. '이건 모순이야. 이런 모순이 내 속에 숨어 있었다니.' 당황스럽기 짝이 없는 자신을 나무라며 양지는 물끄러미 거울 속을 들여다본다. 키 157센티미터의 바싹 마른 여자. 주근깨만으로도 춥고 외로워보이는 작은 얼굴. 딴에는 제법 성장을 했으나 거리의 악사처럼 어설퍼보이는 맵시. 여자의 열등감 어린 시선이 거울 밖의 양지를 훑는다. 내게도 순화처럼 저렇게 아름다운 날은 있을까. 어색해하는 양지에게 거울 속의 여자가 흥분된 가슴을 누른 채 말한다. 인생은 살아 있는 자들에게 보이는 예, 라고 누군가는 말했지. 그래 삶은 살아 있는 동작의 연속일 따름이야. 내게도 현태가 있어. 그렇지만 오지 않아야 할 자리였어. 이건 배신이야.

깃 푸른 젊음을 휘날리며 맹세했던 약속도 무시하고 '우먼파워'는 이제 와해 직전이다. 겉 다르고 속 다른 이중인격을 가진 계집애들. 도저히 믿어지지 않는 상황이다. 하긴 늙은이 어서 죽고 싶다는 말이나 처녀 시집 안 간다는 말은 옛날부터 낙인 받은 거짓말이랬다. 하나 둘, 회원들의 변신을 목격할 때면 너무나도 표리부동한 그들의 언사에 역겨움이 솟았다. 행복해하는 순화를 변절자를 성토하는 눈초리로 노려보고 있던 '우먼파워'의 회원 몇은 감당할 수 없는 자괴감을 숨기느라 벌써 자리를 뜨고 없다. 양지도 가만히 저 여자 김순화의 속옷을 비집고 목욕탕에서 본 맨살의 지체를 비교해본다. 여자로서의 신체구조 어느 것 하나 다른 것은 없다. 목이 탔다. 가슴이 울렁거렸다. 배신자. 그러니까 '여자가 뭐 별 수 없지' 하고 업신여김이나 당하지. 많이 화가 난 회원 몇은 아예 참석하지도 않았다. 속 좁은 여자들이란 소리 안 들으려면 참석은 해야지. 아주 태연하게 당당하게 대처할 필요는 있어. 양지는 메마르고 강단 있는 음성으로 주장했었다. 그러나 굳세고 단단하다 확신해 마지않던 마음은 어이없이 흔들리고 있었다. 저 여자 김순화가 갖고 있는 것, 어느 한 가지 빠짐없이 나도 갖추고 있건만….

마른 입술에다 자꾸 침을 바른다. 몸의 아주 깊은 곳에서 둔중한 아픔이 인다. 도저히 현실인 것 같지를 않은 저 상황. 게울 것 같은 이 부러움. 남부러울 것 없는 자리에서 투쟁보다는 사랑하며 화목하게 사는 것은 사람들 모두의 로망이다. 이 목마른 비명과 몸부림도 사실 그런 최상의 환경을 희구하는 노력 아닌가. 조건반사의 타진인 양 문득 현태, 병훈의 면면이 떠올랐다. 하지만 그럴 때마다 더 강하게 도드라져서 그들을 비질해버리는 아버지의 환영. 울컥 구토가 치밀었다. 머릿속이 혼란했다. 또 게울 것 같은 메슥거림이 전신의 피부를 거칠게 수축시켰다.

다감하게 파티는 무르익어갔다.

아름다운 꽃묶음으로 둘러싼 듯이 좌중을 지배하고 있는, 그것만으로도 충분히 환상적인 불빛, 잔에 어린 여러 색 칵테일의 은은한 향취, 화사한 모습의 사람들이 띄워올리는 생동감 넘치는 폭소. 외롭고 성가신 홀아비 생활을 자처하고 나선 주인공 순화의 남편, 아내의 빠른 귀국을 기원해달라며 쨍쨍 잔을 부딪는 멋진 저 남자, 아무도 그를 차고 있는 남성의 상징을 떼버리라고 흉보는 사람은 없다.

"요새 젊은것들은 사람도 아냐. 에미가 돼 갖고 저 어린것들을 어떻게 떼놓고 간단 말이야. 공부 그게 대체 뭔데."

손수건으로 눈물을 찍어내는 할머니를 동생인 듯한 중년 부인이 달래며 들어서다가 양지네를 발견하고는 주춤하며 입을 다물더니 재빨리 테라스로 통하는 옆문을 열고 사라져버렸다.

"저 사람들 분명히 순화네 시집식구들이지? 저러니까 결혼을 여자들의 무덤이라 하지. 도대체가 며느리 잘되는 꼴을 못 봐요."

"저게 잘되는 거냐. 우리를 몇 번이나 배신해도?"

아까부터 계속되는 난희와 정아의 입씨름이다.

"너도 사실 부럽기는 한가본데 뭐."

"내가?"

"그럼 왜 아까부터 자꾸 화장실은 들락거리는 거야?"

"얘도 우리 몽골이 낑낑대는 것 보면서 그러니. 저 모습 보니까 얘도 속이 뒤틀린 거야. 쟤 보니까 정말 시집가고 싶어 미치겠는 거 있지."

눈가에 번진 아이섀도를 정리하다 말고 몽골의 등에다 볼을 비비며 정아가 히죽 웃어보였다.

"넌 네 아들 몽골과 같이 있으면 된다고 큰소리쳤던 앤데?"

그렇게 정아를 핀잔했지만 제 마음까지 들킨 것 같아 양지는 얼른 비어 있는 화장실 안으로 몸을 숨겼다. 심통을 숨기지 못한 난희의 음성이 계속 들려왔다.

"동호 그 자식도 쟤 남편 같다면 얼마나 좋아. 젠장, 결혼을 얼마간 살아보고 할 수도 없고…."

양지는 회원명단에서 또 하나의 이름이 지워질 것을 예감한다. 배신이 아니라 저건 몽골이라는 개 한 마리를 향한 억지스러운 사랑으로는 채울 수 없는 감정의 자연스러운 흐름이다. 저 홀 안의 광경은 얼마나 아름다운가. 아무리 독신의 철벽을 쌓고 있는 골수 독신주의자라도 한 번은 변심을 품게 할 수 있는 충분히 생산적인 상호보완 관계의 현장 아닌가. 아아. 양지는 머리를 흔들며 머리카락 속으로 깊이 손가락을 집어넣었다.

"야, 이러다가 우리 우먼파워 회원들 한 사람도 안 남는 거 아냐? 독신계가 아니라 아줌마계가 되고 말겠다얘."

정아는 다시 두렵고 부러운 듯이 소곤거렸다. 양지는 공연히 수도꼭지를 지긋하게 눌러 물소리를 냈다. 정아의 목소리는 차단되었다.

참석했던 회원들은 아까부터 두렵고 부러운 듯이 소곤거렸다. 번역을 하는 정아로부터 디자이너, 화가, 대학 강사, 미용실을 경영하는 은아, 피부관리사, 속셈웅변학원 강사, 모 국회의원의 스피치라이터도 있는가 하면 보일러공장 간부인 양지 자신도 있다. 능력 있고 똑똑하다고 자타가 공인하는 엘리트 선후배들. 하지만 남들은 곱지 않은 시선으로 머리만 끓어넘친 처녀애들이라 비아냥거린다. 타인처럼 차갑고 몰인정한 인심도 없다. '우먼파워' 그들이 왜 억지로 그런 모임을 결성하고 독신의 길을 선택했는지 이해하지 않는다. 거저, 국으로 가만있으면 여자로서 누릴 것 다 누릴 수 있는 환경이면서 아스팔트 길 등지고 구태여 사막 길을 고집하는 성격이상자 취급을 한다. 차고 맵고 단단하게 변한 저들의 감정이 어떤 요인의 결정으로 이루어져 있는지 이해해주려는 노력은 어머니나 여형제들조차 하지 않는다.

조금 볼일을 본 것도 같았다. 무심코, 사용한 화장지로 시선을 보냈던 양지는 당황해서 손을 멈추었다. 색깔이 달랐다. 지독한 불순이었다. 꽃도 꽃나름이지, 고목에 핀 꽃은 열매도 못 맺어. 언젠가 예고 없이 맞았던 이런 불순 때 생리대 대용으로 쓸 거즈를 넘겨주면서 추 여사가 하던 핀잔이 떠올랐다. 양지는 얼른 눈길을 돌려버렸다.

"쟤 속에 그런 구미호가 숨어 있을 줄 누가 짐작이나 했었나. 자존심 상해서 비법을 전수해달라 할 수도 없고."

정아의 여전한 툴툴거림에 이어 화한 담배연기가 흘러들어왔다. 진다홍 매니큐어 사이에서 떨리고 있을 담배. '상대의 마음에 흡수되기를 잘한 거지, 우린. 심리적인 그 점만 성공한다면 사는 데 별로 어려움은 없다고 봐.' 파티가 시작되기 전에 어쩌면 연년생 어린것들도 떼어놓고 유학 갈 허락을 얻어냈느냐고, 도저히 있을 수 없는 기적을 목격한 것처럼 신기해하는 친구들에게 저 배신의 소프라노 김순화는 뻔뻔스럽게 남편 자랑을 했다. 흡수? 흡수라고? 경험한 바지만 자존심이라는 감정의 뻣뻣한 저울대가 부러지지 않는 한 남자라는 이름의 상대와는 차 한 잔을 다정하게 마시기도 어렵다며 콧대를 세우던 여자의 입에서 나온 말에 모두 코웃음을 날렸다. 남자라는 그 단순하고 폭압적이고 독선적인 동물. 회원들은 진저리치는 시늉까지 곁들였다.

물이 빠진 변기에 다시 채워지는 물소리가 들렸다. 양지는 생각을 앗기고 멍하니 그 소리를 들었다. 누가 우스개라도 했는지 폭죽 같은 웃음

소리가 다시 연회장에서 날아왔다. 뒤이은 정아의 목소리가 문 밖에서 들렸다.

"얘, 너 먼저 시집가라, 넌 남자도 둘씩이나 있잖아. 현태는 죽자사자 널 따라다니고 사장아들은 생활도 윤택할 거고, 예술하는 남자 멋있지 않니? 이 떡 저 떡 양손에 들고 주무르면서 회원들 눈치 볼 것 없어. 입에 딱 맞는 떡 없어서 튕겨보는 거 어차피 마찬가지 아냐? 현태 그 사람은 네가 꼭 거둬야 될 사람이야. 자칭 네 영혼에 낚인 남자 아냐? 남자의 정복과 소유욕에 반항하는 건 네 자존심이나 오기가 만들어낸 편견과 오해일 수도 있거든. 내숭 잘 부리는 내 번역물 속 주인공 여자가 딱 너란 말이야."

최강양지에게 혼이 낚인 남자. 박현태를 정아는 그렇게 표현한다. 어쩌면 제 삼자의 판단이 맞을 것이다. 양지도 현태의 그 고백을 인정하며 또 군이 그가 싫은 것도 아니다. 추 여사가 은근히 밀어붙이는 병훈의 존재도 그렇다. 그렇다면 적당한 기회가 올 때까지 저울질을 하는 것인가? 양지는 군이 정아의 이죽거림을 부인하지 않고 듣고만 있었다. 다시 라이터를 켜는 소리가 났다. 남자, 둘씩이나. 양지는 정아의 말을 건조한 입술로 되뇌어보았다. 잦아들 듯 어깨가 처져내리는 것을 느꼈다. 의식의 내부에서 이명처럼 흘러오는 어떤 목소리. '입양하겠다는 양부모 자리 났을 때 그만 승낙하세요. 여러 해 위탁모 노릇을 했지만 몸 이상하게 생긴 아이를 데리고 가겠다는 사람은 흔치 않아요. 아, 바로 말해서 언내 데린 처녀와 결혼할 총각 우리나라에는 없고요. 아무리 이해심이 많다 해도 남이 내 입장 다 이해해줄 거라고 믿는 것부터 오산이라고요.' 양지는 다시 손을 돌려 물 내림 꼭지를 눌렀다. 난 너하고는 달라. 양지는 무엇이 어떻게 왜 다른지 정아가 다그친다면 설명해야 한다. 난감했다. 그러나 꼭 그래야 한다는 생각에는 변함이 없다.

"야, 어서 나와. 순화 재 부부 둘이서 안고 키스하고 아이들은 손뼉 치고, 저봐. 난리났다. 어서 와, 나 먼저 가 있을게."

문을 열자 발 앞으로 툭 떨어진 꽁초가 연기를 달고 굴러들었다. 꽁초를 주워들고 양지는 다시 화장실로 들어가 기대섰다. 어깨가 너무 무거웠다. 기체처럼 흔적없이 어디론가 잦아들어 버리고 싶었다. 저 친구처럼 나는 왜 솔직해지지 못하는가. 인생이 수학처럼 공식을 세우고 푸는 일이라면 남 못지않을 자신이 있었다. 그러나 그녀는 자신의 선택에 확신이 가지 않았다. 스케치 여행을 떠나기 전에 저녁이나 같이하자는 병훈의 전화가 왔을 때 그녀는 참 묘한 설렘을 느꼈다. 사실 얼마나 만들고 싶던 기회였던가. 그러나 막상 그쪽에서 제의하는 자리인데도 그녀는 선약을 핑계로 사양했다. 예외없이 앞을 가리는 선명하지 못한 색채. 조건이 좋은 남자의 손길에 이끌려 밥을 같이 먹고 차를 마시고, 드디어는 그와 한방을 쓰게 되고, 자식을 낳아 기르고 결국 노파가 되고…. 말대로 그렇게 살면 일생은 평범하게 마무리될 것이다. 그러나 인생길은 하나뿐 여분이 없다. 한 길을 선택하는 순간 다른 길은 접어 버려야 한다. 호적장부에 누구누구와 짝을 이룬, 그 하나의 흔적, 고작 그 하나의 흔적을 남기기 위해…. 그녀가 아는 생의 과정은 너무나 첩첩하고 고통스럽다. 남들 다하는 그 아프고 허탈한 소모전으로 이 귀한 인생을 탕진할 수는 없다. 그녀는 과감하게 고개를 외로 돌렸었다.

또 찬란하게 터져오르는 파티장의 화사하고 충만한 웃음소리를 그녀는 조마스러운 심정으로 들었다.

"이제 이거 네가 보관할 차례야."

파티장을 나왔을 때 양지는 정아에게 사물함의 열쇠를 넘겨주었다. '우먼파워'의 비밀상자를 보관해놓은 데였다.

"이거 내가 가져가면 뭐하니. 보나마나 우리 모임도 날 샌 것 같은데."

"누가 그래 날 샜다고!"

"큰소리치는 너부터 조짐 심상찮은 거 모를 줄 알고?"

정아가 일침을 가했지만 되받아쳤다. 나는 아니야. 양지는 속으로 뇌까렸지만 이제 조직의 모든 내부는 흐트러졌는데 텅 빈 껍데기만 움켜쥐고 앙앙대는 꼴 더 보이기 싫어 열쇠를 넘겨주는 심정도 사실은 허탈했다. 정아도 금속의 조밀한 요철을 손가락 끝으로 잠시 만져본 뒤 가방 깊숙한 곳의 작은 지퍼를 열고 열쇠를 집어넣었다.

수연의 보육비를 지불해야 되는 날이지만 양지는 곧바로 자취방으로 향했다. 시간이 늦은 탓도 있지만 아무도 만나고 싶은 기분이 아니었다. 아이를 남편에게 맡겨놓고 걱정없이 유학을 떠나는 친구를, 홀아비 생활도 외롭고 성가실 텐데 육아와 가사까지, 더구나 학위가 끝날 때까지 아내의 용돈까지 보내야 하는데도 마냥 허허거리던 도저히 믿어지지 않던 순화 남편의 행동만이 뇌리에서 맴돌았다. 추 여사의 전화도 묵살했다. 겉으로는 반찬 가져가라는 채근이지만 실상은 병훈과의 관계를 다잡으라는 부추김일 게 분명했다. 그것을 미리알고 견제하듯이 잇달아서 전화를 한 현태는 놀랍게도 정남이 딸 수연의 양육비 전달을 확인했다. 그리고는 덧붙여서 지나가는 말처럼 고향에서 어머니가 오시겠단다는 말도 전했다. 선을 보러, 네가 점찍었다니 괜찮은 며느릿감인지 확인을 하겠단다는 것이다. 양지는 화를 내면서 전화를 끊었다. 용납할 수밖에 없는 순서인 것을 모르지는 않았다. 그렇지만 그녀는 현태의 어머니라는 거목 아래 작은 나무처럼 초라하게 서 있어야 하는 자신의 위치가 인사치레지만 답답해서 싫었다. 비교되고 또 남을 의식하면서 자신을 낮추어야 한다는 것도 번거롭고 원하지 않는 짓이었다. 다 귀찮다는 생각이 간절했다. 홀홀 옷을 벗어던지고 이불 속에 깊이 묻히고 싶은 생각밖에 없었다.

언덕길 아래까지 왔을 때 느닷없이 간밤에 꾸었던 뒤숭숭한 꿈이 새삼스럽게 밟혔다. 참으로 오랜만에 언니가 보였다. 반갑다기보다 이게 무슨 조짐인가 덜컥 경계심부터 일었다. '명자 언니가 대만여행을 다녀왔다니까 내 언니도 살았었다면, 하는 비감의 골을 타고 언니가 보였을 거야.' 그렇게 생각을 고쳐먹고 출근하여 회사 일을 보는 동안 스산했던 꿈에 대한 기억들은 자연스럽게 잊혔다. 영험 있는 해몽가들은 흉조이든 길조이든 해 저물기 전에 꿈의 징후를 경험한다고 하지만 양지는 피곤하니까 그저 헛꿈을 꾼 것이라고 무시해버리기로 했던 것이다. 하지만 다시 새벽의 기분이 문득 떠오르는 것을 보면 무시한다는 것은 의식적으로 깊이 박혀 있는 꿈에 대한 불길한 예감을 걷어내기 위한 생각 지우기였던지도 몰랐다. 그러나 되짚어보면 그렇게 일진이 잘못 풀린 날은 아니었다. 환송파티에서 보았던 친구 남편의 파격적인 모습. 현태나 병훈의 전화. 잘 골라잡아야 하는 부담은 있지만 자신은 선택의 열쇠를 들고 있는 것이다. 망설이고 있을 뿐 내게도 기회는 있어. 정아 앞에서 시치미를 떼느라 아슬아슬했던 순간은 있었지만 복잡한 가운데서도 양지의 속마음은 마냥 고무되어 있었다. 우먼파워의 열쇠를 넘겨준 것도 어깨를 짓누르던 짐을 벗은 듯이 홀가분했다.

오늘은 무엇을 좀 살까. 새로 수리해서 문을 연 가게 앞에서 양지는 발을 멈추며 저쪽 구석의 대야 앞에 웅크리고 앉아 있는 여자에게로 눈길을 주었다. 물간 생선을 타박하는 동네 여자들과 이게 어디 상했느냐고 억지를 쓰던 여자를 양지는 지나치는 길에 여러 번 목격했다. 너희는 어떻게 돈 가지고 장 보러 오는 복을 누리고 사느냐고 오기 찬 음성으로 쏘아댈 때는 그래도 그녀가 키우고 있는 어떤 희망을 읽을 수 있었다. 그러나 새로 수리한 점포에다 이름만 '제일슈퍼'라고 갈아단 가게의 새 주인으로 그녀가 다시 주저앉아 있는 것을 보았을 때의 측은함이란…. 정분나서 집 나갔던 남편은 끝내 건강마저 해쳐서 먼 데 사람이 되어버렸고, 버릴 수 없이 매달린 철없는 아이들, 그리고 크고 작은 삶의 복잡한 부제들. 양지는 늘 그 여자에게서 어머니를 보았다. 자신의 의지와는 상관없이 벌어지는 어이없는 상황이지만 결코 허물어지지 않는 여인. 양지는 고향에 있는 어머니의 안부를 확인하듯 비록 자그마한 품목일지언정 되도록 이 가게에서 물건을 샀다. 부지런한 것은 복이 되지 않았다. 부지런하지 않으면 그나마의 생도 위협 받아야 하는 기약 없는 고단한 삶의 증표일 뿐. 마늘을 까거나 동부를 까거나 도라지를 헹구고 진열대의 먼지를 털면서 물에 젖은 여자의 통실한 손길은 잠시도 쉴 틈이 없었다. 저이는 일을 하면서 무슨 생각을 할까. 늘 궁금했었다. 복 많은 친구를 보고 오는 길이라서 그럴까. 오늘따라 가게여자의 그 둔하고 탁한 동작이 저 위에 있다는 행복의 세계, 그 위로 향하는 무거운 바위를 밀어올리느라 안간힘쓰는 불운의 시시포스처럼 답답해보였다.

습관된 손길이 허전하긴 했지만 과감하게라고도 말할 수 있는 동작으로 양지는 가게 앞을 벗어났다. 가게여자를 바라보고 있노라니 '흡수'의 비결을 체득하여 새처럼 멋지게 비상하는 동창을 보면서 그래 나도 한 번 시도해보자, 모처럼 끌어모았던 용기가 다시 와해되어버릴 것 같은 불길함이 일었다. 삶이란 이미 정해져 있는 운명의 길을 가는 것이라던 누군가의 말이 예감을 부채질하듯 떠올랐던 것이다.

양지는 천천히 걸으며 자신의 결심을 점검해본다. 부조금 봉투나 들고 다니는 전직 시골조합장의 가난한 장남인 것이 마음에 걸리긴 하지만 병훈보다는 아무래도 현태 쪽이 낯익고 인간적인 포용력도 나았다. 나이가 동갑인데도 보호자 행세를 톡톡히 하는 현태의 남존여비에서 비롯된 권위의식에 대한 거부감도 긍정적인 방향으로 이끌다보면 어느 정도 수정될 것이다. 그까짓 가난쯤이야 이골이 났고….

골목길로 몇 발자국 가볍게 옮겨가던 양지는 얼핏 걸음을 멈추었다. 집집에서 일구어내는 배음이 층층 깔려 있는 일상의 소릿결들 속에 파격적인 소란함이 끼어들었다. 와장창, 아그랑창창, 부딪치는 생활 집기와 유리창 깨어지는 소리와 분에 찬 고함소리는 옆골목 안에서 났다.

"그래, 이 쌍년아, 오늘이 니 제삿날인 줄 알아라!"

세상을 박살내고 말 것 같은 악에 받친 남자의 고함소리. 빠지면 안 되는 듀엣처럼 그에 지지 않는 앙칼진 여자의 음성.

"예끼, 순, 무식한 인간. 애비라 카는 기 새끼들 눈도 안 부끄럽나?"

"저 X할녀러 여편네가 보자보자 하니까 이제는 못 하는 소리가 없네."

"그래 X했다, 이놈아. X해서 자석새끼 셋 내질렀다. 세상이 어떤 세상이고, 여성상위시대다. 내가 언제꺼정 네놈한테 죽어지낼 줄 알았다나. 흥, 어림도 없다. 아나 콩콩 맛봐라. 돈을 벌모 니만 버나. 나도 돈 번다.

니랑 나랑 똑같이 돈 벌고 집안일까지 내가 다한다."

무엇인가가 다시 메다부치고 충돌하고 박살나는 소리와 비명, 비명. 그만 좀 하라고, 이웃에서 내지르는 역정어린 고함소리. 그러나 아랑곳 없이 싸움은 계속된다. 귀 기울이고 들어보면 비단 그쪽에서만 나는 소리는 아니다. 동서남북 고개를 돌리는 곳마다 유사한 투쟁의 소리는 비탈 동네의 어느 골목에서도 들을 수 있는 소리다.

양지는 새삼스러운 시선으로 올망졸망 고개숙이고 있는 언덕배기의 집들을 내려다보았다. 서울사람이 되고자 아직도 먼 마음의 서울사람을 지향하며 전국 방방곡곡에서 모여들어 살고 있는 시골 여자도 이제는 소박하고 순종적이지만은 않다. 남자가 있고 아버지란 말뚝을 정점으로 모여서 그들이 짓고 허물면서 내지르는 소리들. 불 밝혀진 창만을 먼빛으로 볼 때는 평화스러움이 느껴지지만 참고 참으면서 몽글려진 그들, 여자들의 팽창된 인내는 이제 점점 언제 터질 지 모르는 임계점에 이르렀다. 여성상위시대. 양지는 입술로 가만히 발음해본다. 오늘 처음 들은 소리는 아니다. 시골아낙네 호남이도 자주 쓰는 말이다. 어이구, 저걸, 저 철딱서니를 어쩌누. 걱정이 잦아든 근천스러운 어머니의 얼굴도 떠올랐다. 양지는 털어버리듯 그들의 환영을 밀어내며 울퉁불퉁 생흙이 드러난 언덕길을 오르기 시작했다. 좁지만 정겹던 옛날의 분위기를 앗아가고 들쑥날쑥 뚫리고 막히고 넓어졌다가 갑자기 좁아지기도 하면서 어수선한 개발바람을 타고 있는 언덕길. 갯바위에 붙어사는 따개비처럼 그 조악하고 힘든 환경 속에서도 사람들의 힘찬 근성은 끈질긴 저력으로 스스로의 나날을 만들며 가족이라는 이름으로 지지고 볶는다.

막다른 골목으로 가쁜가쁜 접어들 때였다. 생긴 지 얼마 안 되는 비디오가게의 문이 열리며 때마침 나오던 누군가가 반색을 하며 말을 걸었다.

"어머, 지금 오세요?"

듣기에 따라서는 사뭇 힐난조의 억양이다. 가게에서 쏟아지는 역광을 비켜서며 돌아보니 옆방 새댁이었다. 고약한 말투군. 결혼만 먼저 했다고 어른은 아닐 텐데. 불쾌함을 누르고 가볍게 목례를 했다. 또 얼마나 시시덕거리며 남까지 잠을 설치게 할는지. 새댁의 손에 들린 서너 개의 비디오테이프로 양지의 곱잖은 시선이 뻗어갔다. 새댁을 앞서 가거나 양보를 하거나 해야 될 지점에서 양지가 보폭을 고르는데,

"할아버지가 벌써부터 와서 기다리는데…."

새댁이 그랬다. 막 계단 위로 올려놓던 양지의 발이 굳었다. 누구에게 하는 말인가 여기는 순간 마치 둔기로 머리를 맞은 듯한 충격이 일었다. 곁에는 둘 말고 다른 아무도 없었다. 양지는 굳어진 자세대로 새댁의 다음 말을 들었다. 친절하게도 옆방 새댁이 덧붙였다.

"고향… 진주에서 오셨다던데요."

조잘조잘 새댁이 늘어놓는 인상착의. 안경을 꼈고 한쪽 눈이…. 양지는 어금니에 힘을 주면서 고개를 비틀었다. 깊이 모를 수렁으로 꺼져들어가느라 지금 자신의 몸뚱이가 지표 밑의 허공에서 디룽거리는 느낌이었다. 꿈에 나타난 언니, 언니는 결코 그저 보인 것이 아니었다. 왠지 불길함을 끼얹으며 티눈처럼 박혀 있던 의문이 생생하게 되살아났다. 언니는 무슨 말인가를 외치기는 했지만 양지가 알아들을 수는 없었다. 언니는 사슴이었다. 형상은 보이지 않는데 다급한 발자국 소리만 들렸다. 그게 언니라 했다. 죽음을 향해 산기슭을 치달려가던 그날처럼 마른 황토 위에서 타닥거리는 빠른 발자국 소리가 뇌리를 가득 채웠다. 쾌남아,

쾌남아. 피가 지듯 외치던 이름만이 애절한 여운이 되어 양지의 의식을 휘몰아쳤다. 쫓기는 언니를 무작정 따라 뛰었으나 거리는 조금도 좁혀지지 않았다. 애쓰며 허우적거리는데 땡, 땡, 땡, 아련한 소리가 뇌리의 뿌연 막을 뚫고 들어왔다. 눈을 떠보니 허무한 안개자락을 끌며 새벽이 창밖까지 번져 있었고, 희읍한 들창 아래서 청소차 지나가는 소리가 들렸었다.

마음의 지주 하나 꿋꿋하게 세우지 못했던 시절에는 밤마다 언니가 꿈에 보이기를 기대하며 잠자리에 들곤 했다. '너는 언니만 믿어.' 생전처럼 그런 말을 해서 용기를 북돋는 것도 아니었지만 언니를 꿈에서 본 날은 꼭 무슨 징조가 있었다. 집에서 어머니가 오거나 하다못해 주인댁에서 새옷을 사주어도 그냥 넘어가지를 않았다. 그러나 아르바이트하랴 학업을 계속하랴 바람개비처럼 휘돌다보니 꿈을 꾸는 것도, 언니가 보고 싶은 애틋함도 까마득히 잊어버렸다. 그리고 꿈에서 무엇을 느끼고 위안을 받는다기보다 현실적인 노력형이 되어 눈에 보이는 결과에만 집착하여 구체화시키 데 신경을 곤두세웠을 뿐이다.

양지는 허적허적 골목길을 되내려왔다. 다녀오세요. 아버지를 위한 무슨 용품이라도 사러가는 줄 아는지 인사를 남긴 새댁의 뜀박질이 콩콩콩 언덕 위의 층계로 멀어졌다.

양지는 가겟집 여자가 아직도 일하고 있는 부식가게를 지나 내처 걸음을 옮겼다. 가슴 밑바닥에서 무언가 치받아올라 목젖을 짓눌렀다. 아버지가 오셨으니 얼마나 좋겠어요? 저는 작년에 아버지가 하늘나라로 가셨지 뭐예요. 아버지 같은 남자 아니면 결혼 안 한다고 했는데…. 지금도 아버지가 내 이름을 부르며 찾아오실 것 같아요. 엄마가 시샘할 정도로 아버지랑 더 가까웠거든요. 결혼을 일찍 한 것도 다 이유가 있어요. 신랑이 아버지를 꼭 닮았거든요. 직업이나 학력 같은 건 아무것도 따지지 않았어요. 상대방의 기색은 눈치 못 채고 조잘조잘 늘어놓던 새댁의 음성이 귓전에서 앵앵거렸다.

양지는 기어코 하수도에다 고개를 꺾었다. 잘게 삭다만 음식물들이 시큼한 냄새를 풍기며 꾸역꾸역 넘어오다 목젖을 짓눌렀다.

2. 사슬의 중심에서

양지는 한동안 부엌문을 바라보며 움직이지 않고 서 있었다. 담 너머 골목의 먼 가등에서 건너온 옅은 불빛에 뒤틀린 경첩을 디룽디룽 매단 부엌문이 옴붙어 있는 것이 보인다. 이외에 다른 방법이 없을 줄 알면서도 깊이 팬 미간이 풀리지 않았다. 물리적이고 집요한 공략을 받아 마침내 함락 당하고만 성채, 상처입고 죽은 부하의 시체를 목격하는 것처럼 마음 상했다. 양지는 지그시 어금니를 물었다.

"그래 아빠야. 밤참 만들어올게. 기다리고 있어."

바글거리는 텔레비전 소리와 함께 옆방 문이 열리고 교태스러운 비음을 흘리며 새댁이 나온다. 양지는 얼른 부엌으로 몸을 감추었다. 베니어판 가리개 옆에서 새댁의 콧노래와 찬장문 여닫히는 소리가 부산하다.

푸르르 진저리를 치던 형광등이 기세 좋게 활개를 펼친 뒤에야 불기도 없이 맨자그리한 방바닥에 웅크리고 누워 있던 아버지가 부스스 몸을 일으켰다.

"하이고, 니 왔고나?"

부신 눈을 찡그리며 딸인 것을 확인한 아버지는 과장스러운 몸짓으로 털고 일어나 앉았다.

"살폿 잠이 들었던 갑다. 지끔 몇 시나 됐노?"

방문을 열자 훅 끼쳐온 낯선, 아니 까마득한 옛 기억을 되살리는 고약한 체취에 어쩔 일어나는 현기증을 삭이고 있던 중이었다. 말대답은커녕 짜증이 왈칵 솟았다. 마늘 안주를 곁들여 곤죽이 되도록 마신 막걸리 냄새가 이랬었다. 발곱만 대강 닦아내고 신었던 양말 냄새도 이랬다. 소금기를 남기고 땀이 증발한 옷에서도 그런 냄새는 났다. 조금도 위축되는 감 없이 당당하고 위세 좋게 하던 하품 속에서도 쿠리하게 풍겨나오던 악취. 양지는 구석에 있는 선풍기를 꺼내서 틀까 하다가 차마 그렇게까지 표를 낼 수는 없어 창문을 열었다. 굳이 시간이 궁금해서라기보다는 대면이 면구스러울 때 아버지가 잘하는 말 부침인 걸 알기 때문에 대답 대신 흘깃 책상 위의 시계를 보았다. 열두 시가 가까웠다.

"야도 참, 야기가 찬디 웬 창문은 열어쌌노."

중얼거리며 몸을 웅크리고 앉은 아버지가 다시 말을 건넸다.

"막차로 갈라 캤는디… 장천 이리 늦게 댕기나?"

"일이 있으면 더 늦을 때도 있죠."

딸이 입을 열자 기회를 놓칠세라 아버지는 재빨리 토를 달았다.

"하기사 책임자가 됐시니…."

양지는 대답을 하지 않았다. 아버지 혼자 묻고 혼자 답한 모양새가 되었다. 그나마 대화가 끊기자 아버지는 흠, 흠, 몹시 곤고한 헛기침 소리를 냈다. 이어붙일 마땅한 말이 찾아지지 않아서일 터였다. 가는 목을 힘주어 추켜세우자 세모꼴의 삐죽한 턱이 난삭 되바라지며 머쓱한 표정을 받쳐올린다. 서슬에 낡은 뿔테안경이 빛을 되쏘고 안구 없는 오른쪽 눈자위가 음험한 그늘을 드러낸다. 얇고 작은 귓바퀴에 걸린 누런 안경 테가 실로 매어 있는 것도 보인다. 그뿐 아니다. 부숭하게 뒤엉킨 반백 의 머리털이 주름투성이의 뒷덜미 위로 불결하게 늘어져 있는 것도 마음에 걸린다.

"늦게 오셨더라구요?"

묻고 싶은 말은 따로 있었다. 감정은 늘 본심을 배반했다. 하나 둘 꺼져가는 도회의 불빛을 내려다보며 많은 생각과 아울러 다스리고온 감정이건만 출렁이는 격정은 좀체 가라앉지를 않는다. 양지의 속셈을 읽지 못한 아버지는 셈바른 어조로 재빠르게 응답을 했다.

"응, 정냄이한티 좀 댕기오니라꼬."

순간 양지는 악, 소리라도 내지를 듯 흠칫 놀라며 아버지를 쏘아보았다. 딱 벌어진 입이 다물어지지 않았다. 저 교활함이라니. 이미 죽고 없는 정남이를 어디서 만났는지 따져물으면 너무 잔인할 것 같아 차마 그렇게는 할 수 없었다. 이빨에 눌린 아랫입술이 몹시 아팠다. 영문 모르는 아버지는 접힌 책상다리를 끌어당겨 더 도도하게 허리를 펴며 발가락 부위를 더듬는다. 따갑게 쏘아보는 양지의 시선을 피하며 주눅 들린 기색을 숨기려 외면을 했다. 양지는 시치미를 뗐다.

"걘 잘 있어요?"

"그으래, 니가 그리 잘 돌봐주는디 잘 안 있으모 되겠나."

'정남이는요.' 양지는 입술 밖으로 터져나오려는 분노를 말과 함께 억눌렀다. 아픔에서 아버지를 보호하려는 게 아니라 제외시키고 싶은 것이다. 목젖이 꺽세게 부풀었다. 언니가 잘해주니까 잘 있으리라는 너무나 상투적인 추측. 동화 속의 아이처럼 아버지의 옷을 비집고 엉덩이꼬리를 찾아보고 싶었다. 양지는 과민하게 대처했던 감정을 누르며 딴전을 피우는 심정으로 우유팩 하나를 냉장고에서 꺼냈다.

"밥 될 동안에 이거라도 드세요."

빨대 꽂은 우유를 내밀자 질겁하듯이 꽁무니를 빼며 두 손을 내젓는 아버지.

"아야, 일없다. 내가 운제 그런 거 묵더나?"

양지가 우유 든 손을 거두어들이지 않자 골탕 먹지 않으려는 아이처럼 아버지의 얼굴이 찡그려졌다. 살 없는 피부가 식은 죽의 거죽처럼 늘어진 늙은 얼굴이 강파르게 경직되며 미세한 경련을 일으켰다. 뜨거운 불방망이가 양지의 가슴을 헤집고 지나갔다. 왜소하고 초라한 늙은 화상. 그의 이름이 자신의 아버지라는 것이, 그의 모습이 고작 그 모양이라는 것이 너무 싫었다. 생명 없는 흉상이라면 눈앞에서 얼른 걷어치워버리고 싶었다. 그래서 더욱 묵직한 음성으로 채근했다.

"그래도 빈속으로 계시는 것보다는 나을 거 아입니꺼."

"헛 거참, 헛 거참."

가파른 콧날로 하얗게 지어올리던 노기를 누그러뜨리며 마지못해 받아든 우유팩이 다시 아버지의 손에서 떨어질 듯이 처졌다.

"이거 무우모 두드리기 난다닝께. 저엉 글타쿠모 차라리 술이나 한 잔 묵고 말자. 인자사 밥은 뭔 놈의 밥을 하노."

방법을 생각해낸 아버지의 목소리는 짐짓 생기를 찾고 당당해진 동작으로 방바닥에다 아예 우유를 내려놓았다. 양지의 시선과 눈이 마주치자 움찔하더니 우유를 다시 집어들며 말을 고쳤다.

"많이는 안 묵는다. 진짜 에나다. 입 반성 열 번 해도 실천 안 하모 실 없다 싶어서 딱 짤라끊는다 소리는 좀체 입에 안 올린다만 끊은 기나 진배없다. 인자 몸도 깨성해졌고, 생기는 술 밀치자니 사는 낙이 떨어지는 것도 사실이고 해서 쬐꼼썩, 영판 쬐꼼썩, 삐가리 눈물 정도, 술이 아무리 개천맹키로 흔천해도 한 잔 이상은 안 묵는다. 내 말이 정 안 믿기거등 운재 니 에미한테 물어봐라. 근력이 전만 못 한 것도 사실이지만 내가 또 술 무울 돈이나 있나."

아버지의 음성은 어느덧 애원성으로 변해갔다. 양지는 더 들을 필요를 느끼지 않고 부엌으로 내려갔다. 뒤로 문을 닫으며 몸을 벽에다 휘청기댔다. 심장을 받치고 있던 줄기가 발 아래로 미끄러져 내렸다. 가라앉히려는 노력없이 아까 그대로 맞닥뜨렸다면 지금 어떤 사태가 벌어져 있을는지. 허망함이 부풀어 가슴을 메웠다. 평소에 가졌던 뿌듯한 성장감도 별무였다. 저 주제꼴 초라한 아버지에게 근사한 나들이옷 한 벌 해 입힐 능력이 없는 것도 아니면서, 상한 간장을 회복시킨다는 약 한 재 못 지어 드릴 형편도 아니면서…. 이제 아버지는 자신의 표적일 수 없다는 사실을 확인할수록 기분이 나빴다. 아버지는 죽어서 백골이 되도록 자식들에게는 언제나 이기적이고 독선적이고 추상같아야 했다.

냉장고를 열었으나 반찬될 만한 것이 없다는 사실이 예상 못했던 것도 아니면서 약간 낭패스러웠다. 멀지 않은 곳에 가게가 있고 졸며 깨며 뚱보여자가 가게를 지키고 있을 것은 알지만 애써 거기까지 가고 싶은 마음은 일지 않았다. 양지는 한 공기의 쌀을 씻어 밥솥에 안쳐놓고 냉장고 속에 든 계란그릇을 들어냈다. 그릇에다 계란을 깨뜨려 젓다말고 사잇문을 드르륵 열었다. 또 뭉쳐 있던 아픈 기억이 계란을 젓는 순간 스치고 지나가 아버지를 마음 편하게 그냥 두고 싶지 않았다.

"엄마 약은 안 떨어졌어예?"

"아니. 안즉 많이 있던 걸로."

"많이 있어요?"

그럴 리 없다는 표정을 짓자 자신없이 휘어졌던 아버지의 시선이 딴데로 슬며시 돌아갔다. 양지는 제 짐작에다 긍정의 동그라미를 치면서 아버지의 무성의한 대답을 향해 고까운 질문을 던졌다.

"엄마 약 안 잡숫죠?"

"몰라. 생각나모 묵고 이자뿌리모 그만이고. 빙충이 겉은 기 것도 약값 애낀다꼬 청승 떠는 긴지…."

아 실수, 싶었던지 무람없이 터져나오던 비난을 뚝 자르며 아버지의 입이 꼭 다물렸다. 양지는 울컥 역정을 냈다.

"엄마 성질 몰라서 그랍니꺼. 단단히 권하시죠. 가족이 있다면서, 하긴 엄마한테는 모두가 골칫덩어리일 뿐이죠. 자기 몸 위해서는 병아리 한 마리 고울 줄 모르는 엄마한테 우리는 가족도 뭣도 아니라구요."

"그러케 내 말이 그 말 아닌 가베. 임자 몸 성한 기 우리 쾌남이랑 자슥들 생각는 기라꼬 그리 일렀건 만도 당최 쇠귀에 경 읽긴 거로 낸들 우짤 기고."

뒤말리는 대화 때문에 어쩔 줄 모르던 아버지가 갑자기 언성을 높이며 화제를 돌렸다.

"참 최쾌남이 네 이름 앞에 강자 하나가 더 붙어서 '최강쾌남'이라 돼있던데 그게 뭐꼬?"

"몰라도 돼요."

긴 대화를 하기 싫어서 짧게 잘랐으나 양지는 이내 생각을 바꾸어 차돌멩이 싼 보자기를 휘두르는 심정으로 엉뚱한 답을 던졌다.

"수십 년을 같이 살았으면서 엄마 성도 모릅니꺼? 하긴….”

"그럼 내 성하고 니 에미 성을 같이 붙이서 씬단 말가? 어허 참, 듣다듣다 별 소릴 다 듣네. 대국 년에 그런 법이 어데 있노?”

"대체 뭘, 얼마나 많은 세상을 아신다고 대국법까지 있네 없네 하세요?”

핀잔으로 들릴 말을 던져놓고 양지는 다시 사잇문을 닫았다. '우먼파워' 회원들 대개 어머니 성을 같이 쓴다는 설명까지 덧붙여서 아버지의 이해를 도우는 것이 순리일 것은 알지만 조곤조곤 친절하게 굴어본 적 없는 본성 그대로 밀고나갔다. 말끝도 일부러 고향 말인 예, 예를 쓰지 않고 반말처럼 들리는 서울식 표준말로 요, 요를 썼다.

양지는 소리나게 양은그릇을 드놓았다. 가용돈 한 닢 여퉈두지 못하게 씨를 말리는 가장이 있는 한 늘 가슴이 쓰리고 아리다는 어머니의 약값을 현금으로 부치는 것은 실수였다. 따지고보면 문제는 아버지보다 어머니에게 더 많은지 모른다. 신이며 주군이며 상전으로 아버지라면 끔뻑 죽는 어머니.

"실장님, 전화 받으시라니까요.”

번쩍 정신을 차리자 눈앞으로 송수화기가 디밀어졌다. 벌써 몇 번이나 채근을 한모양 하 양의 웃음 띤 얼굴이 옆에 있었다.

"언니, 언니제?”

대뜸 귀를 폭 찌르는 느낌에 양지는 저도 몰래 송수화기를 귀에서 뗐다. '아아, 왜 이러지?' 양지는 대답도 않은 채 책상 위로 송수화기를 내려놓았다. 송화구에서는 호남의 성급하게 들썩거리는 목소리가 쏟아부은 공 구르듯이 굴러나왔다. 양지는 물끄러미 송수화기를 내려다보고만 있었다. '아이고 저 거꾸리.' 덜렁덜렁 가방을 싸들고 또 어디쯤 와 있다는 걸까. 양지는 도리질을 했다. 벗어날 수 있다면 가족들 멀리 어디로든 도망을 가고 싶었다. 성남 언니는 그냥 보인 게 아니었다. 양지는 눈을 감았다. 그러나 눈을 감기 무섭게 정체를 알 수 없는 검은 그림자가 덮쳐들어 그녀는 재빨리 고개를 저으며 눈을 떴다.

그러잖아도 아침에 떠나보낸 아버지 때문에 일이 손에 잡히지 않던 참이었다. 기백이 예전 같지 않은 것은 벌써부터 알고 있었지만 생각보다 더 심하게 아버지는 부식되어 있었다. 그런 아버지를 상대로 그 따위 감정표출을 하다니. 앞에 놓인 저녁상을 둘러보고 건너오던 아버지의 어리뚱한 눈길이 망막에 맺혀 있었다. 계란국, 계란찜, 계란프라이, 계란말이, 껍질째 삶아서 소복하게 담아놓은 계란 양재기…. 계란 반찬 일색인 상을 둘러보다가 아버지가 그랬다. 뭘라꼬 이러키 여러 가지나 했노, 귀찮게시리. 성의를 봐서 억지로라도 다 먹어야 할 의무감을 느낀 듯 바투 상 앞으로 다가앉은 아버지는 입가심으로 간장 한 숟가락을 떠 넣었을 때처럼 막상 빈 입맛만 쩝쩝 다실 뿐 어느 그릇에도 얼른 숟가락을 대지 않고 머뭇거리기만 했다. 양지는 고스란히 남다시피한 계란반찬들을 쓰레기통에 쓸어넣으면서 수치심으로 몸을 떨었다. 자라서 내 손으로 돈 벌면 달걀을 얼마든지 사 먹을 거라며 눈물지었던 어린 딸의 옹골진 자기 맹세를 아버지는 모른다. 모이 때문에 많이 키울 수도 없었던 암탉이 낳은 계란반찬은 아버지의 밥상에만 올랐고. 침을 삼키며 기다리다 조금

남은 계란찜을 서로 먹겠다고 강아지들처럼 뒤엉켜 싸우다가 급기야는 어머니의 회초리 끝에서 진정되던 그 슬픈 밥상머리의 다툼. 첫 월급을 탔을 때 제일 먼저 산 계란 한 판을 다 삶아놓고 거푸 두 개를 못 먹고 울어버린 일을 아버지는 알 리 없다. 어렸을 때 벌써 어린 딸의 가슴에 싹텄던, 가난 탓으로만 돌려버릴 수 없는 삶에 대한 근원적인 부정을.

아버지가 부러운 어조로 명자 언니네의 근황만 떠보지 않았어도 이렇게 언짢은 마음이 덜 맺혔을지 몰랐다. 아버지를 도외시하기로 작정했던 마음과 달리 양지는 그만 가슴 찌르는 한마디를 내뱉고 말았다. 그들의 풍족이, 발전이 부러워 못 견디는 마음으로 꿩 대신 닭을 찾은 걸음이 아닐까. 양지는 아버지의 모순적인 행적을 그대로 묵과해버릴 수 없었다.

"언니가 살아 있었으면 명자 언니만 못 했겠어요?"

그 옛날의 상황은 차마 상기하기 싫은지 아버지는 물만 거푸 두 그릇이나 비우고 상을 물렀다. 배설은 불쾌했다. 아버지란 존재는 이미 저항의 대상이 아닌 줄 뻔히 알면서 그따위 치기를 부리다니. 공중으로 뱉었던 침이 얼굴에 되 떨어진 비루감을 떨쳐버릴 수 없었다. 최강양지라는 존재의 인격은 아직 이 정도밖에 안 되는 난장이인가. 기획실장 최강양지. 비록 가내공업 수준을 약간 상회하는 회사지만 한 회사의 간부라는 명칭이 되새길수록 부끄러운 짓이었다.

"실장님, 전화 받다말고 뭐하세요?"

양지가 하는 행동을 내내 지켜보고 있었던 듯 하 양이 통화 중임을 환기시켰다. 그래. 양지는 마지못해 수화기를 다시 집어들었다. 이번에는 또 무슨 말로 설득해서 돌려보내나. '여자는 작지만 그 집의 주추란다. 주추가 흔들리면 그 집안이 우찌되겠노.' 어머니가 했던 말을 다시 해서는 효과가 없다. 이제 무슨 소리를 해서 저 애를 설득시키나, 목매기 소처럼 천방지축인 저 호남에게. 그런 생각을 떠올리자 짓눌리는 듯 가슴이 답답했다.

"뭐하고 있노 퍼뜩 좀 안 받고! 남은 급해서 똑 숨이 넘어갈 판이 거만."

"지금 있는 데가 어데고?"

터미널과 회사 근처의 공중전화가 양지의 눈앞에 그려졌다. 자취방을 옮기지 않았다면 그 언젠가처럼 거기로 바로 가서 우렁각시처럼 저녁밥을 지어놓고 깔깔거리며 놀랐켰을 터였다. 잠잠했던 바람은 다시 가랑잎마냥 호남을 태우고 소스라치기 시작한 것이다.

"어데는 어데라 집이지. 또 집 나가서 데불러오라꼬 전화한 줄 알고 썽부터 난 기제?"

천연덕스러운 호남의 대꾸를 듣는 순간 안도의 숨이 터뜨려짐과 동시에 가족들의 목소리를 들으면 솟구치는 습관적인 짜증이 밀려나왔다.

"바쁘다. 용건만 어서 말해."

마른 입술에 침 바를 여유를 찾으며 수화기를 다른쪽 귀로 돌려댔다.

"언니야, 우짜꼬!"

단박 숨이라도 넘어갈 듯 새로운 국면을 예감시키는 높은 소리를 낸 뒤 연달아서 내지르는 호남의 커다란 목소리가 째앵 귓전을 울리며 흘러넘쳤다.

"너무 기가 차서 말이 제대로 안 나온다, 언니야. 참말로 우짜모 좋노!"

"…"

"그래, 언니한테는 우선 알리지 말까 하다가 언니한테 말 안 하모 어데 할 끼고, 또 언제 알아도 알게 될 낀데…."

"그래 알았다니까, 우리 집 일인지 너희 시어머니 일인지 그것부터 말해."

양지는 책상 위로 상체를 굽혀 의지하며 완만한 자세를 만들었다. 굽은 등으로 비늘이 돋고 비늘 속으로 몸을 숨겨 그녀는 우선 자신을 지킬 보호막을 만든다. 잠시 호남의 말이 중단되고 가쁜 숨소리만 흘러와서 방어벽으로 곤두 선 양지의 신경을 건드렸다. 호남이 저렇게 뜸을 들이는 건…. 조짐이 심상치 않다. 다시 울컥 채근의 목청을 높이려는데 뒤미처 호남의 새된 음성이 터졌다.

"언니야 글쎄…."

순간 무언가로 뒤통수를 맞은 듯했다. 하마터면 수화기까지 놓칠 뻔한 충격이었다. 간신히 움켜쥐고 있는 수화기를 들여다보며 마른침을 꼴깍 삼켰다. 삽시간에 받은 너무 큰 충격 때문에 분명한 내용도 증발된 채 멍한 상태가 된 것이다.

"지금 니 뭐라 캤노?"

"그래, 그럴 줄 알았다. 언니도 내 마음하고 똑같제? 나도 얼마나 놀랐는지 처음에는 정신이 하나도 없었다."

아부지가 소원성취했대. 그제야 좀 전에 들었던 호남의 말이 하얗게 바래었던 뇌리속에서 되살아났다. 짐작 가는 일은 없지 않았다. 그러나 그 일은 이제 너무나 요원했었다.

"아부지가 소원성취했다니, 대체 그게 무슨 소리고?"

뜻을 이해 못한 양지의 물음이 딱하고 원망스러운 듯 쨍하고 격앙된 호남의 대꾸가 금속성을 일으키며 날아와 꽂혔다.

"언니는 그새 까묵고 있었나? 아부지 소원이 뭔지, 그새 까묵었어?"

양지는 꾸욱 눈을 감았다. 미간이 주름 잡히며 형언할 수 없이 복잡한 감정의 소용돌이 속으로 휘말려든다. 임자가 그러키 소원이라카모 나도 소원이요. 딸 낳을 줄 알모 아들도 낳을 기요. 죽어도 내 몸으로 내가 낳을 끼요. 이 판에, 이 몸에 저 몸에서 오글오글 자식만 불려놓으모 믹이기는 뭘로 믹이고 입히기는 또 뭘로 입힐 끼요. 어머니의 그 피 맺힌 절규를 잊었던가. 지난 날들이라고 생각하는 순간 잊어버리고 있었던 과거의 기억들이 산 너머에서 몰려오는 먹구름처럼 주체할 수 없이 밀려들었다. 그리고 어느 으스름한 달밤, 뒤뜰의 두엄 밭에서 아이를 낳던 어머니의 피 흘리는 자궁이 한정없이 크게 확대되었다.

아버지가 소원성취했단다. 아들만 셋이나 낳은 과수댁인데 천오백만 원 주기로 하고. 호남의 어투를 거듭 곱새겨보았지만 얼른 현실감이 닿지 않았다. 뇌수가 굳어버린 듯 더 이상의 사고력이 뻗어나지를 않았다. 환갑노인과 핏덩이 아들. 그리고 자력으로는 땡전 한 닢 마련할 수 없는 아버지가 씨내리 값으로 약속했다는 천오백만 원. 어제 저녁에 본 아버지의 모습은 정말 초라했다. 건강도, 재력도 없는 주제의 지치고 초라한 몰골에서는 소원을 이룬 사람이 품고 있을 법한 희열이라고는 손톱만큼도 느껴볼 수가 없었다.

호남의 다음 말은 이미 홍수를 몰고온 작달비 이상의 충격으로 양지를 질리게 했다.

"영감탕구가 망령이지 글쎄, 나 죽는 꼴 볼라꼬 주영 아부지한테 사무실로 돈 꾸러왔더라 안 카나. 산부인과 병원비 말이다."

그제야 하루 종일 짓누르고 있던, 아버지의 느닷없는 방문에 대한 의문이 풀렸다. 교통비 이외의 용돈을 받아들고도 할 말이 남은 듯 딸막거리던 입술에 대한 미련도 비로소 이해가 되었다. 절박한 심정을 담고 매정한 딸자식의 눈치를 보며 따라다녔을 외눈의 애소哀訴…

양지는 아무도 없는 화장실로 들어가 문을 잠그고 세면기의 물을 틀었다. 퉁퉁 부은 다친 눈을 싸매고 때린 송가 놈들을 찾아 사흘간이나 헤맸단다. 내가 와 쏙도 없는 인간맹키로 너그 아부지한테 죽어지내는지 아나? 세勢 없고 돈 없는 설음으로 이를 갈 때는 당장 몇 도라꾸 군사라도 낳아서 너거 아부지한테 앵기주고 싶었제. 남 보기 숭한데 남으 눈이라도 해옇자꼬 노래로 삼았건만 이녁 아들이 원수 갚아주기 전에는 가망 없다꼬 뻗댄 고집이다. 양지는 거푸 얼굴에다 물을 끼얹었다. 엄마, 엄마. 제 목소리가 들리지 않도록 입 속에다 물을 퍼넣었다. 고개는 일부러 들지 않았다. 고개를 들면 바로 거기 거울 속에는 제일 먼저 코가 드러나보일 것이었다. 쾌남이 코는 영판 지 에미 코 빼다 박았어. 양지는 번쩍 고개를 들고 거울 앞으로 얼굴을 디밀었다. 성남 어매는 다 좋은데 코가 너무 날람해. 코끝이 저리 날람한 사람 치고 순탄하기 사는 사람 못 봤어. 양지는 손 씻던 비누를 거울에다 북북 문질렀다. 뽀얗고 두텁게 비누가 갈리는 동안 일그러졌던 거울 속의 얼굴은 점점 희미하게 사라져 갔다. 누군가 화장실의 문을 두드리며 발을 구를 때까지 양지는 멈추지 않고 비누칠을 해댔다.

짜증을 내며 서둘러서 전화를 끊은 것이 조금씩 후회스러워져 호남에게로 다시 전화를 걸었다. 이 일을 엄마도 알고 있을까? 기다리는 시간이 몹시 지루했다. 손가락이 톡톡 책상머리를 칠 때마다 가느다란 황금 반지가 빛의 환을 그리며 흔들린다. 좀 촌스럽기는 해도 순금으로 했어. 직장생활하는 사람들은 비상금 역할도 한다며? 언니야 에나, 진짜 축하한데이. 서른세 번째 생일. 호남은 제 언니가 노처녀인 것이 남이 못 하는 개척정신의 표상이라도 되는 듯 호호거리며 몇 년 전 생일에 이 반지를 선물했다. 양지는 끼고 있는지도 모르겠는 눈길로 손가락에 비해 무거워보이는 반지를 내려다본다.

　호박벌처럼 또 어디로 내달았는지 호남은 전화를 받지 않았다. 언젠가 한번 들렀던 호남이네 집 구조를 머릿속으로 그리며 한동안 수화기를 들고 있었다. 마루에 있는 감자주색 반다지 위에서 전화기는 사람을 부를 것이다. 전화벨이 울리기 무섭게 제 전화이기를 바라는 마음으로 다투어서 달려나온다던 가족들. 양지는 호남의 시어머니가 전화를 받을 것을 대비해서 신경을 곤두 세워야만 했다. 주름살 숫자와 심술이 맞먹을 것이라는 사돈마나님. 호남이가 결혼을 할 때만 해도 '불여시' 같은 계집애한테 아들자식 뺏겼다고 밥도 먹지 않고 울었다던 집착 강한 모정 때문에 호남의 신혼생활은 지금도 그리 단란하지를 못하다. 신혼부부의 방으로 베개를 안고 와서 같이 자겠다고 보챘다던 노파는 지금도 아들의 변심은 며느리의 요사함 때문이라 믿고 며느리의 친정식구들까지 싫어하기 때문에 호남의 시집살이를 배려하는 의미로 어머니도 양지도 먼저 전화를 거는 일은 삼가왔다. '여보시오.' 늙수그레한 음성이 들려오는 순간 눈치 채지 못하게 수화기를 놓아야지 어떤 빌미라도 남기게 되면 영문 모르게 걸려온 전화로 하여 호남은 며칠간이나 정신적인 고문을 당하지 않으면 안 된다고 했다.

　연전에 호남은 새집을 지었기 때문에 양지는 이제 그 집에 대한 아무런 구도도 상상할 수 없다. 거저 옛날처럼, 넓은 마당가에 배를 깔고 누웠던 누렁이만이 마루 끝에 턱을 고이고 불이 난 전화기를 바라보며 끙끙대고 있다던 미소 흘리게 하는 풍경만을 그려볼 뿐이다. 언니의 궁금증이 다 털어놓지 않은 제 말이기도 해서 호남이 역시 전화기 앞으로 뛰어오고 있을지 모른다. 되짚은 그런 생각이 전화기 앞에다 양지를 비끌어매놓았다.

그때 누군가 어깨를 툭 쳤다. 사장이었다.

"왜? 무슨 걱정거리 있어?"

아녜요. 눈웃음을 지으며 사장을 향해 어깨를 펴보였다.

"됐어 그럼. 나랑 어디 좀 가자고."

양지는 반사적으로 맞은편의 벽시계를 올려다보았다. 퇴근시간은 아직 일렀다. 사장과 동행해야 할 공식적인 스케줄은 없었다. 그 순간 어제 미루었던 명자 언니와의 만남이 뇌리를 스쳤다.

"저 오늘 약속이 있는데요."

"그 약속은 하루쯤 미뤄. 급한 것부터 우선이지."

절대 물러서지 않겠다는 단호함을 보이며 사장 스스로 양지의 책상을 정리하기 시작했다. 양지는 내심 사장의 그런 단호함을 기대하고 있었던 듯한 감을 의식하며 사장이 하는 대로 끌려갈 마음의 준비를 했다. 다른 때 같았으면 호남의 전화 때문에 받은 충격을 위안 받기 위해서도 찾아갈 곳은 거기 명자 언니밖에 없었다. 그러나 연변에 삼촌이 살아 있다는 사실을 확인하고부터 명자 언니는 사람이 달라졌다. 누대의 해묵은 앙원이 풀리는 길이라며 명자 언니는 들떠 있었다. 아버지가 그들에게 가했던 박해를 알고 있는 양지로서는 스스로 위해를 가한 적은 없지만 가해자 취급을 당해야 되는 형용할 수 없는 꺼림칙함을 안고 있었다. 이제 와서 누가 적손이며 지손이든 그게 무슨 상관이냐는 양지의 부정에도 아랑곳없이 명자의 목소리에 끼어 있는 냉정함과 비아냥거림은 가시방석처럼 양지를 압박했다. 나는 상관없는 일이라고 발뺌을 해보았자 너도 최씨 성을 쓰며 이제까지 최씨 행세를 하고 있지 않느냐는 말을 명자는 거침없이 내뱉었다. 그동안 감춰두었던 자신이 극복하지 못했던 양지의 고학력에 대한 열등감도 적대감의 묘한 표적으로 변했다. 어떻게든 연변에 생존해 있는 어른을 모셔와 양지네와 얽혀 있던 양가집 역사를 한번 뒤집어야 한다는 것을 목표로 명자는 열심히 줄대기를 하고 있었던 것이다. 자본주의 사회에서 거칠 것 없는 재력으로 상대를 무릎 꿇리는 장한 모습을 그 어른에게 보여주고 싶은 심리도 간파되는 대목이었다. 아버지를 대신해서, 그동안의 일은 내가 사과할게. 한마디만 해버리면 둘 사이의 화해는 너무 싱겁게 완성될지도 모른다. 그러나 지금은 확인 안 된 과거만 믿고 기고만장한 명자 언니의 부름에 호락호락 응하고 싶은 마음도 없었다.

"미스 김은 같이 안 가요?"

저녁식사와 맥주 한 잔, 뭐 그런 자리를 예상한 양지는 사장실 입구에 있는 미스 김의 비어 있는 자리를 둘러보며 물었다.

"염려 마. 걘 어제 같이 갔으니까."

그럴 수도 있지. 미스 김은 새우요리를 좋아한다지만 난 아니니까. 자신보다 미스 김을 먼저 챙겼다니 약간 언짢기는 했으나 그딴 서운함을 속좁게 드러낼 수는 없었다. 층계를 가뿐가뿐 내려가는 사장에게서는 피아노 음향처럼 경쾌한 향기가 났다. 은근히 달착지근하다가 톡 쏘는 듯.

"사장님 향수 또 바꾸셨나봐요?"

"어머나, 최 실장도 여자는 여자네."

멈춰선 사장이 뜻밖의 발견이라도 한 듯 양지의 손을 담싹 거머쥐고 기분 좋은 웃음을 웃었다.

"친구들이 어찌나 놀리는지. 욕하지 마. 샤넬 남바 뭐라나, 뭐 나야 뭘 아나. 좋다고들 권하니까 어렵게 사는 친구 돕는 셈치고 하나 샀어."

'욕하지 마.' 양지는 사장의 말을 곱새기며 잠자코 웃어주었다. 고삐는 이미 풀렸다. 친구들을 들먹이는 건 구실일 뿐 그녀의 변질은 벌써부터 감지되고 있었다. 질감과 디자인 위주로 옷차림이 바뀐 것은 물론이고 기름때가 까맣게 올라 있던 손톱에도 진 다홍에서 은색으로 매니큐어가 바뀌기 시작한 지 오래다. 어떨 때는 동물의 발톱을 연상시키게 멋 부려서 가운데로만 가늘게 검정색을 칠하고 나타날 때도 있었다. 값을 묻는 게 촌스러운 단골 미용실도 생긴 눈치였다. 사람의 마음처럼 허하고 무른 게 없다. '그렇습니다. 사장님. 실은 우리가 무엇 때문에 그만큼 힘들여서 일하고 땀을 흘리는 데요.' 마음속 깊은 곳에는 그런 대꾸가 준비되어 있지만 아직 허리띠를 풀기는 이르다는 경영 마인드를 양지는 갖고 있었다.

넓게 터 잡은 공장 전경이 내려다보였다. 이전한 지 얼마 안 된 신축 공장이어서 조경이며 빈터를 이용한 시설은 정리가 덜 된 어설픈 상태였지만 근로자의 위생을 배려해서 지은 작업장과 기숙사 건물은 회사 간부로서의 자긍심을 여간 뿌듯하게 해주는 게 아니었다. 남편을 졸지에 잃었지만 세상물정 모르는 과부로 좌절하지 않고 사장 강영수가 오늘을 이룩한 것도 따지고 보면 기획실장 덕택이라고 준공식 날 연회장

에서 사장은 밝혔다. '최강양지 실장, 정말 멋져요.' 칵테일 잔을 부딪쳐
오며 사장의 아들 병훈도 그랬다. 푸지고 화려하게 쓰기 위한 기대가 없
다면 사람들은 절대로 고통을 참으면서 일하지 않을 것이다. 사장은 이
제 황혼으로 기울고 있는데 그걸 의식 못한 수전노는 어리석고 슬프다.
사장은 얼마만큼 사적인 경비를 지출해도 될 노력을 했고 그럴 권리도
있다. 묻어두었던 여자다움 인간다움을 인정해주어야 할 것이었다. '최
양지, 나는 네가 필요하다. 우리 힘 모아서 남성위주인 이 사회를 한번
휘저어보자.' 노동쟁의의 실패로 실의에 빠져 있는 양지를 찾아와 손을
먼저 내민 것은 강 사장이었다. 어머니와 같은 성이라는 점도 나쁘지 않
았지만 옷을 벗기고 성을 확인해보고 싶을 정도로 남성 같은 박력과 활
기찬 기상이 더 마음을 끌었다. 게다가 자신을 인정해주는 상대라면 거
부감없이 손을 맞잡는 것은 인지상정 아닌가.

반짝거리는 은색 구두를 신고 뒤뚱거리며 앞서가는 사장을 바라보며
양지는 고개를 가로젓는다. 첫돌박이의 서투른 걸음으로 그의 여성성은
달리고 있는지 모른다. 선뜻 감잡기 어려워서 건의도 충고도 먹혀들지
않는 엉뚱한 방향으로.

"언니, 전화 받아보세요."

층계를 다 내려와 현관문을 막 나서려는데 하 양이 숨을 헐떡이며 뛰
어내려왔다. 현태일지 모른다. 그런 느낌이 들자 무심코 돌려지던 발길
을 거둬들이며 양지는 상을 찌푸렸다.

"집에까지 따라오지."

"퇴근하셨다고 해도 시계 보라고 하면서 안 믿는데 어떻게 해요. 앞으
로는 사람 좀 믿으라고 그러세요."

되레 짜증을 내며 하 양은 물러섰다. 누군데 그래? 앞서 가던 사장의 눈길이 돌아왔다. 층계 위의 하 양에게 생짜증을 낸 게 미안해서 부드러운 목소리를 지어서 다시 일렀다.

"있는 줄 알고 뛰어갔더니 없더라고 그래."

전화를 할 사람은 뻔했다. 현태 아니면 명자 언니. 이제, 이 시간만큼은 그 누구로부터의 부담에서도 벗어나고 싶었다.

"일부러 따는 줄 알고 막 화를 냈단 말예요."

"됐어, 그만하면 네 할일은 했으니까. 다음은 내가 알아서 할게. 가세요, 사장님."

양지는 사장의 손을 끌며 앞서걸었다. 형언할 수 없는 목마름이 가슴을 죄어왔다. 명자 언니. 현태. 벽 같은 그들의 완강함이 가슴을 짓눌렀다. 좀 더 일찍 철들었더라면 허기져서 책상머리 귀신이 되었을지언정 특히 명자 언니가 장학금으로 표시하던 호의는 받아들이지 않았을 것이었다. 받아. 네 언니 성남이를 생각하면 나는 지금도 그 애가 불쌍해서 눈물이 나는데…. 자주 와. 너 하나 나 몰라라 할 형편은 아니니까 부담 갖지 말고. 대학생이 된 첫 학기 때, 왈칵 끼쳐든 수치심을 자각할 때까지 양지는 명자 언니의 큰언니에 대한 눈물겹고 순수한 애정으로 장학금을 받아들였었다. 그러나 이제 그것들은 수순에 의한 의도적인 사슬이었음이 드러났다. 이제는 부모님을 모시고 와서 선보일 단계라고 나서는 현태의 제의와 뒤엉켜서 요즘은 자꾸 마음을 흔들고 있다. 유학 가는 순화의 환송 연회에서 행복해하는 친구를 보는 순간 그 일은 상당히 구체적인 선까지 양지의 구미를 당겼다. 그러나 집에서 기다리는 아버지를 대하는 순간 세상의 남자들 모두 순화의 남편 같지 않다는 사실을 아프게 깨달아야만 했다. 무언가 목표한 노선을 타고 질주할 때는 차라리 한갓지고 편했다. 양지는 전에 없는 복잡한 기로에 자신이 놓여 있음을 느끼고 있다. 갑자기 배가 몹시 고팠다. 만사 잊어버리고 배불리 음식을 먹는 즐거움에 빠져들고 싶었다. 서둘러서 사장 차의 문을 열고 몸을 던져넣었다.

"안 내릴 거야?"

얼마나 시름겨운 시간을 보냈을까. 눈을 떠보니 사장이 문을 열고 들여다보며 웃고 있었다. 산처럼 우람하게 떠억 시야를 가로막는 높은 건물들. 차들은 사람에 막히고 사람들은 차에 막혀 우왕좌왕 꾸물거린다. 도심의 한가운데였다. 가로를 물들인 찬란한 네온이며 건물 매장에서 흘러나온 불빛들도 시선을 현란하게 어지럽힌다. 시끌벅적 뒤숭숭 들뜬 행인들은 어디론가 꿈결같은 흐름으로 뒤섞여간다. 20년 가깝게 이 도시에서 얼쩡거린 셈이지만 양지는 아직 이런 분위기에 서툴렀다. 나와는 거리가 먼 곳이라는 느낌으로 바라보며 자학하지 않는다는 최소한의 자기애를 간직하며 눈 먼 듯 귀먹은 듯 빠르게 지나쳐 버리곤 했던 번화가였다.

차안에서 눈을 감고 무슨 생각을 했던가. 아버지, 명자 언니, 새로 태어난, 아버지의 결코 행복스럽지 못할 게 뻔한 핏덩이도 떠올렸다. 그저 그들을 두루뭉술한 덩어리로 결속된 구조물처럼 떠올려보려 애썼었다. 이제는 최소한의 가닥이라도 정리가 필요한 시점이라는 것을 느끼면 느낄수록 각단진 매듭은커녕 일은 자꾸 뒤틀어지고 있다는 확인까지. 양지는 갑자기 피로함을 느꼈다. 조금도 움직이고 싶지 않았지만 마냥 차 속에 있을 수는 없었다. 그렇다면 어디든 편한 자리로 어서 옮겨앉고 싶었다. 사장이 이끄는 대로 손을 맡기자 유리벽으로 건물 전체가 둘러싸인 빌딩 앞으로 사장은 걸어가고 있었다. 요술의 성 앞으로 끌려온 촌뜨기같이 어리둥절한 가운데 사장을 따라가기 위해 발을 내딛던 양지는 멈칫했다. 잘못 왔구나! 아무리 둘러보아도 음식점 간판은 보이지 않았다. 스테인리스 새시의 철골과 어우러진 통유리의 군더더기없이 미려한 외양과 폭발하듯 찬연하게 눈부신 상가의 불빛은 그녀가 지금 원하는 그런 냄새나는 상품들과는 아주 거리가 멀다.

색색의 리본 장식을 매단 즐비한 화분 사이에서 사장이 돌아보았다.

"뭐하고 있어, 얼른 안 오고."

"사장님….."

"알았어, 상상이 빗나갔다 이 말인데. 좌우간 들어와. 오래 걸리진 않을 거니까."

안으로 들어가기 전에 양지는 저도 몰래 호흡을 모았다. 불빛이 너무 밝았다. 그리고 사방에서 비치는 빛살의 오로라는 질주하듯 삽시간에 진입하지 않으면 튕겨나고 말듯 팽팽한 긴장을 부른다. 그런 느낌은 무엇을 파는 곳이라는 상황판단이 됨과 동시에 그녀를 더욱 난감하게 했다. 운동장만 하다는 표현이 조금도 과장스럽지 않을 정도의 넓은 매장과 거기를 꽉 채웠달 수밖에 없이 즐비하게 진열된 옷들. 호동그란 양지의 눈길과 마주치자 장난스럽게 킥킥 웃으며 사장이 귓속말을 했다.

"맘에 드는 것 있나 찾아봐. 사업가는 치장도, 거래도 다 투자더라고. 좀 그렇잖아?"

자신의 차림을 지적하는 듯한 사장의 말에 그녀는 순간 막대기로 변해버린 것 같았다. 어처구니도 없었다. 탄탄 믿고 있던 울타리가 허물어진 허망함이랄까, 얄궂게 역습 당한 불쾌함이랄까. 빨갛게 굳은 표정으로 장승처럼 서 있는 양지를 보고 사장은 다시 낄낄거렸다.

"천하에 최강양지도 꾸어다놓은 보릿자루 같은 구석이 있었네. 미안해. 최 실장에 대한 내 마음 알잖아. 부담 갖지 말고 한 벌 골라봐."

"제가 어떻게 부담을 안 갖겠어요."

"우리 회사 실장 데리고 올 거라고 말해놨으니까 평소대로 해. 그 성미 잘 알면서 바로 말할 수는 없잖아. 걱정 마, 물주는 나니까."

"저한테는 이게 제일 편해요. 사장님도 잘 아신다면서 왜 그러세요."

"왜이러냐, 최 실장. 너뿐 아니고 어제 미스 김도 아무 말 않고 좋다고 입고 갔어."

"미스 김도?"

"얘 너무 꼿꼿하게 그러지 마. 내 친구가 개업을 해서 그래. 친구들한테 우리 사업 도와준 보답도 해야지 세상에 공짜가 어딨어. 그렇게 부담스러우면 옷값은 다음달 봉급에서 제할 테니까 염려 말고. 됐지?"

미스 김과 비교 당하고 있었다. 그런 불쾌한 혼란스러움을 삭히고 있는데 바르고 붙이고 어지간히 멋을 부린 인조미인 하나가 다가왔다.

"오, 왔어?"

"봐, 내가 언제는 약속 안 지켰어? 여기는 우리 최 실장, 인사해. 알지? 내 친구 오 여사."

나이를 십 년은 까먹은 듯한 사장친구의 조형미를 훑어보며 감안했으나 사장의 말대로 선뜻 기억해낼 인물이 떠오르지 않았다.

"몰라보는 것도 무리가 아니지, 그게 언제라고. 벌써 산천이 바뀌었을 세월인데."

아, 그렇다 송미양장. 그때서야 기억의 저편에서 튀어나오는 상호 하나를 발견해냈다. '미' 자가 깨어져서 점등되지 않던 네온이며 비닐천이 너덜거리던 지붕 위에 자갈밭을 연상시키게 올려져 있던 돌멩이들, 너저분하기 이를 데 없는 변두리 동네의, 맞춤보다 수선감이 더 많던 양장점. 일밖에 모를 듯 깡마르고 날카로운 인상. 저런 인상의 여자여서 과부가 된 것은 아닐까. 당치도 않는 관상학과 인물평을 펼치게 하던 여자. 그러나 이제 패션의 본고장이라는 곳의 장식을 본뜬 그녀의 전용 의상실 분위기는 한껏 그럴싸하게 그녀조차 바꾸어놓고 있었다.

"그래 서방님은 아직도 홍콩이야?"

"몰라. 홍콩인지 땅콩인지 오고 싶으면 오고 가고 싶으면 가겠지 뭐."

"얘도. 그런 봉 없으니까 누가 채가기 전에 간수 잘해라."

"그렇게만 하래라, 쌔고 쌨는 게 남자다. 어머나, 아가씨 듣는데 별소릴 다했네. 그래 어떤 걸로?"

사생활에 대한 지나친 노출을 꺼려하며 양지에게로 오 사장은 관심을 돌렸지만 강 사장은 기어코 한마디를 더 던졌다.

"말이야 바른 말이지 세상 떠난 너희 남편이 마누라 고생 안 시키려고 중매는 잘 섰지 뭐니. 죽은 남편이 잘 봐주지 않으면 어디서 그런 갑부를 만났겠어."

"그래 알았다. 네 중매도 설 테니까 그만 좀 하자 손님들 듣겠다."

양지는 그들의 우정과 농담을 들으며 여자와 변신의 상관관계를 생각해본다. 작달막한 키만 어쩌지 못했달 뿐 쌍꺼풀로 동그랗게 키운 눈이며 창공을 유유히 비상하는 새의 날개 모양으로 문신을 새긴 눈썹, 뿐만 아니라 주근깨가 너덜경을 이루고 있던 납작코 주변의 열등감 서렸던 얼굴의 변모를 예전과 비교해보며 묘했다. '여자, 여자.' 양지는 몇 번 같은 발음을 속으로 뇌어보았다. 여자라는 절대적인 핸디캡 속에 이런 멋진 반전이 숨겨져 있다는 것을 사람들은 얼마나 심각하게 의식하고 있을까. 명자 언니도 여자가 아니었다면 지지리 궁상인 당골네와 아내의 북채나 지고 굿판을 따라다니는 반편이 아비의 그저 그럴 수밖에 없는 딸로 천형의 멍에인 가난에 짓눌려살다가 죽을 수밖에 없었을 것이다. 그래, 내 이름은 아직 처녀다. 양지는 혀끝으로 굴려보는 단어 속에다 자신이 여의주를 품고 있는 듯한 감미로움을 실어본다. 그러나 순간 깜짝 놀라며 고개를 젓는다. 며칠 전에 만났던 우먼파워 멤버들, 아직도 거기 소속인 자신의 흔들리는 정체성에 언뜻 경각심이 들었다.

셋이 앉은자리에 차가 나왔다. 강 사장과 송미양장의, 아니 지금의 '미미싸롱' 오 사장은 사업과는 무관한 여담으로 재미있고 고소해죽겠다며 밥 사주고 술 사주고 교외로 드라이브까지 시켜준 어떤 남자를 맛있게 씹고 있다. 양지가 표정없이 듣고 있기에 거북한 육담도 심심찮게 가미되었다. 양지는 그들에게서 벗어나 저만의 막을 치고 착잡한 심정으로 들어앉았다. 미리 알았으면 어떤 핑계를 만들어도 오지 않았을 곳이다. 양지의 눈길은 자신의 무릎으로 내려갔다. 뜀박질하는 누런 바느질선이 뿌옇게 탈색된 청바지. 질긴 천의 옷을 즐겨입는 것도 습관이 된 탓일까. 적당히 낡은 옷 특유의 편안한 착용감 때문에 버리지 못하는 청바지가 집에도 몇 벌이나 있다. 경제적인 이유도 없지는 않았다. 하지만 굳이 따지자면 감당 못할 변화에 의해서 자신이 흐트러지고 무너질 것을 두려워하고 있음이었다. 어떤 변화와 혼란이라도 수용할 능력이 생길 때까지 나는 여자가 아니다. 목표지점에 이를 때까지 흔들려서는 안 된다. 절대 비굴해서도 안 된다. 하지만 아직도 그런 다부진 각오에 철저할 자신이 있는지….

찻잔을 놓고 일어서는 양지를 두 여자가 똑같이 바라보았다. 주인이 먼저 알아차린 듯 말했다.

"아, 화장실은…."

양지는 오 사장이 눈짓하는 곳으로 걸어가다 진열대 사이로 길을 꺾었다. 팔 들어가고 다리 꿰어지고 몸에 걸쳐서 부끄러운 곳이 가려지면 입는다. 옷에 대한 개념을 양지는 아직 그렇게밖에 허용하지 않았다. 옷한 벌을 마련하기 위해 거의 한 달의 생활비를 바치는 따위의 경제관념을 그녀는 배제해왔다. 대금 지불은 자신이 맡겠다는 사장의 호의도 결국 자존심을 차압당한 부채임을 인식하지 않으면 안 되는 거였다.

밖으로 나와서 찬 공기를 접하는 순간 막혔던 숨통이 일시에 트이는 것 같았다. 양지는 빠른 걸음으로 번화가의 골목 틈으로 몸을 숨겼다. 치밀하게 장치되어 있는 포획의 미로에 빠져들었다가 상대방의 술책을 먼저 간파하고 찰과상 하나 입지 않고 탈출한 도망자의 심정이 이럴까. 궁지에 몰렸던 고민거리를 해결한 것처럼 양지는 아주 평안하고 상쾌했다.

3. 질긴 업의 동아줄

　하늘을 감동시키려면 사람을 먼저 감동시켜라. 그런 심정으로 참 검소하고 근면하게 산다고 노력했다. 그러나 생각과 마음은 언제나 엇갈렸다. 자신의 작고 초라한 모습만 확인했을 뿐이니 복장만 터질 것 같다. 집에 와서 옷을 갈아입는 순간부터 깨자분한 기분은 되살아났다. 정밀한 앙금이 되어 가슴 밑바닥에 가라앉아 있는 형체를 알 수 없는 울음 같은 것, 분노 같은 것. 손윗사람의 단순하고 다정한 호의조차 순수하게 받아들이지 못하는 자신의 좀스럽고 열등감 찬 소갈머리를 양지는 환멸해 마지않았다. 현미경 실험을 한 미생물학과 초년생이 구성된 물질에 대해 처음 느끼는 실망처럼 양지는 사회의 정체에 대한 기피증을 자신이 갖고 있음을 안다. 차마 확인하기 두려워서 꽁꽁 싸둔 물건은 때가 되기 전에는 절대 들여다보아서 안 되는 것을. 차고 메마른 갈대숲에 갇혀서 자신이 흔들리고 있다는 확인 역시 혼란스러움을 부추긴다.

　어릴 때, 밤에 불장난을 하면 오줌을 싼다고 어른들이 말렸지만 양지는 꿈속에서도 늘 불장난을 하다 깨어났다. 입고 있는 옷이 흥건하게 젖은 날은 방바닥이 얼음장같이 식어 있었다. 방고래를 틔우기 위해 숯검정을 뒤집어쓴 어머니가 질대를 휘저으며 아궁이 속을 아무리 쑤석거렸지만 주저앉은 구들까지 어쩔 수는 없었다. 냉골인 방바닥에서 강아지처럼 웅크리고 잔 날은 이웃집으로 키를 쓰고 소금을 얻으러가는 일이 생겼다. 수치심을 느낀 어린 쾌남은 바가지에 든 소금을 내동댕이치며 누구에겐지 모를 분노로 혼자 소리를 질렀다. 나는 꼭 따스한 양지에서 살 끼다. 돋을양지 질양지 모두 다 좋다. 따뜻한 방에서 이불을 덮은 것처럼 흐뭇하게 따뜻한 곳, 그런 양지에서 말이다. 그 후 대학생이 된 최쾌남은 환경을 탓하기보다 자신 스스로 양지가 되어야겠다는 옹골찬 결심으로 이름까지 양지로 바꾸었다. 어머니의 성인 강까지 보태자 더욱 강한 뜻이 새겨졌다. 최강양지, 최고로 따뜻하고 강한 햇볕으로 차고 단단한 집안일이며 사회는 물론 그에 따른 모든 불편과 부조리한 것까지 해체시킨다.

내가 누구냐. 나는 최강양지다. 주문처럼 아무리 뇌어도 생기가 죽 빠져나가 버린 듯 처진 전신으로 생동감은 돌지 않았다. 건조해 있는 부엌의 썰렁함을 체감하고서야 부엌을 통과하게 되어 있는 산동네의 책상보만 한 작은 자취방을 둘러본다. 일상 용품들이 동개동개 포개지고 늘어놓인 무미건조한 둥지. 양지는 눈을 비벼가며 시야를 방해하고 혼란시키는 현미경 렌즈에서 벗어나려 했다. 누가 뭐래도 나는 내 삶을 사랑해야 한다. 나마저 변질되면 내 생활은 절망뿐이다. 어제처럼 그제처럼 나는 다른 것 말고 그렇게 내 앞만 바라보고 살아야 한다. 나는 나일 뿐 그 이상도 그 이하도 아니다. 모든 것을 다 껴안고 수용해야 한다는 강박감에서 벗어나 확실한 주제파악으로 우선 먼저 나를 지켜야 한다. 잡다한 상념 속에 오래 잠수해 있어서 득될 건 없다.

양지는 픽 웃었다. 자신의 한계를 목격한 쓰디쓴 웃음이다. 무심을 가장한 채 저녁밥을 지으려던 그녀는 또 문득 생각에 떨어졌다. 미스 김의 얼굴이 스치고 지나갔다. 양지 자신보다 먼저 사장이 데리고 미미싸롱에 갔었다는 말까지. 양지는 잡념을 쫓기 위해 고개를 내저었다. 그러나 똑같은 장소에서 똑같은 이유로 미스 김과 자신이 비교 당했다는 불쾌함이 새록새록 되살아났다. 인사도 없이 그곳을 빠져나오고 난 후 사장과 그의 친구가 지었을 반응. 요즘 들어 사장은 부쩍 여자들의 여성스러움을 찬양하며 양지의 심기를 불편케했다. 비록 외부 손님과의 회동을 빌미로 업무의 효율을 증대시키기 위해서라 얼버무리기는 해도 차림새에 대한 전에 없던 간여는 양지의 사기와 자존심에 적잖은 생채기를 내고 있다. 그 따위가 무슨 상관이랴 크게 생각해서 내쳐버릴 수도 있지만 양지의 자의식은 거기서 곤두선다. 스스로 사안을 선별해서 떨쳐내면 몰라도 누군가로 인하여 자신의 뜻이 수정되는 것에 대한 두드러기는 심하게 범위를 넓혀갔다.

비서실의 미스 김이 병훈과의 관계를 염두에 둔 일차적인 교두보로 용돈 정도의 보수에 만족하며 비서실 근무를 자청했다. 추 여사는 몇 번이나 어미 딱따구리처럼 그 사실을 양지 앞에서 쪼아댔다. 사장과의 인과관계나 회사에 끼친 공을 봐서라도 양지는 자신이 미스 김 정도의 상대가 될 리 없다고 믿고 있었다. 그러나 추 여사가 전해주는 여러 가지 정황이며 회사경영과 사생활을 구분하며 변해가는 사장의 심리는 양지에게다 아들을 선택하는 기득권까지 부여할 것 같지 않았다. 머잖아 병훈이든 현태든 양자택일을 해야 하며, 이 가을이 자신의 일차적인 생의 매듭을 짓는 중요한 시기가 되리라는 예감은 하고 있었다. 하지만 정남으로 인한 뜻하지 않은 불상사는 다시 한번 그녀의 일상을 복잡한 관계 속에다 끌어들이고 말았다. 아버지의 일은 어차피 양지 자신의 소관이 아니지만 정남이 딸의 장래까지 나 몰라라 하고는 개인적인 어떤 진척도 결행할 수 없이 묶여버렸다.

착잡하게 가라앉은 양지의 시야로 반쯤 남은 소주병이 들어왔다. 딸의 눈치를 보며 딸막거리던 아버지가 마시다 남긴 거였다. 아버지. 양지는 한심한 음성으로 한숨처럼 그 이름을 외어보다가 무릎걸음으로 소주병을 향하여 기어갔다. 아버지가 얻었다는 천오백만 원짜리 팟덩이에 생각이 미치자 숨결이 거칠고 불안정해졌다. 소주병을 막 기울여 입에다 대려는데 밖에서 기척이 났다.

"불이 켜진 것 보이 인제 들어왔나보네."

문이 열리고 특징없이 넙데데한 주인댁의 얼굴이 나타났다. 양지는 찔끔한 동작으로 소주병을 뒤로 숨겼다. 주인여자의 판다곰처럼 멍든 눈자위로 시선이 먼저 갔다. 아직도 부부싸움이 화해되지 않았으니 오늘도 여기서 같이 자자는 건가. 처자식 벌어먹이느라고 노가다판에서 삐대다보니 그렇지 심성은 고운 양반인데 술이 웬수지 뭐야. 이제 그런 변명은 미덕이 아니다. 제발 자존심 좀 차리라고 세상 모든 여자들의 이름으로 주인댁을 성토하고 싶었다. 미치광이처럼 날뛴 게 언제냐는 듯 멀쩡한 모습으로 미안한 감도 없이 어른노릇 남자노릇을 다하며 군림하는 폭군에게 죄 지은 하녀처럼 굽실거리는 주인댁의 짓거리는 비록 남의 일일망정 정말 다시는 보고 싶지 않은 꼬락서니였다. 무슨 일로? 눈으로 물으며 어서 들어오라는 말을 아끼고 있는데.

"전화가 아까부터 여러 번 자꾸 왔어. 있는데두 안 바꿔주는 것도 아닌데 어쩌나 역정을 내는지, 나 원 참 별 희한한 사람도 다 보겠어. 교환수 대놓은 것도 아니면서 무슨 이런 전화가 다 있느냐고 아저씨가 얼마나 성질을 내는지, 어데 가지 말고 딱 붙어 있다가 전화 받으라고 난리가 났어."

주인여자는 벌써 남편을 용서한 모양이었다. 여자의 말을 듣던 양지는 쓰러져버리고 싶은 막막한 피로감을 일시에 느끼며 마른 입술을 핥았다. 설령 통화를 시도하다만 호남의 전화였어도 김이 빠져버렸다. 전화는 다시 어떤 내용으로 내 생활을 흔들며 다가들고 있는가. 자신을 위하는 일이건 힐책하는 일이건 타의에 의해서 자신이 휘둘리는 일은 이제 그만 당하고 싶었다. 전화를 건 상대방이 남자인지 여자인지도 묻지 않았다.

"죄송합니다. 다시는 그런 일 없도록 하겠습니다."

"같이 사는 사람이 한 집에 많으니까, 방마다 제 전화 따로놓고 쓰던가, 우리 입장도 이해해줘요. 그럼…. 아이고, 또 오네."

주인댁이 돌아서는 순간 기다리고 있었던 듯 요란한 전화벨 소리가 양지의 방까지 긴 꼬리를 달고 울려왔다. 부리나케 내달은 주인댁이 미처 마당을 건너가기도 전에 거칠게 열리는 문소리와 함께 오십대 중반인 주인남자의 술기어린 볼멘 음성이 날아왔다.

"아랫방 아가씨 전화 받으라고 해!"

양지는 주인남자의 거친 성깔이 또 터져나오기 전에 거미줄처럼 금간 좁은 시멘트 마당을 빠르게 가로질러갔다. 수돗가에 놓여 있던 비누통이 발길에 밟혀 부서지는 소리가 났다. 전기세는 야무지게 받아 챙기면서 마루에 불이라도 좀 켜놓지. 내일 아침이면 깨진 비누통 하나 때문에 수돗가에는 또 '누구 짓이다 아니다' 하는 다툼으로 한바탕 소란이 벌어지리라. 아예 불을 꺼놓고 더듬듯이 발을 미는 침침한 마룻바닥에 줄을 길게 늘인 전화기가 벌써 나와 있었다. 주인댁이 흘끔 양지를 돌아보며 어둠이 넘실거리는 마루를 건너 부엌으로 내려갔다.

"니, 너거 집에서 무슨 소리 들은 기제?"

수화기를 들자 화가 치밀어서 곧 폭발할 듯한 명자 언니의 음성이 터져나왔다.

"무, 무슨… 그게 무슨 뜻이고?"

양지는 반문을 했지만 명자의 어투에서 느껴지는 만만찮은 자신감으로 그녀가 얻은 단서를 감지했다. 브로커까지 동원해서 중국 대륙을 뒤지며 줄을 대고 있다는 호남의 전언이 사실로 드러나는 모양이었다.

"그라모 와 전화 안 받고 자꾸 빼는데? 너 참 에나로 맹랑하다. 까짓것 출세했다꼬 다른 사람 말은 이제 귀어구지에 들어오도 않나베. 하긴 너네 식구들 그런 도도한 거 뭐 있지. 그렇지만 나도 인제 아니다. 옛날 생각하다간 큰코다친다 이 말이다, 가시나야!"

상대방의 사정은 전혀 고려하지도 않고 일방적으로 나대는 명자의 목소리를 듣는데 괜히 코끝이 찡하게 아려왔다. 그렇잖아도 아까 싸롱을 빠져나와 집으로 돌아올 때는 명자 언니를 찾아가고 싶었다. 그 언젠가처럼 그녀가 권하는 대로 술을 마시며 투정이든 하소연이든 주정이라도 부리고 싶었다. 요즈막도 당골네 딸 자주 만나냐? 아버지의 물음이 있기는 있었다. 굳이 당골네 딸이라고 비하하는 아버지가 얄미워. 명자면 명자거나 네 언니 친구라고 해도 될 것을 하필 당골네 딸이 뭐냐고 뾰족하게 대꾸하고는 입을 닫았다. 바늘로 건드렸다가 쇠망치로 되맞은 듯이 무안한 기색으로 아버지도 입을 꾹 다물었다. 그리고는 아무 말도 말자 했지만 아무래도 근질거리는 입을 참지 못하고 언니가 살았으면 그만 못 했을까 보냐고 짓질렀었다. 아버지도 궁금해하는 무언가가 기어코 진행되고 있어. 양지는 송수화기를 왼쪽으로 돌려대며 신발장 옆에 아예 쪼그리고 앉았다.

"내가 그냥 관광한다꼬 대만까지 갔다온 줄 아나? 곧 작은할아버지가 오시게 손도 써놨는데 우선 녹음한 것도 곧 도착할 거다. 내가 미쳤다꼬 니한테 이런 보고까지 해야 되는지 참 기가 막힌다. 나도 인제 옛날 그 바보 촌년 아닌 건 너도 안다 아이가. 출장이네 뭐네 핑계 대고 내빼지 말고 증거 좋아하는 너 귓구녕 크게 열고 같이 듣잔 말인께 그때 되면 전화 받고 제깍 오라꼬 미리 알리는 거다."

딸깍. 단절음을 남기고 전화는 일방적으로 끊겨버렸다. 당연히 와야 된다고 포고하는 그 질긴 업의 동아줄. 고작 그 일을 확인시키려고 한 불손하고 안하무인인 전화질. 빨려갔던 신경선을 회수하기가 쉽지 않아 양지는 멍하니 통화가 단절된 전화를 들고 있었다. 그게 어찌 내 탓이냐고, 치솟은 화증으로 치면 얼른 전화기의 다이얼을 돌려서 되받아치고 싶었다. 그러나 양지는 제자리에다 얌전히 전화기를 밀어놓고 일어섰다. 눈물겹도록 명자의 성취가 부러웠다. 아직 보기 싫은 것을 보지 않고 원하지 않는 것을 거부할 권리가 있는 것이 그나마 다행스러웠다.

양지는 곧장 방으로 가지 않고 턱이 낮은 담장 가에 서서 명멸하는 시가지의 불빛을 내려다보며 명자 언니와의 지난 일들을 상기했다. 자취방에서 정남이가 증발해버린 날, 자책감으로 뼈마디가 저리던 밤도 명자를 찾아갔었다. 형편이 달라졌다고는 하지만 그래도 만만하게 떠오르는 곳은 이 도시에서 거기밖에 없었다. 정명자. 변하지 않고 당당한 문패. 신식으로 들어선 집들 사이에서 이제는 구석으로 밀려났지만 여전히 웅장한 철대문 앞으로 다가가 벨을 누르기 직전이면, 양지는 자신에게 만약 이런 재산이 주어졌다면 하는 가정을 여러 번했다. 그러나 무엇을 했을까 막상 꼬집어보니 얼른 떠오르는 게 그리 멋지지를 못했다. 하긴 언제 구체적인 청사진을 그려본 적이나 있었던가. 할 일이 너무 많다는 그 한 가지 생각과 부질없는 공상일 뿐이라는 쓰디쓴 오기 때문에 일껏 새겨놓았던 무지개조차 뒷날로 미루며 일단 흩으려버리지 않았던가. 해서 그녀는 명자의 재력이 부러운 만큼 자랑스럽지 못한 방식으로 증식된 부의 과정에 멸시를 보내는 것으로 위안을 삼았었다. 그러나 자칭 상류가 된 명자는 이제 말투조차 고향 말이 싹 지워진 서울내기가 됐다. 걱정 없는 귀부인으로 집에 누워 있을 언니를 생각하며 무슨 상상을 했는지 모르지? 이 집 주인이 다른 사람도 아니고 언니라는 게 너무 좋았어. 떨떠름한 관계가 지금처럼 구체적으로 조여들지 않았을 때 양지는 곧잘 그런 속마음을 실토하기도 했다.

　하지만 그날 양지는 되돌아서서 차가 다니는 도로 쪽을 향해섰다. 나는 상처받은 심신을 기댈 곳이 기껏 여기밖에 없는가. 명자에 대한 자신의 감정이 왜 이렇게 배치되는지, 양지는 명자가 누리고 있는 부에 대한 천박한 시기심인 것을 깨달았다. '언니, 내 동생! 막내 정남이가 없어졌어.' 친형제나 다름없이 알 것은 다 아는 명자 언니니까. 성남 언니랑 둘도 없는 단짝이었으니까 울면서 털어놓고 싶었다. 하지만 양지는 이제 굴절된 자신의 삶을 옛날처럼 털어놓아서는 안 되었다. 명자는 어느 결엔가 딴사람이 되어갔다. 걸핏하면 고향 얘기를 꺼내서 나는 이제 이만큼 잘사는데 대학이네 뭐네 그토록 아등바등하면서 공부한 너는 여태 뭐하느냐는 뜻의 속 내비치는 말로 은근히 비위를 긁기 좋아했다. 명자 앞에만 서면 대단한 위안을 받았던 고학력에 대한 자부심도 사그라졌다. 자신의 가치관에 따라서 행불행의 해석도 달라지는 것이라 주장하던 자신감도 기가 죽었다. 기를 쓰고 대학을 다닌 것은 남들 따라 빈 곳을 채우는 한스러운 동작이었지 학문을 계속한다는 구체적인 동기도 목표도 없었을 뿐더러 기계공장에서 대학 졸업장 같은 것은 봉급 산정을 하는데 별스러운 도움도 되지 않았던 것이다. 하지만 명자가 연변에 생존해 있다는 할아버지를 수소문해서 품고 있던 뜻만 내비치지 않았다면 맛있는 음식을 얻어먹고 돈 많은 사람들의 일상을 엿보는 좋은 장소로 여전히 드나들었을 집이었다. 그리고 구미호도 아닌 그녀가 변신 성공한 스토리를 다시 들으며 주인공을 바꾸어서 연상해보는 재미도 즐길 만했다.

명자는 300평이 넘는 대지에 건평 85의 이층 양옥 주인이다. 초등학생인 어린 아들 하나만을 데리고 살기에는 언제봐도 필요없는 낭비와 허세였지만 부를 누리고 사는데 전혀 서툴지 않고 자연스럽다. 떳떳치 못한 사생활을 보호 격리하듯이 한적한 곳에다 지은 집인데 지금은 그것마저 도시개발의 여파를 타고 눈덩이처럼 가치가 불어났다. 도심의 번화가에도 임대해준 빌딩이 있고, 상가의 점포도 여러 개 있으며, 고향에도 논밭이며 야산을 수 없이 사놓았다. 부의 가치는 운용에 있지 타인에게 과시하거나 격을 상실한 쓰임새로 전락해서는 인격을 해칠 뿐이라는 것을 명자는 상관하지 않았다. 명자, 그녀는 이제 담장 위로 뱀이 기어다니던 오두막집의 당골네 큰딸 명자가 아니었다. 마음만 먹으면 무엇이든지 할 수 있는 재력을 갖고 있었다. 한쪽으로는 우듬지만 총총하게 내려다보이는 깊은 잡목의 수림이 수해처럼 아득히 펼쳐져 있고, 또 한쪽으로는 도회의 끝자락이 아스라이 다가오고 싶은 그리움의 손길처럼 뻗어와 있던 이층에서 양지는 감회어린 표정의 명자와 밖을 내다보며 나누었던 대화들을 떠올렸다. 그때는 그녀의 작고 단단한 몸매까지 어쩜 그렇게 야무지고 꾀스러워 보였을까. 양지는 그때 중요한 일은 핵심부터 간파하는 것 같은 명자 언니의 작은 눈을 찬탄어린 눈길로 바라보았다. 일 미터 오십 센티도 채 안 되는 저 작은 몸 어디에 그런 기지가 숨어 있었던 것일까. 이럴 때 '기지'라는 표현을 쓰는 것은 썩 적합하지 않을지 모르지만 그녀의 인생전환은 기지에 의한 반전이라고밖에 달리 정확한 표현이 없었다.

공장뜨기로 잔뼈가 굵어 그 밥에 그 나물인 그렇고 그런 남자와 결혼을 해서 역시 그 나물에 그 밥인 그런 생활만 하다 인생을 마칠 게 뻔한 것이 명자 그녀가 이전까지 소지하고 있던 인생의 자산이었다. 눈곱만큼의 의심없이 판단을 내릴 수 있는 것이 그렇고 그런 집의 딸자식들이 숙명으로 지고 나온 사주팔자였던 것을 주위의 여러 예들은 충분히 보여주고 있었다. 그런 속설을 증명이나 하듯이 사람들의 입에서는 한때 고난에 시달리다 못한 당골네 딸 명자가 자살했다는 소문이 나돌았다. 그런데 잠잠해졌던 당골네 딸 명자의 이야기가 다시 소문이 되어 사람들 사이를 비집고 넘쳐흐르게 된 것은 그로부터 십여 년 후였다. 당골네 딸 명자, 그 죽었다던 아이가 삐까번쩍한 자가용을 타고 왔더라. 왔으면 그냥 온 게 아니라 지어먹을 만한 땅뙈기를 사서 그것도 노동력이 없는 부모 힘들지 않게 소작을 주는 배려까지 했고, 공장에 다니거나 남의 집 고용살이로 힘겹게 살고 있는 동생들을 제 밑으로 모두 불러올렸다더라. 공부할 시기에 있는 동생들은 학교에 넣고 그렇지 못한 아이들은 가진 기술대로 학원 수강을 더 시키거나 자영할 점포를 사주었다는 것이다. 벼락부자가 된 그녀의 행적을 의심한 경찰지서에서 혹시 불온단체와 연결되어 있지나 않나 몰래 뒷조사까지 했더랬다. 명자는 그때부터 집안을 대표해서 양지 혼자 떠안고 골머리 썩히며 대적해야 할 까다롭고 짐스러운 숙제가 됐다. 명자가 아이들 때는 예사로 여겼던 집안 내력을 각을 세우면서 파고들자 털어놓던 속내도 숨기게 눈에 보이는 현실의 격차는 심장부터 벌렁거리게 하는 거였다.

관계가 좋았을 때, 명자는 비장한 음성으로 양지에게 말했었다. 사람은 가난할 때 가난이 가진 한을 양분삼아 먹고 자란다. 가난 속에 잠재한 그 풍부한 자양이 무엇인지 양지는 명자로부터 들었다.

"데친 풋나물처럼 시그러져드는 새벽잠을 쫓아가며 하루 종일 시끄럽고 침침한 공장 밑바닥을 긴다고 해도 일당은 뻔했어. 그나마 몸이라도 아파 하루 결근을 하면 썩은 무 잘리듯 가차없이 뭉텅 이삼 일치의 노임이 잘려. 공휴일도 쉬지 않고 특근 잔업을 한다고 아무리 나대봐야 월급이라곤 항상 우리들 인생을 사기 당한 듯 기분 잡치는 액수 아냐. 집에 좀 부치고 나면 적금 하나 삐져 넣기도 항상 빠듯했지. 먹는 것 입는 것 다 줄인다 해도 그 모양인데 마른버짐이 핀 얼굴에 크림 한 통은 언제 사바를 수 있겠어. 이번 달에는 외상 값 안 떼이고 좀 살아보나 하고 치마 허리가 빙빙 돌게 배를 주리고 살면 집에서 또 급한 일 생겼다고 돈 필요하다는 환장할 것 같은 연락이 오는 거야. 빚을 보면 쓰러질까봐 아예 죄인처럼 고개를 숙이고 다녔지만 하늘은 왜그리 노랗게 시도 때도 없이 팽팽 돌아서 사람을 쓰러뜨리던지."

양지도 어릴 때 가출한 성남 언니를 따라 명자가 다니는 제사공장을 둘러본 적이 있었다. 새마을 바람이 온 천지를 휘두르고 다닐 때 돈벌이가 될 만한 일들은 가난한 시골사람들의 심성까지 무차별적인 도시행렬로 이끌어냈다. 이때 건강하고 착한 농촌의 딸들은 너도 나도 도시로 진출하여 차장이나 방직공장 공순이로 돈과 젊음을 바꾸었다. 경제자립이 최우선 과제로 일컬어지는 사회의 바람대로 성남 언니 역시 충동질되어 있었다. 그러나 아버지의 반대로 인해 여지없이 좌절되었던 성남 언니의 사회진출과 함께 기억에 남아 있는 방직공장 내부의 혼탁하고 살풍경하던 작업환경은 명자 언니의 어떤 일탈도 이해하고 남음직했다.

이제 여기 주인이 나라고 문패를 가리켜보이던 날 명자는 노을 지는 서녘 하늘을 바라보며 감격의 눈물을 흘렸다. 그러나 곧 이제는 울 일이 없는 갖춘 사람의 평정심을 찾은 담담한 어조로 그 시기의 사연을 풀어놓았다.

"그래도 나는 행운이었지. 폐병으로 꼬챙이처럼 말라가지고 숨을 쉴 힘도 없어서 어느 날 밤잠을 자다가 깨어나지 못한 친구도 있었지. 외꽃처럼 샛노란 얼굴로 크렁크렁 기침을 달고 살면서도 병원비가 겁나서 병원 한번 못 가보고 버티다가 피를 바가지로 토해내고 죽어버린 그 애를 생각하면 늘 지옥을 헤매었어. 심성이 착해서 극락에 갔을 거라 위안하면서도 우리는 그다음 순서가 어쩌면 나일지도 모른다는 두려움을 어둡게 품고 있었지. 남을 위해서, 아니 나 자신을 위해서 착한 일이라곤 해본 적이 없었거든. 언제나 다음에, 이다음에. 우리는 그렇게 절실한 희망에 대한 그리움을 이다음이라는 등불로 대신 걸어놓고 살았지. 내 친구들은 모두 짐승 같았어. 요즘 텔레비전을 보면 애완용 먹이로 길러지는 굼벵이 같은 게 있던데 그때 우리 딸자식들이 바로 저 굼벵이 신세였다 싶으니 얼마나 목메는지 그냥 꺼버린다. 부모들도 짐승 같기는 마찬가지였어. 권하는 자의 설득에 넘어갔을 것이기는 했지만 딸자식의 시체를 해부용으로 의과대학에다 팔아넘기고 침 발라 가며 돈의 액수를 세던 아버지, 그 돈이 어디에 쓰일 건지 너무 잘 알고 있던 우리들은 병든 황소처럼 속을 앓았을 뿐 당연하게 받아들여야만 했지. 누이가 썩은 거름으로 대학이나 유학을 한 아들자식이 과연 그 부모에게 얼마나 후레자식이 되어 가는지, 그런 소문을 들으면서도 가난한 부모들의 죄 많은 딸년들이 내 주위에는 수두룩했어. 끝도 없는 암흑의 터널이기는 나 역시 마찬가지 아이더냐. 하지만 나는 엄마와 아버지가 굿을 잘한 덕인지 곧 그 지옥 속을 탈출할 수 있는 길이 트이더라. 누가 손가락질을 해도 나는 떳떳해. 그나마라도 내가 소용될 곳이 있다는 게 얼마나 큰 행운이었는지. 그 제의를 받는 순간 나는 내 속을 다 뽑아 던지기로 결심했다. 큰 것만 보고 앞만 보기로 했어. 기회가 왔다, 이게 기회다 싶은데 놓쳐서 되겠니? 그런 횡재수가 뻗치지 않는 한평생 그 모양으로 살다 피똥 싸며 죽어야 할 복쪼가리 아니더냐.”

마음속에 쟁여서 꿈틀거리고 있던, 누군가에게 한번 털어놓은 다음 씻어버리고 싶던 아픈 고름인지도 모름과 동시에 현재를 자랑하고 싶은 희열에서인지도 몰랐다. 명자의 입에서는 고급 포도주의 좋은 향기가 달큰달큰 흘러나왔다.

“니 언니 성남이랑은 그때 편지도 주고받았으니 다른 사람은 몰라도

니 언니 성남이도 마지막에는 알고 있었지. 영감은 나보다 마흔 살이나 많았다. 게다가 중풍이 들어 거동조차 마음대로 못 했지. 병들면 인생이 끝장난다고 하지만 나 같은 인생을 위해서는 병이 꼭 그렇게 나쁜 것만은 아닌 거 있지(이 말을 하면서 그녀는 떫은 미소를 흘렸다.). 그리고 젊음이, 아니 내가 여자라는 것이 그렇게 가치 있는 것인지, 그때 확실히 깨달았다. 고국에 대한 향수 때문에 생명을 연장시키고 건강을 되찾고 싶은 영감이 자기 재산을 뚝 잘라서 내 젊음을 샀거든. 옛날 영화 같은 데 보면 나이 많은 대감이 동첩을 들이거나 나 어린 여자 애들을 상대로 돈 많은 사장들이 오입을 하거나 하잖아. 뭘 모를 때는 불여우 같다고 계집애 욕을 하고 짐승 같다면서 남자들 욕을 했는데, 그런 놀이가 그 지긋지긋한 가난에서 나를 구해준 구세주가 될 줄 어떻게 알았겠니. 나도 버러지처럼 일만 하다 죽느니 사람답게 한번 살아보고 싶었어. 좋은 집에서 고급 옷을 입고 맛있는 음식을 먹으면서 하인도 부려보고 싶었어. 단지 병든 노인을 남이 아니라 내가 버릴 수 없는 식구 중 누구라고 바꿔 생각하고 휠체어를 밀어주고 드라이브를 시켜주며 그가 어르는 대로 인형처럼 천진스럽게 같이 놀아주며(명자 언니는 이때 잠시 눈을 감고 말을 끊었다.). 나를 택한 그들의 요구대로 나는 응했어. 어차피 각오한 일(명자 언니는 유난히 힘주어서 각오란 단어를 발음했다.) 영감이 백 살을 산다 해도 삼사십 년, 어디서건 죽도록 일을 해야 하는 건 내 운명인데 이것도 일이다. 아주 비싼 일당을 받는데 그 정도야 못 이겨내랴. 결론은 간단했다. 바꿔 말해서 내 젊음을 파는 대가였지만 나는 서슴지 않았다. 베 짜는 기술이라면 서로 끌어가려는 최고의 직수였지만 어디서 그런 일당을 주겠니…. 나는 우리 아버지 큰딸이잖니(큰딸이라는 그녀의 비음 섞인 강조는 몹시 비장하게 들렸다.). 너도 알잖니. 우리 아버지가 어떻게 살았는지. 불쌍한 우리 아버지한테 보답하고 싶었다. 아무 짝에도 쓸모없는 딸자식이라고 남들은 그랬지만 너도 알다시피 우리 아버지는 목숨처럼 끔찍이 우리를 사랑했잖아."

벙어리인 명자의 아버지는 온전히 딸의 보은을 누리지는 못했다. 딸이 보낸 돈으로 새 집을 지어 가구도 신식으로 일습을 갖춰넣었고, 냉장고 속에는 고기며 술이며 먹을 게 잔뜩 들어 있으며 금단추 달린 비단마고자를 입고 푹신한 이부자리에서 백만장자처럼 여유있는 생활을 누린다던 명자의 아버지는 갑작스러운 생활의 변화를 수용하지 못하고 풍맞아 고생하다가 다섯 해 만에 세상을 떠났다. '복 없는 인간은 갈아입을 몽당중의가 씻고 벗고 두 개면 죽는다'는 말이 명자 언니 아버지를 두고 사람들 입에 한참 물려다녔다.

'아버지를 위해서', '아버지에게 보답'이라는 명자의 말은 이중적인 암시로 양지의 심사에다 돌을 던졌다. 누군가의 해코지로 명자의 아버지가 언어장애인이 되었는데 가해자가 누구인지 쉬쉬할 뿐 대개의 어른들은 옴짚고 있는 듯했던 것이다. 당골네의 북짐을 굿판까지 져다주고 복채로 받은 쌀을 받아나르는 것이며, 간혹 뒷산에 올라가 넋 잃은 듯 먼산바라기를 하는 게 명자 아버지 그가 하는 일의 전부였다. 아버지가 있다한들 조금도 미덥지 않은 심약한 마음씨며 겨릅대처럼 잔약한 체구 또한 소작 농토라도 얻어서 꿍꿍 일할 수 있는 노동력을 기대할 형편도 못되었다. 하므로 굿거리가 뜸하면 속수무책으로 양손재배하고 있어야 하는 어미아비를 먹여 살리기 위해 당골네의 딸들은 초등학교도 졸업하지 못하고 직물공장이나 남의 집 식모로 집을 떠나야 했다. 그야말로 천형처럼 가난만 물려준 지지리도 못난 아버지이자 어머니였다. 그런데 명자는 아버지를 위해서라느니 보은이라느니 하는 말을 아주 당연한 듯이 했다. 또 큰자식이라는 말도 무척 기껍게 입에 담았다. 양지는 아무래도 공감되지 않는 말이어서 그럴 때의 명자를 유심히 뜯어보곤 했다. 성남이라는 이름과 명자를 바꿔보기도 했다. 언니라면…. 하긴 성남 언니도 살아 있었다면 명자와 다를 바 없는 정성으로 몸과 마음을 가족에게 바치지 않았을까.

양지는 노동을 팔았다는 명자의 말에 대한 역겨움으로 그와의 결별까지 결심한 적이 있었다. 자신의 떳떳하지 못한 극복 방법을 정당화시키는 변명일 뿐 희생을 감수했다는 말이 실감나게 와 닿지 않았던 것이다. 그러나 회사의 부도와 노동쟁의의 실패로 칩거하여 라면 한 개를 살 여유도 없이 숨죽이고 있을 때 명자의 도움을 받고부터 이해의 방향이 달라졌다. 똑같은 상황이 되어서 겪어보지 않은 사람은 절대 이해라는 말을 함부로 할 게 아닌 거였다.

지금도 그때 생각을 하면 양지는 마음이 편치 않다. 종조부가 연변에 살아 있다는 정보만 입수하지 않아도 명자는 너그럽게 성남 언니처럼 양지의 응석과 엄살을 받아주었을 것이다. 러시아종 '부르주아'의 위협적인 커다란 목청이 허연 이빨을 깊이 박을 듯이 다가들었던 그날만 해도 표면상의 우정은 원만하게 이어지고 있었다.

잔디를 가르고 카펫을 깐 것처럼 정교하게 연이어져 있는 빨간 보도블록 저편의 현관문을 열고 명자는 기다리고 있었다. 들어오지 않고 뭐해. 그 집 개는 흔치않은 외국종이었다. 털이 긴 체구만 보아도 위협을 느껴 꼼짝도 못 하는데, 약 올리듯 느름느름하게 웃고 있는 명자 언니를 보자 양지는 울컥 모멸감을 느꼈다. 계속 머뭇거리고 있던 양지는 참다 못해 소리를 질렀다. 언니, 나 똥개도 무서워하는 것 모르나. 그제야 명자는 창, 창, 개의 이름을 부르며 머리를 쓰다듬어 진정시켰다. 그리고는 크게 뜬 눈으로 양지의 얼굴을 더듬으며 호들갑스럽게 나무랐다. 여태도 밥 굶고 다니니? 이게 뭐냐. 온몸에 눈뿐인 게 똑 질라재비 것다. 뼈하고 까죽뿐이다. 그렇게, 명자 언니랑 성남 언니의 화신처럼 여기며 언제까지나 다정하게 살아갔으면 좋았을 것이다.

양지는 지금 존재의 허무에 빠져 있다. 대저 생명이란 무엇이며 핏줄이란 무엇인가. 뻐꾸기 알지? 그 놈, 그 잡아 죽일 놈, 남의 둥지에다 제 알을 낳아 남의 것을 독차지하며 자라게 한다는 새 말이야. 나도 이제야 그게 그런 샌지 알았다만 그 새가 그렇게 우리하고 연관이 깊은 줄 짐작이나 했나. 언니는 그게 우리들과 연관되는 걸 어떻게 알아? 증거 있어? 너도 참 어리석다. 증거라니? 증거를 대라고? 증거가 있었다면 이런 억울한 일은 생기지도 않았지. 그렇지만 너네 고조할아버지가 무서워서 드러내놓고 말은 밖으로 안 내서 그렇지 고향 사람들, 나이 든 사람들은 다 우리 두 집일을 알고 있었다더라. 절차가 까다롭고 노병이 심해서 얼른 못 오시는 대신 할아버지 말씀을 녹음하고 비디오라도 찍어달래야 되겠다. 드디어 그 일을 성사시킨 명자는 되치기로 승리한 씨름선수처럼 양지를 부르는 것이다.

양지는 발끝으로 시선을 떨군 채 방으로 돌아왔다. 그때까지만 해도 명자 언니는 따져보면 남이 아닐 것 같은 저 혼자만의 이유로도 친절하고 다정했다. 어리광 섞인 양지의 투정을 친언니처럼 무람하게 받아주고 위로도 해주었다. 그러나 알고보니 명자는 가슴속에 맺힌 한을 숨기고 있었던 것이다. 돈 많은 하인이 양반족보를 사서 양반 행세를 하는 것쯤은 책으로도 연속극으로도 흔히 접했던 옛날 일들이었다. 명자네와의 관계에 막상 그런 내력이 연계되어 있다는 것을 처음 알았을 때 양지는 놀라움보다는 올 것이 왔다는 필연적인 어떤 감회에 맞부딪쳤다. 법 없이도 살 사람인 명자 아버지를 일없이 헐뜯고 눈엣가시처럼 보기 싫어하던 아버지의 행태. 쌓여 있던 의문이 비로소 확연해졌던 것이다. 아버지를 아버지답게 여기지 않는 양지네의 성장과정을 잘 아는 명자였으므로 양지까지 싸잡아서 탓하는 일은 없었다. 그러나 양지네의 굴복을 받고 싶은 한 서린 감정은 새록새록 뼈를 키우고 있었던 것이 사실로 드러났다. 이제 명자는 가난하고 무식하던 그 옛날의 명자가 아니었다. 무식하고 못난 것 때문에도 결코 기죽지 않을, 얕잡아보아서 안 될 능력자가 된 것이다. 나를 저토록 안달나게 불러서 도대체 무엇을 하자는 걸까. 경로를 거쳐서 도착한 비디오를 보여주며 족보를 내놓으라고 족칠지도 모른다. 도의원 선거에 나선 기철이를 위해 표밭을 갈퀴질할 최상의 건수로 이용될 것도 뻔했다.

어느 날 명자네 거실에서 본 기철은 술에 취해 인사불성이 되어 있었다. 첫눈에 기철을 알아본 것은 아니었다. 그동안 이 여자는 무엇을 했을까. 언뜻 보기에 별로 달라진 것이 눈에 뜨이지 않는 명자네의 거실을 한 눈에 훑어보며 양지는 그런 생각을 했다. 비디오가 같이 장착되어 있는 대형 텔레비전, 오토메이션 응답기 등 몇 가지만 신제품으로 바뀌었을 뿐 졸부의 전시용품이 역력했던 장중하던 독일제 오디오, 벽난로 옆 벽에 걸려 있는 사냥총, 무소뿔 술잔, 살촉과 전통이 멋있게 장식 된 양궁, 사냥에서의 전리품을 그대로 박제시켜놓은 듯한 오소리며 고라니, 꿩, 아프리카의 코브라, 호랑이 가죽 걸개 등은 남편이 장식해준 옛날 그 대로 위치마저 변함없이 제자리를 지키고 있었다. 주체할 수 없는 세월 의 흐름으로 약간 낡아보이기는 할망정 오히려 그것마저 만만찮은 기품 으로 형성되어 이제는 누가 보아도 졸부가 된 여자의 과시용 장식물이 었다는 것을 눈치채기 어렵게 자리 잡았다. 고급 옷감으로 몸에 맞는 옷 을 만들 듯 명자는 이제 주위의 상황들을 하나하나 제 것으로 만드는 데 능숙함도 갖추고 있었다. 수영, 등산, 고전무용, 창 부르기 등을 익히면 서 사귄 친구는 물론 여러 방면에 걸친 해박한 상식도 많이 갖추고 있 다. 그들의 성장은 결코 그것만은 아니었다. 뒤늦게야 기철의 존재를 발 견했던 것이다.

"앉아라. 와그리 뻣쭉하게 섰노, 천장 안 무너진다."

양지의 눈치를 살피다 소파에서 잠든 젊은 남자의 얼굴 위에서 둘의 시선이 엉키는 순간 어이없다는 듯 요란스럽게 명자의 웃음소리가 까르 르 터져나왔다.

"내가 젊은 애인이라도 불러들인 줄 알았어? 잘 봐라 눈고. 기철이 아 이가."

"엄마야, 에나가?"

양지는 동그래진 눈으로 세상모르게 잠든 청년의 얼굴을 찬찬히 뜯어 보기 시작했다. 함부로 풀어헤친 상의 자락 사이로 탄탄해보이는 젊음 이 유감없이 드러나보이며 그 속에 담긴 정열이 숨결 따라 열심히 펌프 질되고 있는 넓은 가슴, 목이 조여 그랬는지 느슨하게 아무렇게나 걸치 고 있는 갈색 넥타이, 파란색 보석을 박은 큼직한 반지며 금장시계, 궂은 것과는 상관없는 성장과정을 거친 사람 특유의 기름한 흰손, 필요한 것은 모두 갖추고 있는 부족한 것 없는 젊은이의 모습이다. 명자 언니의 동생이라서 단박 바뀐 그런 느낌이 아니라 성장과정에서 육화되지 않으면 결코 가능하지 않을 기품 어린 면면이 기철의 전신에는 이미 넉넉하게 배어 있었다. 부모와 누나들에게 싸여서 어리광이나 부리던, 반편이라고 놀림 받던 그 어리보기라고는 도저히 믿어지지 않는 변모였다.

"아아도 참, 저 변한 건 생각지도 않고 우리 기철이 변한 건 그렇게 놀랍냐? 그러고보니 자아보다 니가 댓살이나 더 많제?"

양지 저를 먹이자고 일부러 내온 듯한 갈비찜을 명자의 손에서 받아들고 술도 받아마셨다. 괴로움을 좋아하는 사람이 어디 있으랴. 모면할 길이 있으면 모면하고 보류할 수 있으면 보류하고 싶은 것이 인간의 속성이다. 이미 얼 잔이나 취한 듯 간잔조롬한 명자의 눈길은 양지가 왜 왔을까라는 의문보다는 이 대견스럽고 예뻐 죽겠는 사람을 너에게 보여줄 수 있어 좋다는 듯이 기철의 잠든 얼굴 위에서 눈을 떼지 않았다.

"쟤가 좀 있으모 의원님 선거에 출마한단다. 니 믿어지나? 향우회·동창회 얼굴 내밀고 다니느라꼬 매일 취해서 저런다. 너 온다니까 기를 쓰고 버티더마 저리 아주 곯아떨어졌어."

난방이 잘 된 실내인데도 차렵이불을 가져다 기철을 덮어주는 명자를 보자 깊이 모를 자격지심이 무럭 솟아올랐다. 칼끝처럼 따갑게 목줄기를 훑고 내려가는 양주. 목에 걸린 가시가 씻겨내려갈까. 술을 즐기지도 않으면서 냉수를 마시듯이 양지는 계속 술을 마셨다. 아버지의 외도로 집안이 또 시끄럽다는 호남의 전갈을 받은 다음다음 날이었다.

4. 너는 누구냐

지난 날을 회상하다 집을 나간 것까지는 알겠는데 어디서 무슨 짓을 했고 얼마나 마시다 언제 돌아왔는지 아무것도 기억나지 않았다. 양지는 자신이 익숙하지 않은 어떤 현상에 지나치게 신경을 집중하고 경도되어 있다는 것을 어렴풋 깨달을 뿐이었다. 영리한 사람 제 꾀에 제 무덤 판다던 누군가의 말을 떠올렸다. 나는 그럼 영리한 사람인가. 그건 잘 모르겠다. 그러나 영리한 척했던 것만은 사실이다. 내내 머릿속에 재고 있었던 명자 언니 남매의 모습이 상기되었다. 내가 그들을 적수로 삼았던가? 그런 것 같기도 하다. 그러나 꼭 그들이라고 말할 수는 없다. 나보다 나은 모든 사람들은 모두 다 내가 극복해야 될 목표였다. 소리 내중얼거리며 양지는 고개를 좌우로 흔들었다. 늘 이랬다. 정남의 죽음 이후 하루도 분명한 날이 없었다. 안개가 낀 듯 머릿속은 희미했고, 일에 대한 의욕이며, 앞날의 비전이 전혀 바로 보이지 않았다. 명자의 비아냥거림대로 '까짓것도 출세한 것'이라고 그런지도 모른다는 생각을 양지 자신도 안 해본 게 아니었다.

새 사옥으로 이사를 하고 '기획실장'이라는 명패가 책상에 놓이자 양지는 제일 먼저 명자 언니를 떠올렸고, 그녀와 키재기를 하고 있는 자신을 발견했다. 그리고 불가항력적인 높이에 질려 서서히 졸아드는 자신을 인지했다. 자신이 보이지 않는 자신에게 던지는 아픈 질문을 들었다. 너는 고작 명자와의 동등한 위치 확보를 위해 오늘까지 살아왔는가. 그렇지는 않다고 자신의 논리가 부인하는 힘찬 목소리를 들었다. 그렇다면 나는 무엇 때문에 돈을 벌고 학력을 높이고 출세지향적인 삶을 추구하고 있는가. 여자 나이 서른 중반이면 결혼은 물론이고 아들이든 딸이든 출산도 마쳤을 것이며, 학부형이 되어 있을 나이다. 그런데 나는 무언가. 왜 무엇 때문에 나의 뇌리속에는 악귀의 혼령과도 같은 모진 영혼이 자리 잡고 나날을 고통과 투쟁의식에서 벗어나지 못하게 나를 조종하며 옭아매는가.

양지는 요즘 성격에 맞지도 않는 희한한 번민에서 자맥질하며 자신의 영혼이 하루하루 풀이 죽어가고 있음을 느꼈다. 어제 저녁만 해도 그렇다. 못 먹는 술로 자신을 가학할 것이 아니라 떳떳하고 당당하게 선대의 잘잘못을 인정하고 그들 명자네의 오늘을 치하하는 아량을 보였어야 옳았다. 그런데 자신은 명자 언니의 다녀가라는 전화를 무시한 채 혼자서 술을 마셨다. 맛도 없고 쓰디쓴 소주를 기를 쓰고 마셨다. 따라잡을 수 없이 먼 곳 높은 위치로 자리바꿈한 그들을 속으로 부러워하면서. 다시 생각하니 죽이고 싶도록 자신이 밉고 창피스러워 쥐구멍이라도 찾아들고 싶었다. 반짝 떠올랐다가 두서없이 명멸하는 이즈음의 일들. 아버지의 방문. 호남의 전화로 알게 된 아버지의 득남 소식. 사장을 남겨두고 옷가게를 빠져나왔던 일…. 수연을 낳고 제 정신으로는 도저히 감당할 수 없었던 저 자신의 충격적인 변모를 비관하며 결국 생을 마감하고 만 정남의 애석한 죽음 등.

뒤미처 울컥 욕지기가 솟구쳤다. 입을 막으며 몸을 일으키자 골머리 속으로 찌르르 통증이 파고들었다. 입을 막았던 손으로 머리를 싸쥐며 몸을 구부리고 엎드렸다. 발목이 이상했다. 뾰족하고 딱딱한 것이 오른 쪽 엉덩이에 박혀들었다. 양지는 피식 웃으며 오른쪽 발에 아직도 꿰어 있는 구두를 벗었다. 반쯤 닫힌 방문 이쪽으로 흙부스러기며 음식물찌꺼 기 같은 것들이 흩어져 있는 것도 보였다. 그제야 아버지가 마시다 남긴 술을 시작으로 마셔댄 술은 미치도록 정남의 분신이 보고 싶은 감정을 부추겼고, 술김에 밤길을 달려갔다가 차마 위탁가정의 대문을 흔들지는 못하고 되돌아온 것이 희미하게 떠올랐다.

양지는 부리나케 부엌문을 살폈다. 다행히 부엌문은 꼼꼼히 닫혀 있었 으나 배 아픈 강아지의 설사처럼 꾸덕꾸덕 말라붙은 토사물로 부엌바닥 은 온통 더럽혀져 있었다. 양지는 제가 저지른 난장판을 멍하니 내려다 보았다. 사람에게 감정이 있는 게 사실이라면 이럴 때는 울어야 할 것이 다. 외로움밖에 확인되지 않는 자신의 처지를 서러워하며 뜨겁게 뜨겁게 누선을 자아올려야 하리라. 그러노라면 매우 쏟아진 소낙비로 지저분한 개울바닥이 씻겨내려 가듯 어수선한 감정도 조금은 세척될 것이다. 그러 나 알면서도 그렇게 되지 않는다. 안타깝게도 양지는 눈물이 적다. 이 정 도의 자극으로 눈물이 흐를 만큼 양이 많지를 않다. 자신의 감정을 닦달 해놓은 결과로 여간한 일에는 흐물거리지 않도록 눈물샘의 바닥은 늘 메 마르고 딱딱했다.

양지는 천천히 몸을 움직여 청소를 했다. 뱃속이 꿀렁거리도록 원없이 물을 들이켰다. 다시 방바닥에 드러눕자 냉기가 오싹 엄습해 되는 대로 이불을 헤쳐놓고 그 위로 몸을 굴렸다. 출근하면서 갈아넣는 탄불인데 그냥 넘겼으니 방바닥은 벌써 차게 식어 있었다. 따뜻함이 간절했지만 다시 일어나서 불을 피우러 몸을 움직이기 싫었다. 섬뜩한 냉기에 닿을 것이 싫어 두 손을 가슴에다 얹었다. 앙상한 젖가슴이 감촉되었다. 거저 조금 살이 넉넉한 가슴 벼랑에 건포도 두 알이 달랑 매달려 있는 것 같은 빈약한 가슴이다. 언제 한번 삿된 공상으로라도 가슴을 부풀려본 적이 있었던가. 헤식게 미소를 흘리며 고개를 돌리는데 벽에 걸린 꽈리 묶음이 눈에 띄었다. 당골네는 아직도 그 집 안 버리고 있데. 기철이는 골짜기 하나를 차지해서 농장을 만들고 궁궐 같은 양옥 지어서 이사했는데 뭔 맛으로 그 오두막을 그대로 보전하고 있는지 모르겠더라. 재미삼아 명자 언니네 옛 집으로 산보 갔을 때 잘라온 거라며 호남이가 보내준 거였다.

친구할 만한 다른 집 아이들이 많았는데도 아버지의 눈을 피해가며 명자 언니네 자매들하고 유독 잘 어울려서 놀았다. 적지 않은 양쪽 집 아이들이 모여앉아 청개구리처럼 불어댔던 꽈리소리…. 양지는 저도 몰래 입가에다 미소를 흘렸다. 흐드러지게 우거진 찔레덤불, 억새풀을 헤치고 개울둑을 거슬러오르면 커다란 두엄더미나 부채버섯마냥 그 집, 명자 언니네 집은 엎드려 있었다. 아무렇게나 흩어져 있는 돌무더기가 반키나 되어 돌각담 구실을 했는데 철따라 모메꽃이 피거나 호박덩굴이 우거지면 한결 아늑한 생울타리가 되었다. 동네에서 너무 외따로 떨어져 있어서 겉모습만으로도 그 집은 항상 춥고 을씨년스러운 가난에 짓눌려 있었다. 먼 산발치에 어스름이 내리면 명자 언니는 굿하러간 부모

대신 빈 집에서 같이 잠을 자줄 친구를 찾아 울밑에서 기웃거리곤 했다. 너 아부지 아실라. 첫닭 울거등 쎄기 온나이. 어머니의 허락을 받고 대밭 사이 개구멍으로 언니를 따라 빠져나가면 덩달아서 신이 났다. 쌀 한 종구래기씩을 추렴해서 '맨잦이'로 바싹 지은 쌀밥은 정말 입안에서 살살 녹았다. 한 사람이 한 꼭지씩 하게 되어 있는 옛날이야기나 어려운 스무 고개는 날마다 되풀이되는 거의 비슷한 내용일망정 성남 언니와 명자 언니의 표정과 행동에 따라 아주 새로운 재미를 불러일으켜 모두를 웃기거나 무서워서 이불을 뒤집어쓰게 했다.

그때라고 떠올리면 고향의 추억 속에는 명자 언니네 집이 먼저 떠오르고 호박덩굴 밑에 똬리 틀고 있던 비단구렁이를 꼬챙이에 걸고다니던 기철이, 밥그릇을 들고 마당이나 뒤꼍이나 담장 위, 심지어는 집 앞 버드나무에 걸터앉아서 냠냠거리고 먹던 그들의 획일적이지 않은 자유스러움이 부럽던 것까지 낱낱이 되살아났다. 그리고 갸웃 고개를 젖혀 바라보는 부러운 눈길 저쪽에는 의문부호로 항상 아버지의 얼굴이 떠올랐었다. 아버지는 항상 '계집 치맛자락에 말려서 죽어지내는 자식'이라며 별 것 아닌 것을 꼬투리 잡아서도 명자 언니 아버지를 욕했다. 아주 비천하고 흉한 것들의 변신을 혼자만 아는 듯이 침을 뱉고 노골적인 멸시를 퍼부었다. 그때 생각으로는 참 이상한 사람들이 명자 언니네 아버지 어머니였다. 그들은 마치 이곳에서 쫓아내지만 않는다면 어떤 천대나 멸시도 감수해낼 각오가 되어 있는 것처럼 불구의 삶을 감수했다. 언제 무엇 때문에 왜 이곳으로 흘러들어왔는지, 그들과 맞닿아 있는 아버지의 증오와 멸시….

양지는 잇바디 사이로 괴로운 신음을 흘리며 벽을 향해 몸을 돌렸다.

빈속에 마신 술 탓으로 몸은 늘어졌지만 점점 명료해지는 의식의 한쪽에 또렷하게 각인되어 있는 의문이 떠올랐다. 위탁모의 집까지 갔다가 허탕치고 그냥 되돌아오는 길에 양지는 명자에게 공중전화를 걸었다. 내가 무슨 말을 할지 그게 그렇게 궁금하면 진즉 오지. 내일 와라, 오면 시원하게 말해줄게. 양지는 요점만이라도 말해주면 가겠다고 했다. 그래, 꼭 그렇다면…. 명자 언니의 목소리에 감긴 감정은 마치 똬리 튼 코브라의 독기처럼 격하게 건너왔다. 너희 엄마 해마다 찾아가는 언양 산소가 있지? 당하고 살았던 우리는 너무 억울하다. 내 말이 거짓말 같으면 지금이라도 들어봐. 이게 증거니까. 명자가 송수화기에다 카세트를 틀어댄 모양이었다. 쏴아거리고 끼끼거리는 기계음 속에서 의치를 문득 바람 샌 늙은이의 힘 빠진 목소리가 흘러나오는 걸 들었던 것 같기도 했다. 웅얼웅얼로 밖에 들리지 않는 질 나쁜 녹음과 명자의 부언이 부풀어오르는 취기에 밀려 아슴하게 멀어졌다. 그러나 한 가지 중요한 것은 무언가 심각한 것이, 상식을 벗어난 엄청난 그 무엇이 목전에 당도해 있다는 느낌이었다. 거기다 아버지와 자신의 초라한 환영이 대비되어서 어른거리기 시작했다. 양지는 밑동이 잘린 듯한 허망함과 무안함을 끄기 위해 정신없이 취한 척 전화기 속에다 일부러 주정도 부렸던 것 같다. 그리고 삭힐 수 없는 참담한 심정으로 거리를 헤맸다.

회사에 전화를 걸어야 할 텐데. 아직 무단결근을 해본 적은 없는데. 자리에서 일어난 양지는 덜 치운 토사물의 흔적으로 울컥 욕지기를 느끼며 다리의 힘이 빠지는 무력감에 되감겼다. 다시 자리에 쓰러지며 창쪽으로 고개를 돌리는데 출처를 알 수 없는 담배연기가 날아와 후각을 자극하며 밀려들었다. '지나가는 행인이겠지.' 확인할 필요도 없는 일이어서 다시 눈을 감으려는데 누군가가 선뜻 부엌문을 비집고 들어섰다. 방어할 어떤 자세도 취할 엄두를 못 낸 채 엉거주춤 경계의 눈빛을 보내는데 상대방도 이쪽과 눈길이 마주치는 순간 이내 허연 치아가 쩍 벌어지게 반색을 했다. 현태였다.

"야, 최양지. 제발 전화 좀 놓고 살아라."

평소의 그답게 거침없는 말투로 현태가 쏘아붙였다. 양지가 느낄 수 있을 정도의 거친 숨을 몰아쉬며 손수건을 꺼내 땀을 훔치는 폼이 어지간히 급한 걸음으로 언덕길을 재우쳐 올라왔음을 알겠다.

"회사에는 안 나왔다고 하지, 주인집에는 아무리 벨이 울려도 전화 받는 사람이 없지, 사람 환장 하겠더라니까."

양지는 꼬꼬장한 눈으로 현태를 쏘아보았다. 이제 그를 피하려면 어디로 가야 할까, 순간 벌컥 치밀었던 울화가 짜증을 몰고 왔다.

"정말 이러지 좀 마!"

"따지는 건 나중하고 우선 좀 들어가자. 나도 그렇게 일없는 사람 아니니까."

"안 돼!"

남자란 다 이렇게 억지스러운 건가. 한 십 년은 같이 산 듯한 이 유들유들함까지. 양지는 미처 뭐라고 말할 사이도 없이 내뱉으며 방으로 들어서려는 현태를 퉁명하게 밀어냈다.

"젠장, 꼭 무슨 치한 취급이군."

현태는 양지의 뜻을 간파하고 씨익 웃었다.

"무슨 일인데?"

"궁금하면 따라나와."

짧게 말한 현태는 돌아서서 오던 길로 언덕을 내려가기 시작했다. 양지는 곤혹스럽다. 현태가 지어놓고 기다릴 일이 대충 짐작되는 것이다. 그렇지만 호락호락 따라갈 사정이 아니었다. 그녀는 시니컬한 웃음을 흘리며 줄레줄레 앞서나가는 현태를 바라보았다. 어디 다방에서 기다리고 있을 현태의 부모. '네가 끈다고 다소곳이 선 보여서 시집 갈 량이면 여태 이러고 있지는 않았을 거다, 이 맹추야.'

"괜히 헛수고하지 말고 고생하신 시골 어른들 맛있는 거나 대접해서 모시고 가."

"뭐어야?"

저만큼 아래서 휙 돌아보며 현태가 소리를 질렀다. 어이없는 표정을 지으며 현태가 다시 양지를 향해 올라왔다. 사뭇 정색을 하고 바라보는 눈길이 잘못 짚었음을 시인하지 않으면 안 되게 날카롭다. 분위기는 좀 전하고 아연 달라져 있었다. 불길한 예감이 후욱 끼쳤다.

"그럼 묻겠는데, 너 정남이 딸 저대로 외국으로 보낼 거야?"

쌀쌀하게 물은 현태는 양지가 놀라거나 말거나 따라오거나 말거나 내버려두고 횡하니 아까보다 빠른 걸음으로 아랫길을 향했다. 정남이. 아직도 서성거리고 있는 그녀의 짙은 그림자가 이제 현태와의 사이에서 어떤 작용을 할 것인가. 양지의 눈앞에는 그 오래된 동네 특유의 으슥하고 완고해보이던 풍경이 떠올랐다. 요새같이 좋은 세상에 에린 걸 뭔 일부종사 시킬 기라꼬 그 철딱서니한테다 딸리보냈소. 그만 살짝 산부인과에 가서 긁어내뿌리고 기도 망도 없이 숨카났다가 안 듯 모린 듯 나이 차문 에울 요랑하지. 그 동네 여인들은 밭 매던 손길을 멈추고 속앓는 어미가 된 심정으로 정남의 가여운 처지를 동정하고 있었다. 아무리 비난 어린 동정을 받고 비참함을 견디기 어려웠을지라도 정남이만 그때 낚아챌 수 있었다면 문제는 아무것도 아니었을 터였다. 첩이 첩 꼴 못 본다더니, 에미나 딸자식들이나 똑같지 뭐꼬. 같은 여자로서 자기들 입장하고 되바까 생각하모 좀 미숙해도 감싸가면서 가르치지. 순하고 어진 게 딸아는 참하더구먼. 시어머니뻘, 시누이뻘들 구박을 견디다 못한 정남은 동네 사람들의 무수한 호기심과 입살에까지 상처받은 멍 든 몸으로 사흘 전에 이미 가출하고 없다던 거였다. 그 집안 식구들이 얼마나 드센 인간들인데 악머구리 떼처럼 달려드는 다섯 명 어이딸들 사이에서 어지간만 들볶이고 부대꼈으면 도망 갈 궁리를 했겠느냐고, 밭 매던 일손을 아예 멈춘 동네 여자들은 언니인 양지를 향한 비난으로 끌끌끌 혀를 찼다.

양지는 돌아서는 뒷모습을 그들 앞에서 어서 감추고 싶었지만 빠른 걸음에 따라서 무릎이 자꾸 절름거려졌다. 저런 언니가 있었으면서…. 뒤통수를 그런 소리가 때리며 따라왔다. 그들의 말처럼 정남의 몸에 이상이 있는 것을 발견하는 순간 왜 좀 적극적인 조처를 취하지 못했던가. 해도 해도 모자라는 후회였다. 다 같은 여자끼리 여자 하나를 감싸지 못하고 배척한 그 집 여자들의 드센 성깔을 탓할 자격이 과연 내게도 있을까. 산부인과에 가서 싹싹 긁어내버리고 없는 듯이 숨겨놓았다가 다른 데로 시집보내면 됐을 거라는, 시골아낙들도 쉽게 말하는 그 간단한 방법을 자신은 왜 단박 실행을 못 했던지, 그 생각만 하면 양지의 양심은 골 깊은 통증으로 가슴이 미어졌다. 좀 더 일찍 육친에 대한 일로 동분서주하는 훈련이라도 되어 있었던들 그렇게 어물거리며 기회를 놓치고 말지는 않았을 거였다.

사파리자락을 펄럭거리며 앞서가는 현태의 넓은 등판을 바라보며 양지는 흠칫 마른침을 삼켰다. 그가 남 같지 않다는 생각을 들킨 것 같아 얼굴이 화끈했다. 솔직히 말해서 최 실장도 멋있는 여자는 아닌데 목매다는 총각이 있으니까 얼마나 좋아. 이젠 어지간히 버티고 국수나 주지 그래. 강 사장까지 알고 그런 농담을 할 때면 양지는 정말 궁지에 몰린 느낌이었다. 남 앞에서는 덤덤한 체하지만 속으로는 한없는 비애를 느꼈다. 현태를 보는 관점이 그들과 다르지 않기 때문에 곤혹스러움은 더했다. 남자가 남자답지 못하다면 그 남자는 매력을 잃은 것이나 마찬가지다. 호쾌하고 박력 있음과 동시에 포용력이 있어야 하며 강력한 리더십도 갖추고 있어야 남자다운 남자라고 양지 역시도 다른 사람을 평할 때 은연중 현태를 기준으로 묘사해낸다. 남자가 나무라면 여자는 잎사귀며 꽃이며 열매이기도 하다. 남자의 줄기는 굳세어야 하며 동시에 우람하기도 해야 한다. 누군가의 수필에서 읽었던 구절이었다. 그런 이상적인 나무에 현태는 뒤지지 않았다. 그러나 양지는 현태의 청혼을 친한 친구 사이니까 주고받을 수 있는 농담 정도 이상으로 받아들이기를 거부하고 있다. 또 하나의 그녀가 깊은 의식의 내부에서 그녀의 행동을 관장하고 있는 것이다. 이럴 때 그녀는 또 하나의 자신을 배반하고 싶은 강한 충동을 느낀다. 저 남자의 넓은 등 뒤에 낮게 몸을 숨기고 이마를 때리는 이 찬바람을 피하고 싶다.

큰길가의 찻집 앞에서 기다리고 있던 현태가 불씨를 떨군 꽁초를 하수구에다 던져넣고 침을 뱉었다.

찻집으로 들어가 벽 쪽에 자리를 잡은 현태가 뜻밖의 소리를 했다.

"나 오늘 창규 이 자식 집에 갔다 왔는데…."

들어올리던 물컵을 어중간에다 멈추며 양지의 눈이 크게 떠졌다. 이어서 컵과 탁자가 마주치는 소리를 냈다.

"현태 씨, 정말 우릴 이렇게 비참하게 만들지 마."

"그럼 너 그 애 어쩔래? 수찬이가 주선하는 대로 외국 보낼래?"

서슬 퍼렇던 촉수를 누그러뜨리고 양지는 약간 고개를 숙였다.

"사람의 일이란 순서가 있고 한계가 있는 거야."

"그래서 뭐래?"

이번에는 양지가 바투 물었고 난감한 기색을 어쩌지 못한 채 현태가 물컵을 들어올렸다. 그러나 마시지는 않고 입술만 대다가 화딱지난다는 표정과 함께 컵을 다시 내려놓았다.

"아무래도 달리 조치를 취해야 될 것 같다. 세상에 어쩌면 인륜도덕이야 땅에 떨어진 지 오래됐다 치고라도 글쎄, 제 새끼가 좋으면 남의 자식도 제 새끼가 좋아한 만큼은 생각해줘야 되는 거 아냐? 비용 뜯으러온 것만 알고 펄펄 뛰면서, 나중에는 어떻게 연락이 닿았는지 이놈의 지집애, 딸년들까지 몰려와서 미친개 몰려들 듯이 왕왕 짖어대더라니까. 에이 악귀 같은 것들. 그런 것들이 지 서방한테는 여권신장을 먼저 부르짖는 같잖은 것들이라니까. 치사하게 문제도 아무것도 아냐. 밭일을 잘못한다. 밥도 제대로 못 한다. 시아버지 와이샤쓰 한 장을 제대로 못 다리더라, 에이 쪼잔한 것들, 대체 그딴 것들이 뭔데 한 사람의 인생을 그렇게 거덜 내 버리느냔 말이야."

양지는 잠자코 듣고만 있었다. 여자가 아닌 남자의 입으로 들으니 그런 일들은 사실 별일 아니게 자디잔 것들이었다. 그러나 세상은 그렇지 않다. 많은 시어머니며 시누이, 며느리들은 왕왕 그런 자잘하고 하찮은 일에 서로를 얽어 매려하고 얽매이기 싫다고 서로 간에 흠집을 내며 드잡이를 한다.

"아무리 핏덩이지만 그래도 인간인데 말이야."

가져온 차를 마시다말고 치받는 억하심정을 가누지 못한 현태가 다시 입을 열었다.

"그 애가 다 자랐을 때를 생각해줘야 되는 게 우리가 할일 아니겠어? 그 애가 언제까지 어린애로만 있겠냐고. 아무렇게나 되는 대로 자라서 골칫거리 사고뭉치나 돼봐. 나 어제 저녁 한숨도 못 잤어. 만의 하나 미적거리는 동안 엇갈려서 일이 뒤틀리고 기회를 놓치고 말면 평생 후회할 일 되고 말지도 모른다 싶으니까 결근이고 뭐고 이게 아니다 싶어 뛰어갔지. 하여튼 우리나라 사람들 반성 많이 해야 해. 모순투성이야. 동네 어귀에 수백 년 묵은 정기나무도 있고, 해묵은 비각도 몇 군데 있어서 처음 기대는 여간 낙관적인 게 아녔다고. 우리나라 윤리가 인본사상 아니냐. 이런 유서 깊은 마을에 터 잡고 사는 사람이면 포대기 싸서 우리가 안기기 전에 어디서 나도 우리 핏줄이라며 예, 예 미안해하며 거둬들이겠다. 완전히 헛짚었던 거야."

하다말고 열없어졌는지 입맛을 쩝쩝 다시던 현태는 주머니를 더듬어 담뱃갑을 꺼냈다. 담배를 꺼내 입에 물고 라이터를 켜는 동작 하나 하나가 차츰 우울한 동작으로 변해갔다. 그렇겠지. 양지는 속으로 그들의 행동을 짐작할 수 있었다. 아들 놈 나이도 아직 어리겠다 바쁘고 아쉬울 것 없다는 뜻도 이해 못 할 바는 아니지. 그렇지만 내가 지금 누구 편을 들고 있는가. 양지는 가래가 걸린 듯 밭은 목젖을 침으로 적셨다.

"가스나가 꼬리를 쳤제. 우리 창규 갸는 별명이 새각시깨. 근본도 모리는 지집아가 들어왔는디, 아무리 손이 귀한 집이고 내 자석 아를 뱄다고는 해도 근본도 모리는 지집아로 원님 받들 듯이 첫판부터 기달랐다 우받들 사람이 어딨소. 아니 할 말로 내가 좀 매 짜게 닦달했기로서니 온다간다 말도 없이 집을 나가는 계집이 세상천지에 어딨다요. 당신네 집에서는 그리 갤찮능가 몰라도 업시오. 우리는 안 돼요. 아들이라꼬 씻고 벗고 하나 있는 거, 넘보기는 개떡제빈가 몰라도 우리는 용의 알보다 더 귀한 삼대독자 막둥이요. 삼신제왕님 전에 백일기도 디리서 얻은 아들이라요. 딸 따듯이 키아논 아들내미 하난디 우째서 내가 욕심 안 부리겠소. 저거 아바이 심덕 보고 밥술이나 묵고 사는 우리 집 가세를 봐서 딸 줄라는 집이 쎄빌렀소. 이놈이 공부머리가 좀 없어서 핵교도 중도 제패하고 있능기 뵈기 싫어서 바람이나 쐬고 오니라 풀어놨더마 어디서 촌충이 뒤꽁지만 한 그런 약하디 약한 가스나 하나로 데꼬왔는디 내가 눈에 열불 안 나기 생깄소? 살이나 찌나, 덕성 있는 얼굴도 아니고 봉변 안 당한기 천만다행이라 생각하고 퍼뜩 가소 고마. 그녀러 지집아 땜새 동네방네 호난 것만 생각하모 참말로 오장이 뒤비져서 샐인이라도 낼끼요."

관계가 맺어진다는 것은 곧 미움이 생성되고 있다는 증거인가. 마을 사람들과 우스개를 하고 있을 때는 사람 좋아보이던 시어미뻘의 아낙네가 막상 정남의 언니라고 신분을 밝히자 돌변하던 광경은 지금도 몸에 소름끼치는 현상이었다.

그 이전 어느 날 한번 정남을 찾아가서 어른들 몰래 만났을 때 정남은 시아버지가 한약을 지어다줘서 먹는다는 얘기만 했다. 그때 양지는 정남의 깊은 심지가 얼마나 고통을 겪었기에 한약 먹는 것부터 자랑했을

지 단박 알아채고 명쾌하게 야무진 결단을 보여주었어야 했다. 언니 행복해보일게. 그날도 정남은, 임신한 여자 특유의 마른 무꼬랑지처럼 야위고 비틀어진 얼굴에다 애잔한 웃음을 머금은 채 그렇게 말했다. 행복해 보일게, 라고 편지에 남겼던 제 말에 대한 책임을 지기 위해 그 애는 고통을 참고 또 참고 있었는데 양지만 몰랐던 것이다.

차는 이미 밍근하게 식어가고 허심하게 눈 주고 있는 창밖의 가로에는 단풍 든 벚나무 잎들이 바람을 맞아 한 잎 두 잎 낙엽 지는 을씨년스런 모습으로 계절의 변화를 맞고 있었다. 양지는 차분하게 가라앉은 음성으로 역시 줄 곳 없는 시선을 허랑하게 풀고 담배연기 속으로 잦아들어 있는 현태의 신경을 끌어당겼다. 하나마나한 질문이었다.

"뭐냐고 물어보지는 않았어?"

하도 건너뛴 대화여서 얼른 감을 못 잡은 듯 양지를 빤히 바라보던 현태가 곧 짐작을 했는지 물었던 담배를 입술에서 떼어내며 말했다.

"아비란 작자가 슬쩍 묻긴 했지."

"뭐라고 했어?"

"무슨 뜻이야?"

"아들이라고 하지."

"그래서 만약 데리고 가겠다고 나서면?"

"그럴 리 없어. 난 그런 사람을 알아. 전에 어떤 군인이 복무지에서 사귄 여자와 아들까지 낳았는데 종손집 체통 좋아하는 본가에서는 그 아이를 거둬들이지 않았어. 그 후 세월이 흘러서 종손이 장가를 갔는데 공교롭게도 아이를 낳지 못하는 거야. 종손집 대가 끊기게 됐다고 그제야 후회하며 아이를 찾아나섰지만 때가 언젠데 버려진 애가 거기서 기다리고 있겠어. 가문이니 혈통이니 그런 것만 따졌던 어른들의 비인간적인 야비한 행동에 따라 그 아이의 인생은 어떻게 되었을지 한번 생각해봐."

"덧없는 복수심은 버리고, 묻겠는데, 기대할 수는 없지만 결론은 확실히 해놓고 기다려보자. 데릴러오면 내주는 거지? 그게 순리잖아."

"아직 결정 못 했어."

"언제까지."

"이제는 실수 같은 것도 하지 않고 후회하지도 않을 거야."

"하여튼 넌 참 알다가도 모르겠어."

"뭐가?"

"똑똑하고 맵고 당찬가 하면 또 맹한 구석이 그믐밤 이상이고. 수찬이가 그러더라. 남편 얼 빼놓기 딱 맞게 빡센 여자라고."

"그래서 혼자 안 사나."

"까분다. 잔소리 말고, 내가 좀 더 힘 써볼 거니까 이 일 마무리 짓고 이 해 가기 전에 우리 일도 결말짓자. 아버지랑 할머니까지 오시겠다는 걸 이 일 때문에 겨우 미루었건만."

양지는 가만히 눈을 감고 우리라는 현태의 말을 음미했다. 언제까지나 잠겨 있고 싶은 따뜻하고 든든한 음성이다. 그런 말을 만들어내는 그의 가슴은 더욱 넓고 아늑할 것이다. 그러나 그녀는 코끝이 아렸다. 나는 왜 한사코 저 남자를 거부하는가. 저 두툼한 손에다 차갑고 야윈 어깨를 맡기고 저 넓은 가슴에다 메마른 뺨을 기대고 싶은데, 또 하나의 그녀는 올곧은 눈길로 현실을 바로 보라고 매섭게 꾸짖는다. 지난 봄 정남이를 찾아갈 때만 해도 양지의 생각은 어떻게든 생의 중간과정을 결산

해보기로 정해놓고 있었다. 어머니의 소원대로 노처녀 신세를 면하든지, 아니면 공부를 더 하던가, 회사에서 독립을 하던가. 그런데 기 벌어진 일은 항상 결말을 요구하는 법, 그녀는 다시 얼크러진 가족들의 소용돌이 속으로 말려들지 않으면 안 되었다. 행방을 몰라 그토록 애태웠던 정남이가 행려병자로 발견된 것은 창규네 가족들의 구박을 견디다 못해 자취를 감춘 지 거의 반 년이 넘어서였다.

그때도 저를 도와주는 사람으로 현태를 인정하지 않으면 안 될 그물망에 걸린 것처럼 현태의 친구가 근무하는 사무소 옆 보건소에서 연락을 받았다. 봐라 내 곁에는 네가 있고 음으로 양으로 너를 생각하는 사람은 세상에 나밖에 없음을 알라는 듯이 현태의 음성은 차분하고 당당했다. '내 가족은 왜 한결같이 이 모양들인가.' 무릇 솟구치는 짜증을 삭이며 양지는 현태가 가르쳐준 보건소의 문을 들어섰다. 정남을 보는 순간 소리쳐 꾸짖으며 직성이 풀리도록 흠씬 두들겨패줄 작정이었다. 어디서든 잘 살아 보이겠다고 난양대로 도망을 쳤으면 잘 참고 잘 견뎌야지 이게 무슨 추태인가. 그녀와 같은 핏줄을 이어 받은 형제라는 것이 몹시 불쾌하고 씁쓸했다.

진료실 밖에서 서성거리고 있던 현태와 그의 친구 수찬이 눈인사를 보내며 막 들어서는 양지를 맞이했다.

"내 친구야. 구청 사회계에 근무하는 문 주사님이시지"

"잘도 아는 체하네."

"암튼, 공무원은 맞고. 너도 알지 이쪽?"

"아쭈 점점, 내가 왜 제수씨 될 분을 몰라. 그 이름도 대단한 최강양지 씨."

얼굴이 화끈해진 양지가 농담을 주고받는 두 사람을 찔러보자 문수찬이 무안한 듯 얼른 말을 줄였다. 그리곤 양지를 얼른 병실 안으로 인도했다. 예방주사를 맞았는지 자지러질 듯 우는 어린애를 달래며 아이엄마가 나갔다. 하늘색 커튼이 드리워진 옆칸에서 콧노래 소리와 의료기구 부딪는 소리가 들려올 뿐 한가하게 감돌고 있는 분위기는 분주하고 굳은 일반 병원들과 어딘가 다르게 느껴졌다. 앞서 걸어간 문수찬이 난처한 표정을 지으며 벽 쪽의 병상 옆에 서 보였다. 높다랗게 걸려 있는 주사용 팩을 먼저 발견한 양지는 쓰러질 듯 흔들리는 몸을 간신히 버티었다. 온몸의 힘이 좍 빠져나가고 가슴이 턱 막혀 얼른 침상 곁으로 다가가지 못했다. 겨드랑으로 현태의 팔이 끼어들어 잽싸게 부축을 했다. 눈길은 찰나에 누더기를 뒤집어쓴 거지가면 하나를 보았다. 그게 사람이라고 안내되었기에 사람이라 여기지 도저히 사람으로 볼 수 없는 형상. 양지는 저도 몰래 고개를 돌렸다. 들불을 만난 들개가 불길을 피해 사경을 헤매다가 발견되면 저럴 것이다. 부르튼 입술 사이로 누렇게 치태 끼인 이빨을 무언가를 물어뜯을 듯 허옇게 드러낸 채 정남은 그렇게 주검처럼 누워 있었다.

양지의 연상은 현기증 속에서도 그 옛날의 기억들을 유추해냈다. 지겟가지에 목을 매달아 죽인 뒤 내장을 긁어내고 핏물을 씻기 위해 개울가에 부닥뜨려놓은 개. 육질을 부드럽게 하기 위해 '복날 개 패듯이'라는 말이 만들어지도록 두들겨패고 또 맛의 고소함을 더하기 위해 털을 그을린 숯덩이처럼 시커먼 개의 홀쭉한 배와 앙상한 갈빗대. 중복 무렵의 냇가에서 흔히 보았던 끔찍하고 흉한 풍경. 웃통을 벌겋게 벗어부친 남자들이 날고기를 잘라먹어가며 날리던 작열하는 태양 아래서의 야만적인 웃음. 그리고 또 이와 흡사했던 참상. 뻐꾸기가 몹시 우는 산골이었다. 담녹색의 두터운 수풀 속 어디선가, 계집 죽고 자식 죽고…. 뻐꾸기는 다만 구구 울 뿐인데 사람들이 말하는 그런 넋두리 속에 말라붙은 핏자국을 팥고물처럼 눌러쓴 채 누워 있던 언니. 한쪽 발에는 미처 신지도 벗지도 못한 빨간 나일론 양말이 꿰어 있는 채 하늘과 땅 사이에 숨어 있던 죽음의 공간으로 속절없이 목숨은 흘려버리고 천만마디의 앙졸거림보다 더 간악한 침묵으로 항거하던 절규…. 정남이도 언니도…. 양지는 가까스로 눈을 흡뜬 채 고개를 흔들어 파노라마 현상의 그림자들을 털어냈다.

제가 보인 동작이 무안해서 링거튜브를 만지면서 살펴보는데 톡, 그제야 기포 사이로 작은 물방울이 하나 낙하했다.

"그래도 처음보다는 사람 모습 많이 회복했단다, 어때 정남이 맞지?"

양지의 옆구리를 집적하며 낮은 소리로 현태가 말을 걸었다. 양지의 눈길은 녹색 담요로 가려진 불룩한 배 부분에 꽂힌 채 움직이지를 않았다. 그 지경에도 용케 태아는 자랐다. 그것도 어미라고 의지하며 악착스럽게 매달려 있는 생명의 근성에 비애와 울화가 동시에 치밀어올랐다.

"쟨 나와 아무 상관 없어. 나한테 저런 동생은 없어. 우리 정남이는 저러지 않아."

양지는 냉정하게 현태의 말을 부인했다. 할 수만 있다면 꽝 소리 나게 병실 문을 닫고 밖으로 뛰쳐나가고 싶었다.

"야, 최양지. 너 왜그래. 기분은 이해 못 할 바 아니다만."

벨 듯이 날카로운 양지의 눈이 현태를 노려보며 바로 꽂혔다. 순간적으로 손이 뻗어나갔다.

"네가 뭔데, 네가 뭔데 날 이렇게 비참하게 만드는 거야."

멱살을 향해 기어오르는 양지의 두 손을 걸어잡으며 현태의 몸이 기우뚱했다.

"진정해, 인마. 정말 너답지 않아. 사람이 저 모양이 되어 있는데 무슨 소리를 하고 있는 거야."

현태가 나무라자 곁에 있던 현태의 친구도 끼어들었다.

"그럼요. 저 이래봬도 사회의 밑바닥 사람들 때문에 먹고사는 사람입니다. 양지 씨의 체면, 아니 표현에 실례가 되었다면 혈육의 정이나 보살핌을 배신한 소의는 괘씸하지만 어쩝니까. 본인은 또 본인 나름대로의 고충이 얼마나 극심했겠습니까. 이제 이 친구도 확실히 알았고 저도 있으니까 앞으로는 잘 되게 해야겠지요."

그때 쇼핑백을 든 여자가 병실 안으로 들어왔다. 얼른 다가간 문수찬 앞에서 여자는 백 속의 내용물을 꺼내보였다. 큼직한 의복들인데 아마 정남에게 갈아입힐 것인 듯했다.

"우리 이 주사가 옷을 갈아입히겠다니까 우린 나가지."

이 주사로 지칭된 보건소 여직원은 정남이 쪽으로 다가가 덮혀 있는 담요를 젖히고 부댓자루처럼 누워 있는 정남을 일으켰다. 신경안정제를 놓았기 때문에 많이 점잖아진 거야. 정남이 좀 전까지 어땠는지 현태도 양지도 같이 듣고 자신들의 고충을 알아달라는 듯이 묻지도 않은 점을 문 주사가 일깨워주었다. 위생복을 입은 중씰한 여인이 데운 물과 수건을 들고 정남이 옆으로 갔다. 어려운 일 난처한 일들을 얼마나 쳐냈는지 양지가 보이는 감정의 노출 따위는 아랑곳없이 담담하게 일상적인 그들의 표정. 양지는 그들에게 정남을 맡겨놓고 허적허적 병실 밖으로 걸음을 옮겼다. 복도의 긴 나무의자에 양지는 앉고 현태와 문 주사는 앞에 서서 양지를 내려다본다. 담배를 꺼내서 현태와 나누어 불을 붙인 문 주사가 싱글싱글 웃으며 양지 옆에 걸터앉았다.

"현태랑 두 사람 얘기를 그동안 쭉 들어서 알고 있는데 이번 일로 단단히 덜미를 묶인 겁니다. 이 일은 결코 우연이 아니고 두 사람을 한 동아줄로 꽁꽁 묶어놓기 위한 절대적인 필연입니다. 이 점 최강양지 씨는 꼭 명심해야 됩니다. 수속을 끝내고 행려자수용소로 보내버렸으면 어쩔 뻔했습니까. 이 친구 말을 듣는 순간 아찔하더라니 까요. 어찌 불러댄 듯이 이 친구가 나를 만나러 왔을까, 참 신기한 일 아닙니까?"

코미디언처럼 과장스러운 제스처까지 동원해가며 지난 일을 설명하는 문 주사를 바라보니 이래서 소위 백이며 연줄이라는 것이 중시되는 건가 싶은 생각이 들기는 했다. 정남을 찾기 위해 여러 기관을 드나들었지만 정말 고충을 이해하며 성의를 다해 말이라도 상냥하게 해주는 사람은 드물었다. 문 주사 역시 누구에게나 이렇게 친절하며 적극적이지는 않을 것이다. 그의 말대로 밀고당기는 현태와의 관계 때문에 더욱 성의를 다하는 것이 그의 언행으로 드러나보였다.

"다행히 용태도 양호한 편이니까 섭생 잘 시키고 안정된 분위기를 만들어주면 신경증세도 곧 호전 될 거랍니다. 그런 다행이 없습니다."

양지는 덜컥 가슴이 내려앉았다. 수치심을 무릅쓰고 정남이 스스로 언니 가까운 곳으로 찾아왔다가 발견된 것이라 짐작하고 있었던 것이다. 호동그래진 눈으로 반문을 했다.

"신경증세라면?"

어떻게 표현을 해야 할까. 난감한 표정을 짓는 문 주사를 대신해서 현태가 짧게 받았다.

"행색을 보면 짐작해야지."

거리를 떠돌며 쓰레기를 뒤지고, 아무 데서나 노숙을 하고…. 신고를 받고 가니까 파출소가 떠나가게 노래를 부르고 있더란다. 거짓말인지 참말인지 주소와 성명을 얌전히 일러주다가도 갑자기 고함을 지르며 분통을 터뜨리고 난장을 부렸고, 또 잠잠한가 여기고 있으면 느닷없이 자기 옷과 머리카락을 쥐어뜯으며 울고불고….

"자, 하나씩 들어. 경황 중에 점심을 못 먹었더니 눈이 십 리나 들어가는 것 같다."

잠시 자리를 떴던 문 주사가 커피와 빵을 사들고 나타났다.

"여기 밥 먹은 사람 아무도 없어. 건 그렇고, 앞으로 어쩌면 좋을까. 양지 혼자선 아무래도 곤란하겠지? 홀몸도 아니던데."

현태가 앞질러 사후대책을 꺼냈다. 양지는 손을 바꾸어가며 커피잔을 기울어뜨렸다. 오른쪽으로, 왼쪽으로, 하얀 종이컵에 일그러진 무수한 반원이 생겼다. 그럴 수밖에 아무런 대책이 생각나지 않았다. 너무나 졸지에 부닥친 일이다. 중얼거리듯, 그러나 양지에게 지시하는 어조로 현태가 말했다.

"병원으로 옮기고 어머니께 연락을 하고…."

반사된 거울처럼 반짝 양지의 얼굴이 들렸다.

"그건 안 돼!"

"왜, 출산도 임박한 모양인데 아무리 언니지만 처녀가 어떻게 산바라지를 할 거야? 더군다나 정신도 온전치 못한데. 그리고 번번이 어른들을 따돌리는 것도 안 좋아. 그런 자신감은 지나쳐서 어른을 무시하는 거야."

"아무튼 안 돼."

"고집 피울 게 따로 있지. 아무리 능력 없는 어른이라도 어른은 어른이고 부모는 부모야. 뒤늦게라도 이런 일을 아셨을 때 얼마나 상심하시겠어."

"그런 건 현태 씨가 간여할 일 아니야."

"왜, 간여할 일 아니야. 이번 일도 그래, 어른들께는 또 그렇다 치더라도 나한테까지 쉬쉬할 게 뭐야. 넌 똑똑한 것 같아도 때로는 형편없이 맹해. 앞뒤가 꽉꽉 막힌 그 고집통 때문에 쉽게 해결될 일도 키우고 악화시킨 거야."

곁에서 두 사람의 승강이를 듣고 있던 문수찬이 딱한 듯이 현태를 편들고 나섰다.

"최강양지 씨 심정도 어느 정도는 이해합니다만 저는 이 친구 말에 전적으로 동감입니다. 부모님이 서운해하실 그게 중심문제는 아니지만, 나이 드신 부모님이 자식한테 자격지심을 갖고 있을수록 서러움은 더 느끼는 것 같더라고요."

"두 분 남자들은 왜 한 가지밖에 몰라요? 어른들이 아시면 간병인이 할 수 있는 일 외에 무슨 도움이 더 된다고 그러세요?"

양지의 반박에 현태가 다시 이의를 걸고 나섰다.

"야, 사려 깊은 건 너만 아니야. 아무려면 육친의 손길과 간병인의 손길이 같겠니. 문제는 네 그 알량한 자존심 때문인데, 그 따위는 자존심도 아니야. 바람 빠진 허세야 인마. 넌 그 때문에 너 자신을 망치고 있다고 내가 늘 말했지?"

얼굴이 상기되고 목청까지 높아지는 현태를 보다 못한 문수찬이 가로막아 서서 서로의 시선이 맞부딪치는 것을 차단시켰다.

"잘해보자고 하면서 너는 왜 싸우려고 그러냐?"

"나 원 참. 생각해보면 나도 참 한심한 놈은 한심한 놈이다."

친구의 말에 깨달음을 얻은 듯 자조적인 음성으로 현태가 씹어뱉었다. 예삿일로도 부딪치면 입싸움으로 번지고 마는 게 당연한 귀결처럼 둘 사이는 되어 있었다. 양지는 이미 각오하고 있는 일이어서 아무런 토를 달지 않았다. 사실 현태의 말은 모두 옳은 말이다. 정남의 흔적이 묘연해진 이후 혼자서 많은 고민을 했다. 한 사람의 생각보다는 두 사람 세 사람의 생각 속에 두 가지 세 가지의 묘안이 창출될 확률도 높다. 행동도 그와 같은 이치일 것이다. 그러나 감쪽같이 처리하려던 정남의 흠집은 아는 사람의 숫자만큼 그들의 뇌리에서 기정사실화 되어버린다. 수선만 피우고 근심 걱정의 부피만 배가될 뿐이다. 지금 이 자리에서 양지가 내린 결론도 마찬가지였다. 굳이 병상을 지킬 필요가 있으면 간병인에게 맡기면 될 것을 귀애하는 막내둥이마저 겪게 된 불행을 어머니까지 보게 하고 싶지 않았다.

"문 주사님."

복도 모퉁이를 돌아 여직원이 헐레벌떡 나타났다. 세 사람 모두 우뚝우뚝 섰다.

"환자가 이상해요. 아무래도 분만진통이 오는 것 같다는데요."

맙소사. 양지는 잠시 망연해졌다. 기가 막혔다. 기울어진 커피가 옷섶을 타고 주르르 흘러내렸다. 때 절은 밤색 스웨터 아래 불룩하게 솟아 있던 정남의 배. 신경안정제의 효력으로 죽은 듯이 얌전히 잠들어 있던 그 그을린 가면 같은 얼굴. 언니, 행복해보일게. 차마 말은 못 하고 남겼던 그 얌전한 글씨의 편지가 떠올라 더욱 밉고 안타까움만 부추겼는데.

"아닐 거예요. 아직 예정일이….."

달이 안 찼는데. 양지는 자신 있게 말하던 끝을 급히 흐렸다. 지금 정남의 상태로는 비정상, 그게 정상이다. 예전의 정남이가 어디 저러했던가. 이슬 머금은 구절초처럼 앳된 미소에 남을 탓할 줄 모르는 착한 둥이, 현실에 순응하며 누구에게든 정을 주던 여린 아이. 그런데 빠끔한 데 없이 얼굴을 뒤덮고 있는 상처며 비듬과 먼지로 때가 끼어 뻣뻣하게 곤두선 두억시니 머리카락, 경계의 촉각을 잠시도 늦추지 않는 새끼 밴 암짐승의 그것처럼 살벌하고 예민하게 번쩍일 푸른 눈빛, 누더기 같은 옷 밑으로 불룩하게 내밀고 있는 만삭의 배, 웃옷의 앞섶을 비집고 터질 듯이 솟아오른 무지하고 천박스럽게 커다란 젖통… 길에서 어쩌다 만나면 눈을 돌리고 연민해 마지않던 거지아낙의 모습, 그게 바로 정남의 형상이었다. 이제 청초하던 그 구절초는 쓰레기같이 짓밟혔고, 미소로 동화되게 하던 아리잠직한 그 소녀는 어디서도 찾아볼 수 없게 망가져버렸다.

5. 새벽 호랑이

지난 어느 날…. 양지는 극도의 분만진통으로 몸부림치는 정남의 비명을 들으면서 안타까워한들 아무 소용없는 그 운명의 날을 되짚어본다. 왜, 기민하게 망설임없이 현실의 구렁텅이 앞에서 정남을 뽑아내올 생각을 미처 못 했을까. 언니는 너무 냉정해. 속에는 차돌멩이가 든 인간이다. 짐 싸들고 나온 저에게 곰살궂게 대해주지 않는다고 호남이 퍼부은 독설이었다. 정신없이 홧김에 나오는 대로 악다구니하는 소리로 흘러들었던 것이나 곰곰 생각해보면 호남의 말은 양지의 정곡에 적중했다.

이런 엄청난 일이 대기하고 있을 줄 모른 채, 정남의 자취방을 찾아 처음 그 동네를 걷는 동안 양지는 문득문득 저 자신이 옛날로 돌아온 듯한 착각에 빠졌었다. 동네가 이래뵈도 방이 천세가 난다는, 집주인들의 판에 박힌 제집 자랑을 들어야 하는 것까지 어쩜 이렇게 사람 사는 동네란 끼리끼리의 특성으로 구성되어 있을까. 저렇게 부지런히 일하는데 왜 부자가 못 되는가 싶게 새벽부터 밤늦도록 나대는 그 사람들의 부지런한 삶의 동작들까지도 말이다.

"내가 주인인데, 맞소. 몸이 아프다꼬 엊그제부터 집에 있던데, 따라 오이소."

골목에다 자리를 펴놓고 앉아 장식용 꼬마전구를 조립하고 있던 퉁퉁하게 살찐 볼품없는 치장 새의 여자들 중에서 빨간 몸뻬를 입은 여자가 일어서며 조립된 전선묶음 위에다 작업용 면장갑을 획 벗어던졌다. 같이 일하던 다른 여자들의 호기심어린 눈길이 양지의 뒤통수를 간질였다. 진작 찾아뵙고 인사라도 드려야 할 텐데, 애가 속 썩히지나 않는지…. 전에 어머니가 자신을 찾아오면 비굴하게 자근거리는 목소리로 주인에게 하던 인사말이었다. 보호자격이 되면 빈말 인사라도 해야 되는 것을 깨달은 것은 공장에서 아이들을 거느리게 되면서였다. 그게 사람과 사람 사이의 거리를 없애고 상호 신뢰의 길을 트는 인간적인 교감이었다. 들고간 선물꾸러미를 내밀자 아이 뭘 이런 걸하면서 받아든 물건과 상대의 형편 정도를 가늠해서 대하는 눈길은 공단지역의 닳고 닳은 셋방 주인의 습성이 그대로 배어났다.

습습한 냉기가 고여 있는 모퉁이방은 쥐죽은 듯한 적막으로 괴괴하게 눌려 있었다. 몸채의 뒷벽을 슬레이트로 덮어 급조한 날림 방이다. 채광용으로 끼워놓은 한 장의 나일론 슬레이트에서 뿌연 햇빛 한 조각이 내려와 컴컴한 부엌 명색을 비추고 있는 건조하고 썰렁한 풍경.

"아가씨, 언니가 왔어."

파란색 비닐 슬리퍼가 기우뚱하게 세워져 있는 부뚜막을 짚으며 주인여자가 노크를 했다.

"아이고매 내가 갖다준 밥도 그대로 있네."

양지가 열어본 찬장 속의 밥을 보고 주인여자가 생색내는 소리를 했다.

"이상하네. 내가 아까부터 그게 있었는데도 밖으로 나가는 건 못 봤는데."

기척이 없는 방문으로 눈을 주며 주인여자가 갸웃 고개를 기울어뜨린다.

"됐습니다. 바쁘신데 저 때문에 괜히 일도 못 하시네요."

돌아가 달라는 뜻으로 양지가 목례를 보내자 주인여자도 같이 허리를 꾸부정해보인 후 받아든 선물상자를 안고 모퉁이를 돌아갔다. 주인여자의 발소리가 사라지자 양지는 정남의 방문을 열었다. 미닫이가 열리자 약간의 화장품 냄새와 뒤섞인 불기 없는 방 특유의 고리타분한 냄새가 밀려나왔다. 어둠에 눈이 익자 양지는 멈칫하며 방으로 들어가려던 자세에 제동을 걸었다. 정남이 답지 않은 전혀 예상밖의 방안 풍경이 눈에 들어왔다. 아무렇게나 뒹굴었던 흔적이 역력한 이부자리가 그대로 펼쳐져 있는 것은 몸이 아프다니까 그렇다 치더라도 함부로 벗어던진 옷가지며 널려 있는 잡지책이며 책가방. 생긴 모습에 따라 정리정돈도 깔끔하여 어릴 때부터 곧잘 어머니를 도와 본의 아니게 '더펄개' 호남을 욕먹게 하던 아이였다. 가스나가 너무 깔끔하면 복이 없는 거라고 어머니가 나무라도 정남의 천성은 고쳐지지 않았다. 최정남이라는 발음을 잘못들은 주인여자가 이미지 비슷한 다른 아가씨의 방으로 인도한 게 아닐까 하는 의문을 갖는데 부뚜막에 놓여 있는 낯익은 냄비 한 개가 양지의 눈길을 끌었다. 양지의 자취방에서 어머니가 챙겨간 빨간 줄무늬가 몸체와 뚜껑에 둘려 있는 냄비였다.

자신 있게 방으로 들어간 양지는 방바닥에 놓여 있는 책가방을 끌어당겨 노트를 꺼내보았다. '청운여자고등학교 2215 최정남.' 순간 무언가 뒤에서 덮쳐오는 느낌이 들어 재빨리 고개를 돌려보니. 구석에 있는 비키니옷장이 부스럭거리며 꿈틀거리고 있었다. 순간, 양지의 얼굴에 병긋 반가운 웃음이 피어올랐다.

"정남이구나, 정남아, 우리 정남이 맞제?"

꾸무럭거리는 움직임이 숨죽이고 진정되는 옷장을 잡아 젖히자 노란색 지퍼가 보였다. 지퍼를 열려하자 황급히 안에서 잡아당기는 동작이 울근불근 밖으로 드러났다. 양지는 터져나오는 웃음을 삼키며 지퍼를 열기 위해 온 힘을 다했다.

"너, 언니가 왔는데 이럴 수 있나? 언니 보고 싶지도 않아?"

장난을 끝내고 곧 모습을 드러내리라 여겼던 예상은 빗나가고 정남의 저항은 계속되었다. 버티는 동작이 집요해지고 노골적으로 거칠어진 숨소리까지 안에서 새어나왔다. 언뜻 불길한 예감이 양지의 뇌리를 스쳤다.

"너, 무슨 일 있구나. 혹시 얼굴 다쳤어? 어서 네 얼굴 좀 언니한테 보여줘. 얼굴을 다쳤구나, 우짜다, 기계에 그랬나? 에나 얼굴 맞나? 많이 그래?"

"아이다, 아니라니께!"

비로소 만감이 포함된 목멘 울음이 터져나오고 옷장이 흐느적 쓰러졌다. 양지는 그제야 정남의 행동에 이해가 갔다. 그것은 그리움이 응축된 노여움이었다. 반가움에 겨워 앵돌아진 투정이었다. 와 보았자 겉늙고 초라한 모습으로 한숨밖에 들려주지 않던 어머니였지만 양지 자신도 그리움을 감추며 공연히 골을 내곤 했던 적이 있었다. 더구나 정남은 막내둥이 응석꾸러기여도 좋을 위치 아닌가.

방심할 틈을 주었다가 얼른 잡아채고 지퍼를 열자 옷 속에 구겨박혀 있는 정남의 모습이 드러났다.

"그라모 와그라노. 언내도 아임서."

양지는 땀에 젖은 정남의 머리칼을 손바닥으로 훔쳐올리며 먼저 얼굴을 살폈다. 얼굴을 다친 건 아니어서 우선 안심이 됐다. 헝클어진 머리카락을 쓸어넘기자 넓은 이마와 오목조목 예쁜 눈과 코 입이 수줍음을 담고 샐쭉 돌아갔다. 윤기없이 푸석한 피부에 광대뼈가 쑥 불거져나온 게 눈에 걸려 다시 한번 더 보려고 뺨을 돌리자 정남은 한사코 거부하며 언니의 눈길을 피해 고개를 외로 돌렸다.

"많이 아픈 가베? 오데가 얼매나?"

양지는 혹시 정남이가 앓고 있을지 모르는 직업병을 총총 떠올리며 다그쳐 물었다.

"암시랑토 않다. 괘안타 캐도 자꾸 그란다, 그냥 좀…."

고개를 들지 못하고 우물우물 변명을 늘어놓는 목소리가 긍정보다 더한 의구심으로 양지의 불안감을 부추겼다. 그런 중에도 제법 둥실해진 허리와 어깨의 근육이 생각보다 성숙해보여 일견 대견함도 없지 않았다. 낮에는 직장에 다니고 밤에는 학교를 다니는 고된 일상에서나마 마음도 몸도 자란 증거다. 동생 하나 데려다 정규학교 뒷바라지를 못할 형편도 아니면서 모른 듯 두고 보았던 데 대한 좀 전의 가책도 조금 느슨해졌다.

"참말이지?"

"에나지 그럼, 난 뭐 언제나 애긴 줄 아나, 일하기 싫어서 꾀병 부린 걸. 언니도 꾀병 부리고 싶을 때 없었나?"

그래 나도 그럴 때 있었지. 정남의 당돌한 반박이 흔쾌하고 신선한 감동을 몰고 왔다. 이 귀여운 계집애 같으니라고. 양지는 와락 정남을 껴안고 흔들어주었다. 열여덟 소녀의 보드라운 육체가 새치근한 몸냄새와 함께 혈육의 정감을 뭉클 이끌어냈다.

"누워라, 오늘은 언니가 시중 들어줄게."

정남을 억지로 눕혀놓고 양지는 가지고 온 멜론을 깎았다. 미안한 듯 우물거리며 사양했지만 막상 등이 방바닥에 닿자 쌓인 피로에 절어 있었든 듯 정남의 몸은 곧 힘없이 까부라졌다.

"아부지하고 옴마는 한번 다녀가싰나?"

"응, 접때 엄마만 한번, 억, 으윽⋯."

양지가 내민 메론 한 조각을 받아서 무심코 베어물던 정남이 왈칵 헛구역질을 했다. 동시에 별스럽지 않게 여기고 있는 양지를 힐끗 쳐다보는 정남의 눈길에서 묘한 경계심이 내비쳤다. 그제야 뭔가 심각해지는 양지의 더딘 인지력을 채질하듯 정남이 다시 솟구치는 토악질을 손으로 막으면서 밖으로 뛰어나갔다. 하수도 구멍에다 코를 박고 연신 헛구역질을 하는 정남의 엉덩짝이, 확인되지 않은 어떤 의문으로 쿵 내려앉는 양지의 시야에서 무한 확대되어 올랐다.

다음다음 날, 정남을 데리러 다시 대구로 내려갔지만 양지는 헛걸음만 쳤다. 전날처럼 골목에 앉아 동네 아낙네들과 부업을 하고 있던 주인 여자가 편지 한 장을 건네주었다.

— 미안해 언니. 하지만 지금 새삼스럽게 언니의 짐이 되느니 내 길을 가려는 용기에 손뼉을 받고 싶어. 여자는 한 남자의 날개 밑에 묻혀서 보호를 받으며 그에게 입힐 옷을 빨고 그에게 먹일 음식을 만들면서 행복을 짓는 거라고 엄마가 들려주던 말이 생각 나. 모르겠어, 아직은 뭐가

뭔지. 하지만 창규 씨는 아직 나이는 어리지만 나한테 아주 잘해주고 착해. 이 세상에서 나를 가장 아끼고 위해주는 창규 씨와 함께라면 지구 끝까지 어디든 갈 수가 있을 것 같아. 미안하다면, 언니랑 같이 가서 재미있게 열심히 살아보자는 언니의 다짐을 배반하고 떠나지 않으면 안 되는 내 처지가 안타까울 뿐이야. 그렇지만 언니, 언니 말대로 대학 가서 훌륭한 멋진 여성이 되는 것도 좋지만 행복해보일게. 엄마처럼 슬픔과 고통 속에서 살지 않아야 된다는 언니들의 말, 꼭 명심할게. 행복해보일게, 정말이야 언니. 꼭 이야! 꼭! ―

어디론가 자취 살림까지 옮겨버린 빈방을 확인하면서 양지는 차가운 미소가 실린 얇은 입술을 빨아들였다. 홀로 설 것을 기대하며 방치한 동안 저 나름대로 길을 찾는구나 싶은 대견함도 없지 않았지만 세상을 누구나 살 수 있는 곳으로 호락호락 생각하는 얕은 소견머리에는 얄미움도 가세를 했다.

양지는 굳이 풀어헤치지 않아도 밀려오는 자신의 지난 날을 어쩔 수 없이 반추해본다. 저마다의 목표에 따라 내리는 역은 다를망정 어쩔 수 없이 같은 노선의 차를 탄 비슷비슷한 행려객들…. 아주 좋은 차를 갈아타고 싶은 열망을 누군들 갖고 있지 않을까. 그렇지만 타고 난 운명의 토양에서 점지된 노선도 크게 달라지지 않는 게 개개인의 인생이다. 양지가 눈을 감자 지그시 감은 망막으로 잊어버렸던 지난 날이 필름처럼 풀려서 천천히 밀려왔다. 바보, 세상은 아무에게나 좋은 자리를 내어주지 않아.

이름, 최쾌남. 나이, 열다섯 살. 하는 일, 아이보기….

책을 든 손을 흔들면서 주인집 오빠가 뒤꼍으로 불렀다. 고등학교 이

학년인 오빠의 얼굴에는 익은 수수알갱이 같은 여드름이 건드리면 톡 터질 듯이 다닥다닥 돋아나 있다. 여드름쟁이 그 오빠는 선생님인 제 부모의 눈을 피해 늘 만화책이나 이상한 책들밖에 보지 않았다. 쾌남은 씻고 있던 기저귀를 놔두고 오늘도 어른들 몰래 익은 여드름을 짜달라는 거겠지 짐작하면서 오빠를 따라갔다. 할머니가 찾으면 어쩌려고, 겁내는 쾌남의 등에다 정답게 손을 걸치고 오빠는 연탄광 속으로 들어갔다. 오빠는 이상한 그림이 있는 영어책을 보여주며 읽어주겠다고 했다. 짐과 안나는 숲속으로 들어갔다. 고요한 숲속에는 바람소리와 새소리만 들려올 뿐 사람이라고는 오직 짐과 안나 둘뿐이었다. 요술쟁이의 집인지도 몰라, 짐이 말하자, 아이 무서워, 움츠러드는 안나의 어깨 위로 다정하게 짐의 손이 올라와서 감싸주었다…. 짐의 손이 자꾸 흘러 내려 와서…. 겨드랑이를 비집고…. 점점 앞으로…. 아이 간지러워, 아파…. 연극을 하듯 실연으로 이어지는 낭독을 듣고 있는 순간 쾌남은 두 눈을 찌르는 강렬한 빛과 머리끝이 죄 뽑혀버리는 듯한 심한 통증을 동시에 느끼며 앞으로 꼬꾸라졌다. 계집애가 꼬리를 쳤으니 그렇지. 연탄광 바닥에 패대기쳐진 쾌남의 몸뚱이 위로 주인할머니의 사나운 주먹질이 해머처럼 내리꽂히고 있었다. 아. 우리가 언제부터 이상하게 보였던 것일까. 어른들의 눈길이 주위를 살피고 있었던 것에 대한 놀라움으로 쾌남의 충격은 더 컸다. 쾌남은 친오빠나 남동생이 없었기 때문에 가까이서 접할 수 있는 주인오빠의 말과 행동을 호기심 있게 바라보았고 신기해했을 뿐 결코 나쁜 짓을 한 적은 없었다. 그렇지만 어른들은 달랐다. 언감생심이라고 했다. 억측으로 부풀리는 어른들의 윽박지름은 점점 강도가 심해지기만 했다. 고등학생 오빠는 어른들이 명령하는 대로 제 방에 틀어박힌 채 죽은 듯이 자취를 감추고 있을 뿐, 쾌남이 편을 들어 변명 한 마디도 해주지 않았다.

쾌남은 애먼 뺨따귀를 불이 나도록 얻어맞았다. 아니라고, 결코 그런 뜻은 없었다고 변명하는 족족 어린 게 앙큼하다는 둥 자기들 마음대로 지어낸 온갖 추측에 맞춰서 꼬집고 구타를 했다. 쾌남은 잘못한 것도 없는데 왜 당하고만 있어야 하는지, 자신을 꼼짝 못 하게 하는 힘, 그게 무엇인지도 모를 큰 압력을 극복 못 하는 자신의 무력함이 억울하고 서러웠다. 같이 나서서 도와주지 않는 그 여드름쟁이를 죽이고 싶었고, 그들 가족이 사는 집에 어서 천둥, 번개, 불벼락이라도 떨어지기를 바랐다.

다음 날 호출되어온 엄마마저 쾌남의 억울한 하소연은 들어보지도 않고 딸자식 잘못 가르친 죄라며 무조건 코가 땅에 닿도록 빌기만 했다. 쾌남은 조막만 한 옷 보따리와 가슴에다 또 하나의 송곳이 박힌 것 같은 아픔을 끌어안고 그 집을 나왔다. 그나마 초라한 심정을 위안해준 것이 있다면 숨어서 보고 있는 여드름쟁이의 비겁한 상판을 노려보며 한껏 경멸의 눈총을 쏘아준 강한 자신의 결심이었다. '앞으로 너 같은 사내새끼하고는 절대 상종을 않는다. 머슴애 자식들은 모두 지옥으로나 가라.' 그리고 자신의 체면만 지키느라고, 억울한 자기 딸자식에게는 아무런 보호막도 되어주지 않는 무정하고 위선적인 엄마의 등에 대고도 슬픈 맹세를 새겼다. '내 문제는 내 스스로 해결하지 도움을 받기 위해 당신을 부르는 일은 절대 없을 것이다.'

그야말로 무작정 상경을 했다. 그 후 가족들과 가까스로 연결되기까지 양지는 고향이나 부모형제를 깡그리 잊다시피 살았다. 변함이 더디다는 산천도 두어 번이나 더 변할 기간이었다.

회상으로 잠시 몽롱해진 양지의 의식을 비집고 현태의 음성이 들려왔다.

"어쩔 셈이야, 본가에다 연락을 해야 창규한테 알리지?"

'분만실.' 큼직한 검은 글씨가 저쪽 출입구 위에서 양지로 하여금 어떤 결단이 있기를 재촉한다. 현태의 제안은 정남이 해산한 후 아이의 장래를 염두에 두고서이다.

"본가?"

현태의 말을 되씹자 양지의 입에서는 픽 비웃음이 나왔다. 양지는 이미 그쪽을 정남과의 관계에서 지운 지 오래였다. 간간이 안겨나와 창밖의 가족들께 선 보여서 조부모와 아빠 엄마를 기쁘게 하던 축복 받은 신생아들의 면회시간도 지났다. 이제 산부인과의 복도에는 양지와 현태 외에는 지나다니는 사람들도 뜸했다. 간헐적으로 들리던 정남의 비명도 잦아든 듯이 괴괴해졌다.

"난산입니다. 산모의 기력이 워낙 딸려서요."

양지의 물음에 짧게 대답하며 간호사는 어디론가 급히 사라졌다.

"현태 씨 나가. 저녁 먹고 가봐야지."

양지는 이제 혼자 있고 싶었다. 곁에 있으니 무의식중에 그를 의지하고 있는 자신을 발견하고 속으로 깜짝 놀랐다. 그는 남이야. 아무 거나 보여서 흉밖에 살 것 없는 남이야. 자신에게 일러 듣기곤 했지만 미아처럼 부지불식간에 그를 찾고 있는 자신의 눈길에 아연해지곤 했다. 양지는 다시 현태에게서 자신을 분리시키고 싶어 현관 쪽으로 먼저 걸음을 옮겼다.

"어머니댁 전화번호가 어떻게 되지? 주소도 불러봐. 양지는 가만있고 내가 나서서 해결해볼 테니까."

병원 앞의 식당에 들어가 찌개백반을 시켜놓고 나서 뒤집은 명함의 여백에다 볼펜을 대며 현태가 재촉했다.

"우리 엄마에게는 안 알릴 거라고 했잖아."

"그럼 어떻게 할 거야. 너무 그렇게 뒤틀리게만 생각지 말고 일은 순리적으로 풀어야지."

"내가 알아서 할 거니까 현태 씨는 가만있어 줘. 그냥 막 짜증이 나."

"그러니까 내가 도우려는 것 아냐. 이런 일은 아무래도 나 같은 남자가 과단성 있게 나서야 돼."

잠시 생각을 굴리는 눈치더니 현태가 다시 입을 열었다.

"설마…."

네가 무슨 생각을 하고 있는지 알겠다는 뜻이었다. 가슴과 등을 막 창내는 듯 강한 눈빛이었다. 양지는 현태의 눈길을 빗겨 앞에 있는 물컵을 집어들었다.

"그건 안 돼. 엄연히 갈 곳이 있는 애를. 감정적으로 함부로 결정하면 안 돼. 요즘 신문지상에도 떠들썩하잖아. 고아수출국이라니."

"비약하지 마. 어디로 멀리 도망쳐버리고 싶은 생각밖에는 아직 아무 생각도 안 하고 있으니까."

주어야 하고 가야 한다는 것은 현태가 생각하는 상식일 뿐이다. 주지 않는다 하고 가지 않는다 할 수도 있다. 그러나 태어나는 아이도, 정남이도 지금 현재는 하나의 물체에 불과할 뿐 자기 판단을 피력할 아무런 능력도 없다. 그들의 장래에 필요한 조치는 어디까지나 양지의 뜻에 따라 좌우 될 것이며 양지는 무엇보다 신중을 기해야 할 필요가 있다. 양지의 머릿속에 이미 창규라는 존재는 없었다.

"아주머니, 여기 소주부터 먼저 한 병 주세요."

양지의 주문에 따라 소주와 김치며 나물 안주가 나왔다. 먼저 현태의 잔에다 따르고 자신의 잔도 채웠다. 담배를 바꿔잡은 손으로 현태가 먼저 술을 들었다.

"자, 건배. 현태 씨 오늘 정말 고마웠어. 이제 돌아가 쉬어야지."

가볍게 잔을 부딪고 기울이면서 양지가 말했다. 양지는 찬물에 발을 적시지 않고도 냇물 건너는 법을 터득한 상태다. 객관적으로, 크고 단순하게, 징검다리를 건너뛰면 시간이 흐름에 따라 고난은 어느덧 다 지나게 되어 있다. 현태는 아예 대꾸를 하지 않고 김치, 깍두기를 우적우적 씹기만 한다. 양지가 부리는 허세를 벌써 꿰뚫고 있음이다. 소주가 들어가자 끌로 파는 듯이 식도가 아렸다. 양지는 상을 찡그리며 나물 한 젓가락을 집어먹는다. 일이 생각대로 풀리지 않아서 결국은 현태의 말대로 따르는 한이 있을지라도 지금은 절대 그러지 않을 것을 전제로 자신의 결심에다 쐐기를 박는다. 그리고 이왕이면 정남이 아들을 낳아줄 것을 기대했다. 그래야만 싱겁게 일방적으로 내침당하지 않고 설욕의 기회를 가져볼 수가 있을 것이다.

"또 그 소리라고 화낼지 모르지만 남의 장래가 걸린 일인데 양지 혼자 생각만으로 독단하면 안 돼. 아니 할말로 정남이는 모르지만 어린애는 양지가 어떻게 할 수 없잖아. 자식이 용돈 때문에 부모를 죽이는 일이 생기게 된 세상이지만 그렇다고 다 그런 건 아니잖아. 인륜과 도덕을 무시하면 결국 다 같은 족속밖에 뭐가 되겠어?"

"윤리, 도덕이 아직 남아 있다고 생각해? 사람이 이기적인 탈을 감추고 있는 동물인 걸 알면서 그래? 그건 어디까지나 희망사항일 뿐이지. 쟤가 저렇게 된 걸 보고도 그런 소리를 한다면 현태 씨의 시대감각이 문제다."

상을 찡그려서 부인해보이며 양지는 단숨에 꼴깍 소주를 들이켰다. 이 가슴 답답한 불특정 다수에 대한 피해의식을 상쇄할 수만 있다면…. 속이 쓰리고 아렸다. 난도질당하는 듯 아픔이 극심한 것은 비단 술에 약한 위장 탓만은 아니다. 어젯저녁부터 양지의 주량으로는 엄청난 과음이었다. 게다가 거의 빈속이었다. 밑에 사람, 특히 현장 사람들에게 거리감을 없애는 일은 같이 술을 마시는 것 이상 없다. 우악스러운 남자들은 여자인 양지가 기를 쓰며 술자리에서 버텨주는 것을 좋아한다. 그리고 다음 날이면 측은한 듯 그녀의 요구대로 작업량을 채워준다. 양지는 교묘하게 그들의 남성심리를 이용한다고 하지만 사실은 누가 누구를 이용하고 이용당하는지 아리송할 때가 없지 않았다. 아픈 마음을 쓸어 넘기기 위해 거푸 잔을 비우자 현태가 병을 빼앗았다.

"뇌. 언제는 나다워서 싫다 하고 언제는 또 나답지 않아서 싫다 하고, 내가 뭐 네 주머니에 든 손수건이가? 마음대로 이랬다저랬다 되반죽 쳐도 되게."

"야이 문디 가시나야. 니 참말로 와카노. 에나 한번은 말할라 캤는데 요즘 확실히 달라졌어."

친근감 있게 다가오려는 노력으로 양지의 고향말투를 흉내낸 현태가 오빠처럼 나무랐다. 간간이 부리는 익살이기도 했다.

"그래, 보긴 바로 봤는데 좀 희망적이고 긍정적으로 봐줄 수는 없지? 이 이기주의 비겁자들."

"새벽 호랑이 너 심정은 이 선배가 잘 알지."

"새벽 호랑이? 내가 웬 새벽 호랑이?"

"들어봐. 우리 할머니한테 들은 얘긴데 호랑이가 초저녁에 사냥을 나올 때는 거만하게 폼을 잡고 아이 밴 새댁이나 예쁜 아가씨나 했는데, 새벽이 돼서 동쪽이 희붐하게 되면 배는 고프고 허탕 칠 것 같은 예감에 그저 마음이 급해져서 늙은 홀아비나 풍병 든 할망구나, 주문이 마구 치졸해진다는 거야."

현태의 농을 무시하기 위해 자리에서 일어서자 기우뚱 중심이 흩어졌다. 피맺힌 정곡을 보이고 싶지 않았다. 하지만 풀린 다리는 엉덩이를 의자 위로 무너뜨렸다. 자랑스럽지 못한 집안 환경은 또 양지를 우울하게 만들었다. 긴 것을 아니라고 우기는 것도 자괴감으로 망가진 후에는 불가능하다.

"듣기 싫으면 꽁무니 빼더라. 야이 가시나야. 니 진짜로 진주 출신 맞냐? 남편의 충정까지 사랑해서 왜장을 끌어안고 남강에 투신한 논개 여사가 넌 아니라고 호적 파려 들겠다."

"내가 뭘 어쨌다고 갑자기 논개씩이나?"

"내가 왜 뻣장구 같은 널 좋아하는지 말했지? 진주 사람들 특성이 겉으로는 폐쇄적이고 덤덤해보이지만 한번 사귀었다 하면 쉬이 변하지 않고 깊은 정을 주면서 은근히 고집스러운 의리도 있더라고."

"진주에 대해서 잘 아는 척한다고도 했네."

"우리 외숙모님이 진주댁인데 진주 자랑이, 아니 홍보가 얼마나 심했는지, 애향심이 그만하면 시장님이 표창장이라도 줘야 한다고 우리는 막 놀리고 그랬단 말도 했는데 그새 다 잊은 척하네. 고얀 지고. 임진왜란 때 군관민 합동으로 왜적과 맞서 싸우다가 7만여 명이 생목숨을 바쳤지만 패전했고, 승전에 취한 왜장과 의암에서 투신한 논개사당이 촉석루 옆에 있잖아. 여염집 여자들도 죄 나서서 승냥이 떼처럼 몰려오는 적들을 퇴치하기 위해 뜨거운 물을 끓이고 앞치마로 돌을 담아 날랐다니, 진주여자들 충정이나 결기가 얼마나 대단한가, 진주를 다시 보게 됐다고. 강낭콩보다 더 푸른 남강 어쩌고 하는 변영로 시가 얼마나 유명해졌는지 너도 말했잖아."

"역사 공부깨나 했네."

"그러엄 내 각시의 고향이니까. 그것뿐일까. 중학교 삼학년 때는 사촌들하고 같이 학생들 등 띄우는 데도 참여했는데. 임진 계사년 전쟁 때 군사들이 성 밖에 있는 가족들께 안부를 적어 강물에 띄운 걸 기리는 민족혼이 배인 행사라는 말을 듣고는 얼마나 감동했는지. 그때 벌써 우리의 만남은 연줄이 드리웠던 거야. 최양지 듣기 좋으라는 아부성 예찬이 아니라 진주라는 보석처럼 이름만 좋은 게 아니라 지리적 여건도 얼마나 좋아. 북으로 한 시간여 거리에 한국의 태산 지리산이 터억 품어주고 있지, 남으로 한 시간여만 가면 태평양으로 바로 통하는 청정바다 남해가 있고, 기후 온순하고 농산물 풍부하고 물 걱정 없는 이런 곳이 청정낙토가 아니고 뭐야. 아, 아름답던 기억이 또 있다. 해마다 가을걷이가 끝나고 나면 쌀 몇 됫박을 머리에 이거나 어깨에 메고 예술제 구경을 하러 친척집으로 몰려가는 시골사람들 행렬도 볼만 했지. 우리나라 예술제의 넘버 1호라는 것만도 큰 자랑거리 아니냐. 너는 그렇게 좋은 동네 출신이야. 그걸 잊으면 안 돼. 내가 왜 이런 상황에서 이런 장황한 얘기를 하는지 모르겠어? 고집이 너무 세면 판단이 엇나가고 오류가 생긴다

이 말이야. 빨간 불 번쩍, 번쩍하는데 저만 신호 무시하고 달리는 차 그게 온전하겠어?"

현태가 늘어놓는 해박한 고향 상식을 듣다보니 구석에 몰린 듯, 할말이 궁해진 양지는 다시 자리에서 일어났다.

"밥 나오는데 어디가?"

양지는 화장실이라고 적힌 곳을 손가락질했다. 돌아보자 현태와 시선이 마주쳤다. 둘은 풋 웃었다.

보호자인 척하는 박현태는 전에도 몇 번 자신이 최양지를 좋아하게 된 진짜 연유를 말했다.

"내 첫사랑 여인이 가장 신뢰하는 사람이 진주사람이거든."

"그게 누군데?"

"우리 외숙모. 시누이한테 점수 잘 받는 올케가 쉽지 않은가 보던데, 그분은 단연 우리 엄마의 첫 손가락이거든."

"그런 엉성한 이유가 어딨어."

"아 물론 첫눈에 반했다는 건 아니고. 자주보고 지나는 동안 정이란 것이 생성되고, 또 그것이 매력에 끌리면 연애, 뭐 사랑과도 연결되겠지? 좋은 환경에서 우수 농산물이 생산되는 게 우연은 아니잖아."

"비유가 어찌 듣기 거북하다? 내가 무슨 생산품도 아니고."

"진주 혼이 배인 우량상품일지도, 그건 내 바람이지. 흐흐흐…. 좋은 농산물만 좋은 환경에서 생산되는 게 아니라 인간의 인성이나 행동습관도 환경의 영향을 강하게 받는다고."

최양지가 진주 출신이라서 호기심이 동했다는 현태의 말은 늘 들었지만 남성들이 그냥 늘어놓는 농담으로 흘려듣지 않았다. 현태의 분석대로 진주여자들의 특성은 무명베처럼 검소하고 덤덤한 대로 변덕스러움이 덜하다. 현태는 자주 삼족에 이르는 많은 권솔을 위아래 구분해가며 이해심 깊게 품어주는 심지 깊은 외숙모를 비롯해, 억척으로 고난을 이겨내고 며느리의 존경까지 받고 살았던 가문의 수호신격이던 진주 출신의 이웃할머니며 작년에 결혼한 친구의 아내까지 끌어다 붙이며 진주예찬을 늘어놓는다. 이럴 때 양지는 고향 진주에 미안했다. 벗어나고 싶었고 잊어버리고 싶었던 그곳에 대한 현태의 호감도 돌연변이 상태의 삶을 살고 있는 그녀의 귀에는 성가신 추근거림으로밖에 들리지 않았었다. 현태의 호감은 근래 들어 '어머니가 양지를 한번 만나 보잔다'는 데까지 진척해 있었다.

좌변기에 엉덩이를 붙이고 앉자 엉덩이가 무너진 듯이 아래로 잦아들었다. 하루 종일 서서 허둥거린 피로가 일시에 몰려들었다. 생각만큼 시원하게 소변도 나오지 않았고 볼일이 끝나고서도 일어나고 싶지 않았다. 변기에다 한쪽 발을 올려놓고 눈을 감고 무릎을 끌어안았다. 어디를 어떻게 휘돌다가 저 지경으로 나타났을까, 정남을 향한 원망 따위는 모두 지난 일이다. 장차 이 일을 어떻게 할 것인가. 앞으로의 일이 중요했다. 현태는 창규의 사람이 되었으며, 그의 자식을 낳을 것이니 그 집에다 알려서 산모까지 인계해야 한다지만 정신상태도 온전하지 않은 모습을 그들에게 보여주어서 득 될 일은커녕 되레 수치스러운 욕지거리만 돌아올 뿐이다. 그러나 어떻게 해야 될지 뚜렷한 방안이 있는 것도 아니었다. 지금쯤 아기는 낳았을까. 정말 어떻게 해야 바람직한 해결 방법이 될 것인가. 비참한 신세가 되어 있는 정남의 심정을 얼마든지 짐작할 수 있기에 앞날에 대한 시름은 크고 무겁게 양지를 짓눌렀다.

정남이 창규의 집에 가 있다는 걸 알게 된 양지가 그곳으로 갔지만 창규의 가족들이 방해했기 때문에 양지는 아직 창규 얼굴도 모른다. 정남에게 들은 바로 창규는 위로 누나가 넷이나 되는 막내였다. 공부가 하기 싫어 어영부영 떠돌다가 심심풀이 삼아 다니기 시작한 회사에서 정남과 사귀게 되었는데 세상살이라고는 세 자도 모르는 철부지였다. 창규는 정남에게 아이를 지울 것을 종용했으나 사형선고를 받는 것만큼이나 크게 반발하는 정남과 갈팡질팡하는 사이에 그의 부모들이 알게 되고 정남은 버리지도 내치지도 못할 어정쩡한 물건 취급을 당하며 창규의 집으로 옮겨갔던 것이다. 서릿발 같은 냉정한 시선들밖에 정남을 기다리는 것은 없었고 시어머니의 연락을 받고 모여든 시누이들은 교활하기조차 했다. 동생의 장래를 막고 있는 요물처럼 정남의 하체에 쏟아지는 비난은 숫제 동물 취급이었다. 참고 견디는 것은 이미 어머니의 피내림을 판박이한 정남이다. 그리고 지금 여기서 포기하면 무엇이 돌아올지를 정남은 너무도 잘 알았다. 행복해보이겠다고 약속한 쾌남 언니의 얼굴이 무섭게 그녀를 응시했던 것도 물론이다. 정남은 조신스럽고 묵묵히 시키는 대로 어른들의 명을 따랐다. 집안일은 집안일대로 들일은 들일대로 가녀린 체구의 그녀가 능히 할 수 있는 일들이 아니었다. 마치 못 견뎌서 도망가기를 바라는 술책인 듯 인정사정없이 혹독한 부림이었다. 위안이 있다면 이웃 아주머니들이 뉘집 딸인지 안쓰러워하며 보내는 칭찬이었다. 어린 게 어쩜 저렇게 음전하고 속이 깊을까. 창규놈이 그리 껀들껀들 해도 아가씨 보는 눈은 있었네. 그렇지만 정남은 매일 창규의 부모에게 구박을 받았다. 밭 매는 일이며 어린 곡식을 돌보는 눈은 미숙하기 짝이 없어 조밭을 맬 때면 풀은 그냥 두고 어린 곡식을 죄 뽑아놓고

등짝을 후려 맞는 일도 허다했다. 집안일이라고 하나 나을 게 없었다. 시어머니는 남자처럼 큰 몸집대로 목청도 크고 입심도 걸었다. 정남이 제일 참기 어려운 것은 일 자체의 실수를 나무라기보다 걸핏하면 이마에 피도 안 마른 것으로 시작해서 사내 후리는 재주며, X통만 키워가지고라는 따위의 모난 표현으로 수치심을 자극하는 것이었다. 이런 나날의 반복 속에 어느 틈엔가 정남의 뇌리에는 이대로 죽고 말 거라는 공포와 도망이라는 그들이 바라마지 않을 듯한 단어가 구체적인 뿌리를 내리기 시작했다.

심성에 따른 정남의 고뇌는 얼마든지 연상 가능했다. 방사형 구도로 지켜보는 가족들을 의식하며 죽을 고생을 참아냈지만 그녀에게 없는 행복은 낭떠러지 외길로 몰아넣은 것을.

흐르는 눈물 속으로 행복해보일게. 극한 상황이 닥칠 때마다 언니에게 남겨놓은 편지를 떠올렸으나 버티고 참아볼 위안거리는 아무 데도 없었다. 이런 것을 행복이라고 한 약속은 아니었다. 지금쯤 어린 딸을 찾아왔다가 헛걸음하고 돌아갔을 엄마에 대한 면목도 없었다. 매운 시집살이를 견뎌내면 그만큼 여자로 성숙해지는 거라고 어머니는 호남 언니에게도 늘 가르쳤다. 그리고 뱃속에 있는 아이에 대한 두려움과 어쩌다 올 때마다 꾸지람만 듣고 시무룩이 돌아서는 창규에 대한 애틋한 기대를 저버리기도 어려웠다. 들에서 부엌에서 여러 번 쓰러졌다. 그럴 때마다 동네 사람들 창피해서 못 살겠다고 시어머니의 구박은 점점 더 거세졌다. 보다 못한 시아버지가 한약 한 재를 지어다 다려 먹으라고 주었다. 그 실낱이 태양광선마냥 줄기차지는 희망과 기쁨이라니. 마침 그때 쾌남 언니가 찾아왔다. 언니는 나약한 사람은 싫어한다. 거칠고 험한 지경에서라도 남에게 지는 것은 죽는 것보다 못하다, 그런 성격이었기 때문에 '쾌남'이라는 호적에 오른 이름도 버리고 제 마음대로 이름을 갈아서 '양지'라고 쓰는 언니. 엄마의 성인 강씨까지 붙여서 '최강양지'라고 언니가 일러준 대로 발음해보면 쾌남 언니의 속마음을 단박 읽을 수 있었다. 그런 언니에게는 억지로 지어내서라도 굳센 모습을 보여야 했다. 정남은 그래서 변명으로 들릴 다른 말보다 먼저 약첩을 꺼내서 언니에게 보였고, 뼈만 앙상하게 남은 몰골은 고된 시집살이 때문이 아니라 심한 입덧 탓이라고 거짓말을 했다. 그래, 고통속에서도 희망이 있으면 살맛은 더 오진 법이다. 정남의 야윈 어깨를 다독거려준 언니 최강양지는 정남의 선택을 더 이상 비난하지 않고 물러섰다.

양지는 그때 정남이 가졌을 심정을 미루어 짐작해보며 자신의 판단력을 흐리게 했던 약첩을 떠올려보았다. 정말 잘 견뎌내서 네가 말했던 행복을 일구어보이겠느냐고 물었을 때 눈물 젖은 눈으로 고개를 끄덕여보이던 슬픈 미소를 되짚어본다. 그 뒤에 정남을 만나러 가서 보았던 김매는 아주머니들을 좀 더 앞서 만났더라면 정남이 당하고 사는 고초를 들을 수 있었고 일이 이렇게 뒤틀리지는 않았을 터였다. 아니, 양지 자신의 감정이 혈육을 향해 좀 더 유연하고 따사롭게 열려 있었던들 그 아픔, 그 외로움을 인내와 극복이라는 상식적인 단어로 간단히 치환해버리지는 않았을 것이다. 허탈했다. 지난 일을 조목조목 되새겨보면 기회를 놓친게 한 둘 아니었다. 있는 힘도 쓰지 않은 편이 맞다. 더 크고 확실한 당처가 있을 것 같은 막연한 기대감에 사로잡혀 필요한 때마다 자린고비 지갑 움켜쥐듯 마음마저 헐어쓰기를 망설이고만 있었다. 도대체 그 대단하게 큰일이 무엇인지에 대한 확실한 구체성도 그려놓지 못한 채 말이다.

노크소리가 났다. 번쩍 정신을 차리고보니 아직 화장실 안이었다.

"뭐하는 거야. 안에 있어?"

기다리다 못한 현태가 걱정스러운 목소리로 화장실 밖에서 불렀다. 오금이 딱 붙어서 다리가 떨어지지 않았다. 현태 씨 못 일어나겠어. 나 좀 일으켜줘. 양지는 그렇게 말하고 싶었지만 입이 떨어지지 않았다. 반응이 없자 다시 노크를 하더니 발소리가 멀어졌다. 아주머니 이쪽으로 출구가 또 있어요? 저쪽에서 현태의 목소리가 들리고, 없는데요 하는 주인여자의 대답과 발걸음 소리가 다가왔지만 양지는 움직이지 않고 가만히 있었다. 안으로 잠겼어요. 참 급하기도 하시네, 조금만 기다려 보시죠. 달캉달캉, 잠긴 문을 끌어 당겨보던 주인여자가 웃음기 밴 음성으로 말하고는 주방 쪽으로 멀어졌다. 이성의 지나친 친절은 성의 욕구와 직결된다던 누군가의 말이 왈칵 양지의 혐오감을 일깨웠다. 속을 보이면 더 어떻게 해볼 수 없는 쪽에 밀려 쓰러지고 말 것 같은 두려움이 일었다. 아직은 유보하는 것, 그게 가장 넉넉하고 유리하게 선택의 여지를 소유할 수 있는 방법일 터였다. 양지는 화장실에서 나서며 일부러 남자처럼 거친 소리를 지어 항의를 했다.

"참 이상하네. 남 볼일도 마음놓고 못 보게."

"난 또 기절이라도 해서 쓰러져 있는 줄 알았잖소."

무슨 엉뚱한 상상이라도 했지 싶게 큭큭 웃으며 현태가 먼저 자리에 앉았다. 식탁에는 이미 음식이 차려져 있었다.

"자, 어서 먹자. 다 식었어."

수저통에서 종이에 싸인 젓가락을 꺼내서 벗겨주며 현태가 권했다. 그는 아무래도 아버지 세대와는 차이가 나겠지, 그럴 거야. 뚝배기에 담긴 찌개를 숟가락으로 휘저으며 양념을 넣고 건너편에서 왔다갔다 음식의 간을 맞춰주고 있는 현태의 손을 바라보았다. 그리곤 갑자기 배고픔을 의식한 것마냥 수저질을 해서 또 아버지와 현태를 동일시하고 있는 자신의 상념을 털어냈다.

저녁을 먹여 현태를 돌려보내려던 양지의 뜻은 다시 실패로 돌아갔다. 대강 식사가 끝나자 현태가 선수를 쳤다.

"지갑에 든 거 다 내놔. 가다가 유아복, 참 배냇옷이라고 하던가, 그것도 한 벌 사야지. 정남인들 무슨 잘못이며 어린애는 또 무슨 죄야? 우리만이라도 산모와 어린 생명을 기껍게 환영해주자고. 아무래도 우리보단 재주가 좋잖아?"

농담을 곁들이며 현태가 슬쩍 건너다보았다. 최양지, 생식능력이나 확실한지 궁금하지 않아? 난 요즘 철 놓친 농부마냥 '씨앗 오쟁이' 걱정이 돼서 잠을 설친단 말이야. 언젠가 현태가 하던 진한 농담이 떠올라 양지는 못 들은 척 밥그릇 긁어먹는데 열심인 시늉만 했다. 옷깃을 여며도 찬바람이 밀려들고 가슴속에 구멍이 난 것처럼 춥고 쓸쓸한 날 저녁이면 이성의 따뜻한 체온을 그려보지 않은 독신자가 있을 것인가. 속마음은 미워하지 않으면서 헤어질 수밖에 없었던 별거 부부처럼 냉정을 가장하고 돌아설 때 현태가 치한으로 돌변해서 자신을 앗아갔으면 바랐던 적도 사실은 없지 않았다. 다음부터는 좀 더 다정하고 진지하게 대해야지 하는 생각은 늘 그녀를 배반하며 현태에게 촉을 세웠다.

병원으로 돌아오자 입구에서 담배를 피우고 있던 문 주사가 골똘한 인상을 얼른 지우며 두 사람을 맞이했다. 어떻게 됐어, 현태가 눈짓으로 묻자 얼른 심각함을 지운 문 주사의 인상이 헤프고 싱겁게 풀어졌다.

"소주두리미 하나 탄생했네."

"소주두리미?"

못 알아들어서 반문한 것도 아닌데 문수찬은 싱글거리며 설명을 곁들였다.

"우리 고향에서는 딸 낳았다 소리를 그리 신호 안 합니꺼. 딸은 키워봤자 사돈집 이바지로 소주 한 두리미밖에 받는 게 없다는 뜻이랍니다."

"어, 우리는 파란색 옷을 샀는데."

들고 있던 옷꾸러미를 들어보이며 현태가 웃는데 아까보다 더 심각해진 얼굴로 수찬이 덧붙였다.

"그런데 좀 심각한 일이 생겼다."

양지도 현태도 우뚝 서며 수찬의 얼굴을 응시했다.

"우선 가서 봐."

첫아이를 낳으면 산모의 가족들은 사지가 온전한지 손가락 발가락은 제대로 있는지부터 살핀다. 세상의 모든 것을 제 마음대로 주무르고 가져도 될 손과 뜻대로 넓은 세상을 지쳐 다녀도 지장없게 튼튼한 발들은 두 다리를 받치고 있는지. 자신들이 다 못한 한풀이의 인자를 너무도 당연하게 확인하는 가족들. 양지도 심각한 일이 생겼다는 수찬의 말을 따라 강보에 돌돌 말린 아이의 얼굴부터 살폈다. 이목구비는 다 갖추어져 있는데 다른 무엇이 심각한 상태인가. 다음은 손발이다. 인큐베이터로 옮겨지던 아이에게서 강보가 벗겨졌다.

"아!"

순간 양지는 비칠 중심을 잃었고 현태의 팔을 잡았다. 흔하지 않은 배냇병신. 여자아이의 왼쪽 팔에 개구리발이 붙어 있는 것 같았다. 자라다

말았는지 마디 하나가 없는 듯이 짧다.

끔찍하던 그 충격의 날도 벌써 2개월이나 후딱 지났다.

6. 다가오는 어둠

회의를 마치고 나니 햇살이 반쯤 책상머리를 차고 앉아 있었다. 한 장 밖에 안 남은 달력. 양지는 벽에 걸린 달력을 바라보며 햇볕에 묻힌 손을 내려다본다. 남쪽 창유리를 투과한 햇살이 목덜미의 피부를 파고드는 것이 제법 따끈거린다. 유리 그림자를 밟으며 부지런히 블라인드를 내리고 있는 하 양의 모습이 보인다. 양지는 커피 한 잔을 타서 들고 창가로 갔다. 여긴 그냥 둬. 손짓으로 하 양의 접근을 밀어내며 삐죽 튀어나온 기둥 벽에 어깨를 기대고 섰다. 저만큼, 동남으로 훤히 뚫린 마당에도 햇살이 가득 반짝인다. 멈춰 있던 화물차가 꼬리를 감추고 차단기를 내린 수위 부 영감이 서성거리듯 천천히 수위실 쪽으로 가며 어디서 건강체조라도 배웠는지 깨금질하듯이 떼는 발걸음에 따라 오른팔 왼팔을 어긋지게 흔들어댄다. 남의 행동을 본인 모르게 훔쳐보는 것은 참 재미있다. 누군가 엿보고 있는 것을 안다면 저렇게 천연스럽지는 못하겠지. 쑥스러워할 영감의 모습을 상상하자 슬며시 미소가 번져나왔다.

그러나 양지는 얼굴에서 이내 웃음기를 걷어냈다. 기다리고 있었던 듯 무겁고 어두운 그림자가 얼굴 전면을 덮어버렸다. 습해진 어두운 눈길로 주위를 둘러보았다. 더없이 밝고 투명한 햇살, 한가한 시간을 연주하듯이 은은하게 들려오는 아래층 작업실의 악기소리 같은 기계음, 단조롭고 평화로운 한낮…. 이 모든 것들에 반해서 복잡하기만 한 내면은 생각만 해도 어깨가 처져내렸다. 양서류처럼 능란하게 환경에 적응할 수 있다면 이런 고민은 줄어들 텐데. 양지는 무연한 시선을 지어 컵 속의 검은 액체를 읽는다. 손의 미세한 흔들림에 따라 수많은 고리가 작고 검은 원심에서 파문을 일으키며 피어났다 사라진다. 이 한 잔의 커피를 마시기 위해 나는 이 순간을 살고 있다. 삶의 의미부여를 극단순화시켜본다. 하지만 의식의 밑동은 그렇게 단순하지를 않다. 삶이라는 것, 생활이라는 것, 먹는 것 입는 것에 기초를 두고 쌓아올리고 분얼하는 지위와 명예, 품격 따위. 그러나 따지고 보면 그런 것들은 관계를 떠나면 의미 없는 것이고 아주 사소한 것이며 지엽적이고 표피적일 뿐이다. 양지는 사람이 살아가는 이유를 한풀이의 실현이라고 하던 누군가의 말을 떠올려본다. 한은 뿌리가 깊으며 끈질긴 줄기를 가진 의식의 산물이다. 그리고 그것은 지독히 악성 독즙을 함유하고 있다. 한의 힘은 엄청난 괴력이 있고 한을 제대로 승화시키는 사람의 삶은 늘 신명나고 활기 차 있다. 나아갈 바 명료하게 설정된 목표가 있기 때문이다.

커피를 조금 마시던 양지는 진저리를 치며 입술에서 잔을 떼어냈다. 너무 달아서 속이 뒤집힐 듯했다. 두 스푼의 커피에 설탕 약간. 프림은 넣지 않는다. 단맛보다 쓴맛을 즐기던 평소 그대로의 순서인데. 무의식적인 동작이 빚은 실수다.

최양지, 우리는 동지다. 힘을 합해서, 여자라고 우리를 얕보고 호락호락하게 대하는 놈들을 콧대가 납작하게 짓밟아주는 거다. 그 신선한 의기투합, 일치감의 순간을 어떻게 잊을 것인가. 강영수 사장과 최양지는 '동성연애' 관계라는 소문까지도, 확장되는 사세와 버금한 밀약과 같아 은근히 즐겨왔다. 그러나 양지는 고개를 젓는다. 내가 먼저 너를 제외시켜야 해, 버림받지 않을 거야. 양지의 망막 속에 백지 한 장이 펼쳐진다. 떨리는 손길이 '사직서'라고 그리다 말고 멈춘다. 사위스러운 억측과 경박한 판단은 아닐까. 다시금 아침에 출근하자마자 출장을 갔다온 사장실로 불러들어갔을 때의 일을 떠올려본다.

"손윗사람이 옷 한 벌 사준다는 게 그리 큰 죄는 아닐 텐데? 최 실장도 큰 그릇은 못 돼. 다시 봐야겠어."

전 같지 않게 서먹해보이는 인상 뒤에 터져나온 사장의 일침이었다. 녹록잖은 부하의 행신을 흠잡고 있었음이었다. 양지는 턱을 낮추고 순리적으로 스스럼없이 받아들이려 했다. 하지만 너무 아전인수 격인 결론이며 날카로운 말꼬리가 불쾌하게 오장을 감고 돌았다. 무단결근은 전적으로 복잡해진 집안일 때문이었지 상한 자존심 따위 어린애 같은 치기를 보인 것은 아니다. 사장의 힐책도 책임 부서의 직원을 챙기는 당연한 노릇하고는 이미 다른 이유가 내포된 감이 전달되었다. 양지는 얼른 얼굴색을 고쳤다. 예견했던 바 아닌가. 서툴게 감정을 드러내는 것은 사장의 말대로 큰 그릇이 못 되는 탓밖에 다름아니다. 또 있다. '손윗사람의 호의'를 창피스럽게 받아들인 것은 단순히 '야윈 개'여서일 뿐인 게 된다. 양지는 얼른 머리를 굴렸다.

"무단결근에 대해서는 앞으로 말씀드릴 기회가 있을지 모르지만, 지금은 밝힐 수 없는 이유가 명백히 있어서였고요. 싸롱에서 있었던 일은 전적으로 사장님의 오햅니다(양지는 얼굴에다 딱분처럼 얇게 웃음을 바르기 시작했다.). 저는 사장님이 옷을 사주신다길래 이왕 사주실 바에는 앞으로 겨울 추위도 닥치고 하니 모피코트 한 벌은 사주시나 기대했는데 유감스럽게도 저한테 맞는 게 안 보이더라고요. 참 사장님도, 기회를 미룬 것 눈치 못 채셨어요?"

"말은 잘 둘러댄다, 쯧쯧….."

사장은 얄밉다는 듯 눈을 흘기며 손사래를 쳤다. 하지만 사장 역시 사장다운 면은 있다. 표나게 야젓잖은 얼굴로 바꾸어서 말을 이었다.

"무슨 뜻인지 말 돌린다고 못 알아듣지는 않아. 싫겠지만 한 소리하겠는데 최 실장도 이제 인생관을 좀 바꿀 필요가 있어. 차고 있는 물건이 남자로 바뀌지 않는 이상 여자의 운명은 죽을 때까지 여자인 거야. 가만히 보면 최 실장도 나하고 성질이 비슷해. 아, 말이야 바른 말이지 여자가 뭐야. 부드럽고 따뜻하고 차지고 녹녹하고 그게 매력 아니야? 그런데 우린 틀렸어."

강변이 되면 침이 튄다. 강영수, 그녀의 특징이다. 목 부근의 피부가 벌겋게 충혈되며 힘줄이 불끈거린다. 아침부터 그럴 필요 없는 일인데도, 저의를 포장하려고 애쓰는 것이다. 자신을 조금씩 끼워넣지만 사실은 양지의 결점을 꼬집어서 지적하려는 데 목적이 있다. 언젠가 회식이 끝나고 얼큰히 취한 김에 둘만 남은 자리에서도 사장은 그랬다.

"최 실장도 성격 바꿔야 돼. 난 지금 너무 너무 후회하고 있어. 아, 바른 말해서 최 실장한테 재력 있고 유능한 어떤 남자가 죽네 사네 반하기만 해봐. 인생관 싹 뜯어고치는 거지 이렇게 구질구질 기름밥 먹고살 필요 뭐 있어. 양지, 우리 한번 실컷 울자. 답답한 이 가슴이 툭 트이게 말이야. 난 너무 억울하다. 앗겨버린 여자로서의 인생이 너무 아깝다."

사장은 정말 울음을 울기 시작했다. 장난처럼 시작된 흐느낌은 조금씩 깊어져 가슴에 쌓인 통한까지 건드렸는지 아예 통곡을 터뜨려버렸다. '사장님하고 저하고는 달라요. 경우가 달라요. 저는 아직 사장님처럼 목놓아 울 수가 없어요.' 양지는 그냥 장승처럼 서 있었다. 사장이 던진 미늘의 뜻인 즉, 너는 아직 그정도 수준밖에 안 된다는 멸시였다. 비서실의 미스 김도 이러이러한 옷을 골라갔다는 종업원의 말이 귀에 걸린 채 잊히지 않았다. 그래서 뭐하는 건데요, 라고 추궁해보지 못한 점이 아쉬웠다. 아무래도 그들처럼 될 수 없다는 자인이 들면 근원 모를 방향에서 찬바람이 몰려와 가슴을 쓸고 지나갔다. 그럴 때면 마치 어두워지는 길모퉁이에 홀로 서 있는 어린 고아처럼 한기가 들고 쓸쓸해졌다.

내가 사장의 성취를 부러워하는가. 질투를 하는가. 사장의 언동에서 사사건건 가시를 느끼는 자신의 경도된 의식에도 짜증이 났다. 너의 존재가 고작 그정도였니. 시야를 넓혀야 한다. 자책해놓고 자위하면서 양지는 또 고아처럼 외로워졌다.

'썩어도 준치'라는 별명의 까만색 승용차 한 대가 수위실 앞으로 미끄러져 오는 게 보였다. 수위실 부 영감이 뛰어나가 허리를 굽실하더니 건물의 현관 쪽을 돌아보고 얼른 오라는 손짓을 한다. 백을 어깨에 걸치며 강 사장이 뛰어나간다. 위에서 내려다보니 펑퍼짐한 엉덩이에 머리가 달랑 얹힌 듯한 우스꽝스러운 모습이다. 사장이 타자 차는 뒷걸음쳐 돌더니 꽁무니 빼듯 날렵하게 사라졌다. 사장의 행동은 마치 걱정 없는 사모님이 남편 회사에 와서 용돈을 타 가지고 계모임이라도 나가는 듯 가볍다. 근로직·사무직을 합쳐 40명이 넘는 인원을 거느린 기업체의 사장

답지를 않다. 최 실장이 있기 때문이라고 사장은 말한다. 양지도 말은 이제 그러시라고 찬성을 했다. 동창회 아니면 수영, 골프 그도 아니면 계곡 어디에 은밀히 숨어 있는 별미 요리를 즐기러다니는 것도 안다. 사장을 뒷받침하며 대리만족을 해보는 기분도 그리 나쁘지는 않았다. 그런데 사장은 느닷없이 그녀에게 옷을 사주려 했고 양지는 심한 모멸감을 느꼈다. 손윗사람이 부하에게 옷을 사준다, 명분은 정겹고 호의적인 데도 사장의 속내에는 배반의 낌새가 깊이 감추어져 있음을 감지한 것이다.

"요즘 왜그러세요 실장님, 전화 받으라고 몇 번이나 불렀는데."

불쑥, 몽둥이처럼 끼어든 목소리에 놀라 언뜻 정신을 차리고 돌아보니 전화기를 든 하 양이 빤히 건너다보고 있었다. 어딘데…. 습관이 됐나. 물음이 열없어진 양지는 미간을 찌푸렸다. 발육장애로 쥐나 개구리의 그것처럼 보이게 아주 짧게 붙어 있는 수연의 왼팔. 하 양이 들고 있는 전화기가 마치 그 괴물 같은 아이를 데려와서 내미는 것 같다. 기형적인 장애를 가진 여자아이의 장래는 어떤 길로 연결되어 있을까. 제 어미 정남을 방치했듯이 그래서는 안 되지 않나. 그 애 수연의 장래문제는 어느덧 양지의 일상적인 고민이 됐다. 회피하고 싶어도 도망 갈 데가 없었다. 안면이 굳어지고 가슴이 쿵쾅거리기 시작했다. 혹시 바라던 대로 약질인 아이가 죽었다는 소식은 아닐까. 그렇지만 선뜻 손이 나가지 않았다. 양지의 이런 망설임을 보고 하 양이 싱긋 웃었다.

"사장님댁 추씨 아줌마예요, 어서 바꿔달래요."

전화를 받자 대뜸 추 여사의 걸걸한 목소리가 쏟아져나왔다.

"최 실장이야? 참 말 안 듣네. 와서 밑반찬도 좀 가져가진 않고. 퇴근하고 올 테야?"

엄마처럼, 좀은 주제넘게 정을 많이 베푸는 사람이다.

"일이 좀 있어서 곤란해요. 당분간 뵐 수도 없겠고."

"왜, 나도 꼭 할 얘기가 있는데, 아니야 열 일 제쳐놓고 꼭 와야 해."

또 그 얘기겠지 싶었으나 모른 척했다.

"무슨 얘긴데 그러세요? 지금 하면 안 돼요?"

"무슨 일인지 모르지만 내 얘기가 더 급하니까 지금 올 수 없는 거야?"

저쪽에서 전화를 끊으려는 눈치다. 양지는 다급하게 대꾸하며 바른쪽 귀로 송수화기를 돌려댔다.

"아네요, 아주머니."

"참내, 노처녀가 시집가는 일보다 더 중요하고 급한 게 어딨어."

"그 얘기라면…."

양지가 대수롭잖게 나오자 이번에는 추 여사의 음성에 꼿꼿한 심이 박혔다.

"저런 하고는. 사장이 뭐라고 안 해? 뭐 별다른 눈치도 안 보였고?"

"사장님이 무슨…."

"거 보라니까, 내 얘기가 궁금하면 저녁때 꼭 와."

또 전화를 끊을 셈이다. 양지는 전화에 매달리듯 간절한 음성을 지었다.

"아줌마, 지금 도저히 그럴 형편이 못 돼요. 이유는 담에 얘기할게요. 하시고 싶은 얘기가 있으면 지금 하세요. 들을게요."

"그래, 그럼 아무 말 말고 듣기만 해. 전에도 말했잖아. 사장이 병훈이 결혼을 서두른단 말이야. 중매가 여기저기서 들어오고 있어. 미스 김도 매일 와서 알랑방구를 뀌고. 아, 말이야 바른 말이지, 이 집 며느릿감이 양지 말고 또 누가 있어. 얼마 전에 내가 그런 말을 했더니 사장 말이 두고 보자더라고. 눈치가 저울질을 하는 거야. 내가 막 화가 나는 거 있지. 고물점 비슷한 철물장사로 시작한 거 누가 모르나. 자기가 언제부터 상류사회 귀족층이라고. 개구리가 올챙잇적 잊어먹어도 유만부동이지. 몸뻬 입고 쓰리빠 찔찔 끌고 양지한테 같이 일하자고 다니던 일 내가 증인 아냐. 형제처럼 동지가 되어서 한번 일어서보자고 빌붙은 사람이 누군데."

숨이 찬 듯 잠시 추씨의 말이 중단되었다.

"그 일이라면…."

양지는 느긋한 음성으로 추씨의 흥분된 들뜬 음성을 눌렀다.

산부인과에서 정남이가 왔다갔다 할 즈음, 그래서 더욱 생생하게 기억되는 미스 김과의 식사 자리. 재래시장 먹자골목에 있는 순대국밥 집에서였다. 점심은 미스 김이 먼저 제의를 했다. 전에도 종종 추 여사로부터 들은 소리가 있기 때문에 미스 김의 식사 제의를 받는 순간 감이 척 와닿았다. 양지는 서슴지 않고 식사 약속을 받아들이는 대신 자신이 먼저 시장 골목의 순댓국밥집으로 인도를 했다. 부언할 필요없이 자신이 가장 자신다울 수 있을 만한 장소를 보여줄 셈이었다. 고급 레스토랑의 이름을 들먹이던 미스 김의 입이 묘하게 일그러졌지만 양지는 모르는 척 일방적으로 밀고나갔다.

기름때로 절은 탁자 위에 훔친 지 얼마 안 되는 물행주 자국이 상기도 번질거리는 순댓국밥집 탁자를 사이에 두고 둘이 마주 앉았다. 습관 되지 않은 낯선 분위기에 좌불안석인 미스 김은 사람이 들어올 때마다 자리를 고쳐앉고 주방 켠에서 스르르 국냄새 푸진 김이 흘러올 때도 호흡을 어쩔 줄 몰라 하며 연신 눈살을 찌푸렸다. 식사를 하러 들어오던 사람들도 분위기에 어울리지 않는 손님인 두 아가씨에게 한번씩 눈길을 주다 돌아갔다.

"우리 오늘은 전내기로 주쇼."

자리에 앉은 남자들이 큰소리로 주문을 하자 미스 김이 눈으로 물었다. 전내기가 뭐죠? 양지는 입귀를 길게 늘이며 짧게 답했다.

"진국을 말하는 건데, 곰국을 끓여본 적 없으면 모를 수도 있죠."

양지는 더 천연스러운 동작으로 주전자에 든 물을 부어 미스 김 앞으로 놓아주고 수저통에서 꺼낸 수저도 앞앞으로 챙겨놓았다.

"이런 데 처음이죠? 먹어보면 여간 구수하고 깊은 맛이 아녜요. 세상의 컷속을 알려면 시장을 헤쳐 다녀보라는 말도 있잖아요. 비록 간접체험이기는 해도 삶의 희로애락이 진솔하게 농축되어 있는 것을 알 수 있으니까 나온 말이겠죠. 저 할머닌 저 투박한 국솥과 친해서 아들 딸 사남매를 대학까지 가르쳤다고 자부심이 아주 대단해요. 저기 손님 머리 위로 기둥 저쪽에 있는 사진 보이죠? 아, 여기서는 자세히 안 보이지만, 할머니의 장남이 미국에서 박사 학위 받을 때 찍은 거래요. 미국 대통령 케네디의 아버지가 하수도 공사장의 인부가 되어도 세계 제일만 되라고 아들을 가르쳤다지만, 몰라서 그렇지 그에 못지않은 부모들 우리나라에도 많아요."

의외란 듯, 사진 쪽으로 뻗어갔던 미스 김의 시선이 주방으로 돌아가 바쁘게 나대는 국밥집 할머니에게서 돌아오지 않는다. 양지는 자신이 마치 미스 김을 굴리고 노는 듯해진 고양감으로 여유 있게 물었다.

"혹시 무슨 하실 말씀이라도 있었던 것 아니에요?"

놀란 듯 후딱 고개를 돌리는 미스 김을 향해 양지는 끄지 않은 잔잔한 미소를 보냈다.

"여기서?"

"괜찮아요, 무슨 말이든."

"아녜요, 아무래도 분위기가 이런 데서 꺼낼 성질도 아닌 것 같고…."

"사실은 제가 좀 시간이 없어요. 달리 틈을 낼 만한 여유도 없고 해서 겸사겸사 이리로 모셨는데…."

"그렇잖아도 요즘 몹시 분주해보였는데, 혹…. 얘기해서 안 되는 일인가요?"

"뭐 그런 일이 따로 있겠어요. 사람 사는 일이란 게 다 방식이 다르니까. 그저 말하고 싶지 않을 뿐이죠."

그 사이에 국밥 뚝배기가 나왔다. 어떻게 먹을지 몰라 곤혹스러워하는 미스 김에게 이것도 사람들이 맛있게 먹는 음식이라는 것을 주지시켜 주고자 간 맞추는 것을 도와주고 양지 자신이 먼저 국물을 떠먹었다. 숟가락을 들고 양지를 바라본 채 미스 김은 그냥 앉아 있었다. 표정은 굳어 있고 안정되지 못한 눈동자 위에 초조감도 느껴졌다. 미스 김은 먹지 않고 수저만 만지작거리다 어렵사리 본론을 꺼내었다. 말하지 않고는 음식을 먹기는커녕 앉아 있지도 못하겠는 모양이다.

"병훈 씨 말인데요."

예상했던 대로였다. 양지는 기껏 그거였느냐는 듯 소리 나게 웃어주었다. 그리곤 곧 웃음을 걷고 정색을 해보였다. 너무 갖고 노는 것 같아 미안해졌다.

"내가 어떤 대답을 해주기를 바라는데요? 전 미스 김이 자존심도 없

이, 오해 마세요, 미스 김의 수준이 우리 회사와는 상대가 안 된다는 뜻
이니까요. 우리 사무실로 출근할 때부터 이미 알고 있었어요. 뭘 망설이
는지 모르겠어요. 자신 있으면 소신껏 추진하면 되지 않겠어요?"

활짝 밝아진 얼굴로 빤히 바라보며 미스 김이 되물어왔다.

"그 말뜻을 어떻게 이해하면 될지…."

양지는 다시 큭큭큭 웃었다. 은근하게 자신이 밴 음성으로 말했다.

"문제는 본인의 뜻 아니겠어요? 병훈 씨와 뜻만 일치한다면, 예로 들
어 어머니인 사장님이 반대를 한대도 문제될 게 뭐 있어요."

저 따위, 온실의 꽃처럼 자라난 미스 김은 모를 것이다. 예사로운 듯이
뱉는 말속에 얼마나 크고 깊은 뜻이 내재해 있는지. 양지는 앞에 놓인
부추겉절이를 집어 국밥 위에다 듬뿍 얹었다. 추 여사의 진심 어린 후원
을 알고 있었기 때문에 양지의 내심에는 튼튼한 말뚝이 있었다. 병훈과
는 사장 집에 저녁 초대를 받았던 그의 귀국 날, 그리고 그가 양지가 일
으켜놓은 회사에 대한 칭찬을 했을 때 이미 교감을 주고받았다. 진실한
말은 굳이 입으로 뇌이지 않아도 통하는 법이다. 현태가 있기 때문에 다
만 남자다운 것으로 저울질을 하고 있을 뿐이었다. 지금이라도 양지의
결정만 내려진다면 추 여사는 서둘러서 양지와 병훈을 묶을 것이다. 천
생 예술가일 수밖에 없는 약간은 방종한 성격과 천진한 어투, 구김살 없
어 보이는 여리디 여린 눈빛. 그와 결혼을 하면 그의 뒷수발로 평생의
낙을 삼을 수밖에 없이 될 것은 뻔했다. 그러나 그가 물려받을 재력은
입맛당기는 전리품이다. 하지만 왠지 병훈에게는 낚이고 싶지 않았다.
의동생을 갖는 것이 아니라 남편을 삼는 일이었다. 하지만 운명적인 필
연이 묶어준다면 응할 수밖에 없을 것이다. 그러나 다음 순간 양지는 고

개를 저었다. 재산이란, 더구나 사업가의 마천루는 하루아침에 사라지는 신기루가 될 수도 있다. 양지는 얼른 우먼파워의 간사 자격으로 핏대 세웠던 자신의 신분을 떠올렸다. 이런 양지의 표정을 살피고 있던 미스 김이 결정적인 물음을 던졌다.

"그럼 제가 앞으로 병훈 씨랑 결혼을 해도 최 실장님은 상관 않으시겠죠?"

"왜요, 아주 없기는. 축의금 내느라고 지갑을 열어야 하는데."

양지는 웃으며 농담처럼 말했다. 그리곤 여유 있는 음성으로 덧붙였다. 자신의 조언이 필요하면 언제든지 말하라고, 힘이 닿는 대로 도울 수 있으면 얼마든지 도우겠다고. 사실 정남의 일로 꽉 차 있는 양지의 머릿속에 미스 김 류의 고민은 사치스럽고 치기스러울 따름이었다. 설령 내일쯤 이병훈과 미스 김의 결혼 청첩장을 받아들고 가슴 찢어지는 허탈감으로 괴로워할망정 지금의 그녀로서는 집안일의 선후에 매달려 다른 쪽으로 머리 돌릴 여유가 없었다.

그러나 지금 추 여사의 말을 듣고 있는 동안 내숭떨며 굳이 발뺌을 할 것도 없이 곁다리를 걸치고 있는 것도 손해될 일은 아니라는 생각이 들었다. 식사자리에서 미스 김과 나누었던 대화는 시치미 떼고 목표물만 낚아채면 그만이다.

양지는 아무것도 모른 척 추 여사와 통화를 이어갔다.

"병훈 씨 지금 집에 있어요?"

"병훈이? 그게 어디 집에 붙어 있나. 설악산인가 어디 친구 별장에서 전화만 왔어. 미스 김이랑 하 양이랑 고것들한테도 책잡힐 일 있을라 조심하라고. 하 양 고게 쥐방울만 한 게 미스 김 끄나풀 노릇하고 있는 거 모르지? 최 실장 집안일 뒷조사까지 해본 모양이야. 사장한테 하는 얘길 가만히 들어 보문. 조상 때는 떵떵거리고 살았지만 지금은 빈껍데기만 남은 퇴락한 가문이고, 딸 형제만 줄줄이 있는데 늙은 아버지는 지금까지 오직 아들자식 하나 보고 싶은 일념으로 집안은 나 몰라라 하고 외방으로만 나돈다며?"

일이 그렇게까지 진행되고 있다니. 양지는 자신도 모르게 하 양을 노려보며 눈길을 모로 세웠다. 펼쳐놓은 교과서를 뒤적거리며 노트에다 뭔가를 옮겨적고 있는 하 양의 태연한 딴청이 의뭉스럽다. 그러잖아도 아직 고등학생인 하 양의 처세술은 놀라울 정도로 능숙했다. 가난이 준 슬픈 이력이겠지, 하 양의 처지에서 정남을 발견하는 아픔으로 아껴주고 있는데도 상관을 기만하고 있는 것이다. 하지만 자신의 일인데도 추여사만큼 하 양이 밉고 조급해지지는 않는다. 내가 이게 정상일까 싶을 정도로 안쓰러울 뿐이다. 하지만 챙길 건 챙겨둘 필요가 있었다.

"아줌마, 병훈 씨한테서 연락 오면 연락처 전화번호 좀 알려주세요."

"병훈일 직접 만날래? 그래, 그게 좋겠다. 최 실장, 정말 잘해봐. 전에도 말했지만 나는 최 실장이 남 같지를 않고…. 꼭 죽은 우리 은진이 같아서…."

목메는 음성이 수화기 저쪽에서 웅얼거렸다. 양지는 그들과의 첫 만남을 상기해본다. 십 년, 아니 만 십 년 이 개월. 봉제회사의 노동쟁의에 연루되었다가 자취방으로 떨쳐나 있을 때. 통장은 바닥나고 구멍가게에 외상을 긋기도 민망해졌을 때. 미리 알고 있었던 듯 이력서를 드미는 곳마다 따가운 눈총만 받고 되돌아서야 했을 때. 노동운동의 행동대원은 여자라서 더 경계하고 괴물 취급을 당해야 했다. 여기 이렇게 주저앉기 위해서 그토록 애써 학력을 쌓고 청춘을 바쳤던 게 아닌데. 여자는 아무리 불이익을 당해도 분통 한번 못 터뜨린단 말인가. 다같이 파기해서 던진 블록 한 장의 울분에도 남자는 뱃심 있고 당당해서 괜찮고 여자는 망종에다 괴물 취급을 하며 이력서를 내미는 곳마다 제동이 걸렸다. 결코 자신의 능력이 다른 여타의 남자들에 뒤지지 않는다고 자부하는 만큼 억울하고 분한 마음이 독기를 품고 똬리를 틀었다.

그때 한 여자가 그녀를 찾아왔다.

"남편 잃고 혼자 나서서 나도 막막해."

그 여자는 팔다남은 보일러 몇 대가 달랑 놓인 구멍가게 같은 공장을 보여주었다. 맡아놓은 일거리도 같은 하청업체에서 낚아채간다는 얘기도 했다. 그녀는 양지의 앙칼스러운 의협심과 굶주린 욕망을 필요로 했다.

"여자라고 결코 불리한 것만도 아니었어. 의외로 동정이 넘치는 어수룩한 곳도 있더라고. 여자의 약점과 강점을 적절히 구사하면 오히려 남자보다 유리할 때도 있겠더라고. 요는 지칠 때 서로 격려하고 힘이 되어줄 믿을 만한 사람, 동지가 필요해."

강 사장의 말속에 들어 있던 동지라는 낱말들이 좌절해 있던 양지의 무릎에다 불끈 큰 힘을 불어넣었다. 달랑 몇 대뿐인 기계를 믿고 매달린 세상물정 어두운 과수댁의 쪽배와 같은 사업 열정이, 아니 '너라면' 하고 인정해주는 신뢰는 양지로 하여금 거침없는 재기의 불길을 당기게 했다. 나중에 밝혀졌지만 강영수 사장에게 양지를 추천한 사람은 친척집에 다니면서 양지의 됨됨이를 지켜본 추 여사였다. 여자들이 기계부품을 다루는 일은 생소한 만큼 서툴고 어려웠다. 그러나 둘은 열심히 일감을 얻어와서 불량품 없이 납기 내에 일을 해냈다. 호기심 반 동정심 반으로 주어졌던 일감은 차츰 신뢰의 무게를 얹어서 불어났다. 양지는 이제까지의 직장 경험을 살려 복지를 우선한 사원관리에 역점을 두었다. 그리고 무엇보다 그들 위에 군림하지 않는데 신경을 썼다. 능률을 올리는 일은 어쩌면 간단한 원리 속에 있는 것인지도 몰랐다. 기름밥 먹는 이들 특유의 열등감을 자극하지 않는 말과 행동을 실천하는 데 주력했다. 참 인간관계를 표출하니 독촉하지 않아도 근로자들 스스로 내 일인 양 열심히 성실하게 업무성과를 올려주었다.

"여보세요? 여보세요?"

이쪽의 무반응이 길자 추 여사가 확인을 한다. 종일 혼자 집에 갇혀지내다시피 하는 사람이라 말이 고픈 추 여사는 전화만 시작하면 무슨 말이든 이어붙여서 끊지를 않는다. 급한 업무연락 때문에 몇 번 곤욕을 치른 강 사장은 주방에다 아예 추 여사 전용 전화를 한 대 따로 놓았다. 양지는 손에 들린 수화기를 멀건이 내려다보았다. 요즘 들어 사장이 왜 낯설어보였는지 그녀의 말마다 왜 가시가 느껴졌는지, 가 엉뚱한 자격지심만은 아니었음이 드러났다. 자신이 어떤 상황에 처해 있는지에 상관없이 주위는 끝없이 저 나름대로의 변동을 획책한다. 병훈의 연락처를 알려달라 했으나 그것 역시 다시 생각하니 유치해졌다. 취소할까 했으나 꼬집어서 그 부분을 정정하기도 뭣해서 어물거리고 있는데 추 여사의 말은 계속되었다.

"얼마 전에는 며느릿감 사진이라고 줄느릿히 늘어놓고 자랑하길래 그러면 못 쓴다고 내가 막 해댔어. 보란 듯이 성공해서 비웃는 남자들 콧대가 납작하게 만들자고 양지 꼬시던 게 언젠데, 양지가 어디 껍이야? 단물 다 빨아먹고 탁 뱉어버리게. 아 말이야 바로 해서 집안일이야 선머습이지. 된장국 하나 제대로 끓이는 며느리 보려고 그러나. 그저 친정 배경 좋고 공주처럼 자란 애라야 여자답고 좋단다. 며느리가 무슨 인형이야. 이제 보니 여편네가 영 이중심리를 갖고 있잖아. 십 수 년이 넘게 살림 살아주고 진 일 궂은 일 의논하면서 살아온 난데, 내 말 명심해서 들어야지 앞으로 회사 말아먹을 일 생길지 누가 알아. 아냐, 내 말이 꼭 맞지. 최 실장을 제쳐놓고 언감생심 그런 맘을 먹다니, 벌써부터 떨떠름한 게 영 조짐이 안 좋은데 탈이야 탈!"

"그거야 꼭 제가 사장님의 며느릿감이라는 것하고는 다르잖아요, 아줌마."

심심해진 하 양이 아래층 수위 영감이랑 농담 따먹기라도 하러갔는지 자리에 보이지 않자 양지도 조금 언성을 높였다. 나쁘지만은 않은 기분을 음미하며 약간 통겼다. 천생 여자의 심리를 벗어나지 못한 자신의 반응에는 속으로 놀라며.

"그런 말마라. 병훈이가 그림이나 그리지 회사에 대해서 뭘 알아? 온실에 화초처럼 피아노나 두들기고 노래나 부르던 미스 김인들 뭘 알아? 양지도 속 차려야 돼. 언제까지 강영수 밑닦이만 하고 있을 거야? 어쨌든 병훈이를 잡아. 연락 오면 즉시 양지한테부터 알려줄 테니까, 내 말 명심하고 알았지?"

착 감기며 다그치는 음성으로 호칭마저 최 실장이 아니라 사적으로 바뀌었다. 이 양반이 왜 이렇게 친절한가. 늘 의문스럽던 이유도 밝혀졌다. 죽은 딸 은진이 같아서. 하나뿐인 혈육을 잃은 상실감이 어떤 심리 작용을 하게 되는지 정남의 일을 겪는 동안 양지도 어렴풋 이해할 부분이 생겼다. 남이 보이는 친절에는 꼭 숨겨진 이유가 있었다. 타인이 보이는 엉뚱한 호의라 경계심이 일지 않는 것도 아니었으나 든든한 내편인데 꼭 잘라서 거절할 일만은 아니라는 생각으로 정리했다. 회사의 존폐가 마치 병훈의 짝이 누가 되느냐에 달려 있는 것처럼 안달인 추 여사의 은근한 부추김도 이유는 충분했다. 따지고 보면 '금강공업사'는 대표 강영수의 것만 아니라 오로지 바깥일에만 전념할 수 있도록 내조해준 추 여사의 공적도 있다. 친자매 이상으로 밀착되어 있던 사장의 변모를 추 여사 그녀는 우려하고 있는 것이다. 구심점이 와해되면 모임의 해체는 시간문제다. 그렇게 되면 공든 탑도 물거품이 된다. 보람 없는 삶에 대한 인욕스러움을 추 여사는 알고 있다. 의지가지없는 외톨이 인간의 자기 보호본능. 해서, 결곡한 부분까지 생각이 미친 추 여사의 깊은 사려는 양지와의 결속으로 인한 기반 구축에 집착을 하는 것이다. 사장과 추 여사, 그들 두 여자는 얼추 같은 연배의 과수댁이다. 남자, 남자가 아니었어. 양지는 낮게 중얼거렸다. 이제껏 여자의 상대는 남자며 남자와는 항상 대립관계였고, 그 남자에 의해서 여자는 정복당하고 파괴당해 왔음을 믿고 있었다. 그런데 그 판단은 오류였다.

출입문을 열자 기다리고 있었단 듯 세찬 바람 한 줄기가 와락 달려들었다. 윽, 소리를 지르며 양지는 뒤로 주춤 물러섰다. 반사적으로 허리를 구부리며 몸을 웅크렸다. 제법 차가운 냉기가 노출된 피부를 파고들었다. 일교차가 심할 테니 감기 조심하라던 기상대의 예보가 선뜻 다가와 있었다. 옷깃을 여며도 얼음찜질을 한 것처럼 피부에 접착된 냉기는 쉬 가시지를 않는다.

양지는 깊이 모를 물가에 선 것처럼 무연한 시선으로 으스름에 젖어

드는 주위를 둘러보며 싸늘한 볼과 손등을 비볐다. 한 무리 마차꾼의 행렬처럼 소란스럽게 바람이 지나가고 나자 주위가 괴괴해졌다. 낮 동안은 온통 웅성거리는 소음의 공간이었음이 믿어지지 않도록 적막감이 든다. 쇠붙이에 쇠붙이가 마찰되는 소리, 누구를 부르는 사람들의 목소리, 쉼없이 여일하게 돌아가는 기계소리들이 검게 짙어지는 어둠의 깊이만큼 침잠되고 이제 막 콘크리트 건물과 트럭과 야적된 철재들까지 흐물흐물 어둠의 입자로 뭉그러지기 시작한다. 모두들 집으로 갔다. 안식을 위해서, 가족들이 따뜻하게 둘러앉아 쉴 수 있는 곳 그 아늑한 공간으로. 그들이 간 곳, 집, 방, 가족…. 양지는 음미하듯 또박또박 그 같은 단어들을 뇌었다. 자신과는 무관한, 너무나 먼 아득한 것들처럼 실감나지 않았던 말들. 피부에 오소소 소름이 돋았다.

정류장이 있는 곳으로 꺾어돌던 양지는 불현 듯 걸음을 돌려 공중전화 부스 쪽으로 걸어갔다. 이럴 줄 알았으면 사무실에 있을 때 전화를 걸고 나오는 건데. 전화를 걸어야 할까 말아야 할까 망설이느라고 일부러 퇴근시간을 늦추고 있었던 참이었다. 아무도 옆에 없이 혼자 앉아서 부끄러움 망설임없이 할 이야기를 다할 수 있기를 원했던 것이다. 하지만 사무실에서 나올 때의 결론은 아무에게도 전화하지 않을 것으로 바뀌었다. 그런데 막상 혼자 터덜터덜 집으로 돌아갈 것을 생각하니 누구에겐가 소리쳐서 화답을 듣고 싶었고, 무엇이든 움켜쥐고 동류의식을 확인하고 싶었다.

그녀는 서둘러서 준비한 동전을 넣고 0591 지역번호를 눌렀다. 걷잡기 어려운 격정 속에 외로움, 그리움 같은 복잡한 감정이 얽혀들었다. 상대는 호남이였는데 국번이 갑자기 막혔다. 첫 번째가 7, 다음이 6이던가

8이던가. 재발신 단추를 눌러놓고 지역번호를 눌렀다. 또 실패였다. 이번에는 집 번호의 둘째 자리 숫자가 막혔다. 하도 오래 전화를 하지 않아서일까. 아니 마음이 안정되지 않아서 그래. 국번이 없거나 결번이오니…. 녹음된 건조한 목소리를 들으며 수화기를 내려놓고 수첩을 꺼냈다. 마침 차례를 기다리는 사람은 없었다. 좀 느긋하게 여유를 가지자 '최호남'이라는 이름만 보았는데 금방 번호가 떠올랐다.

진 바지에 빨간색 차양모자를 쓰고 남자처럼 씩씩하게 경운기를 모는 농촌 아낙네. 그게 최호남이다. 적극적이고 진취적인 사고를 가진 시골 농군 최호남은 너도 남편 꾀어서 도회지로 나가서 편안하게 살 생각 없느냐고 넌지시 떠보는 유혹의 말에도 단번에 노를 선언했다. 어디를 가도 노력 안 하면 안 되는 게 사람살인데 우중충한 시멘트 콘크리트 속에 갇혀 살면서도 같잖게 뻐기는 인간들의 종노릇이나 하느니 하느님 땅님에게 빌붙는 것이 얼마나 떳떳하고 여유 있느냐고 했다. 제 손으로 동력 농기구를 척척 부리며 비닐하우스 농사까지 범위를 넓힌 당찬 여자 호남이도 지금 이 시간에는 가족들의 저녁준비를 하느라고 식탁 주위를 맴돌 것이다. 젖은 손을 닦으며 달려와서 전화를 받겠지.

양지는 모처럼 푸근해진 마음으로 꽃구름 같은 상상을 피우며 전화통의 한 모서리를 손가락으로 문지른다. 또르르 또르르…. 신호음은 계속 흘렀다. 양지는 마른 입맛을 다시며 소리의 흐름을 따라간다. 호남의 걸찬 목소리를 듣는 순간, 아무래도 다른 소리로 둘러대고 말 것 같은 말, 그립다, 보고 싶다. 목이 멜 것 같았다. 심호흡을 크게 해서 목구멍에 꽉 차 있는 덩어리를 누그러뜨렸다. 전화를 걸어놓고 보니 호남의 존재가 몹시 든든하게 다가왔다. 그 애라면 앞뒤 재느라고 미적거리는 자신에 비해 썩 명쾌한 언동으로 언니가 고민하고 있는 사안을 그리 정확하지는 않더라도 성의 있게 답해줄 것이었다. 이래서 형제는 많아야 울이 된다고 어머니도 말했던가. 조신스럽지 못하다고 퉁박만 주었던 호남의 시원시원한 성격이 오늘따라 든든한 기대감을 갖게 했다.

신호는 계속 흘렀다. 집에 아무도 없을까. 하긴 요즘 농촌은 쌀보리 농사밖에 짓지 않던 옛날의 농촌과 달라서 가을걷이 후부터 본격적으로 비닐하우스 농사가 시작된다고 했지. 퇴근하는 즉시 들로 호출되어 아내를 돕고 있는 호남의 남편, 아이 대접도 못 받고 혼자 놀거나 집을 보아야 되는 호남의 딸 주영이, 끝없이 구시렁대며 못마땅한 듯 양미간의 도끼자국 주름을 펴지 못하고 사는 호남의 시어머니, 남보다 잘 살려면 남보다 몇 갑절 부지런해야 된다던 호남의 말이 떠오르고 그들 가족의 분주한 모습이 눈앞에 그려졌다.

시집 간 다음 해에 주영을 낳고 새댁답지 않은 자단으로 단산을 한 뒤, 그 다음 다음 해에 또 개량된 농촌주택을 지어 주위 사람들을 놀라게 했던 호남이. 적금을 해약하고 곗돈을 보태고 주택자금을 융자냈다고 엄살을 떨었지만 추진력은 그녀의 남편도 혀를 내둘렀다는 후문이었다. 언젠가 무슨 일을 터뜨려도 크게 터뜨리고 말 듯 덜렁거리는 성격 때문에 그녀의 시어머니는 좋은 집이며 편안한 시설도 바늘방석이나 마찬가지라고 늘 비아냥거렸던 일을 떠올리자 양지는 고소를 금치 못했다. 인정 많고 싹싹하고, 말과 행동이 똑 같다느니, 호남을 따라다니는 수식어도 많았다.

양지는 머릿속으로 호남에게 들었던 그녀의 집을 그려본다. 관계란 필요에 의해서 지속된다는 말이 맞다. 호남이 먼저 전화했을 때는 성가셨던 통화를 지금은 양지 자신이 먼저 원하고 있다. 대문 앞 전선주에 높이 켜진 보안등의 노란 불빛 아래 시멘트로 포장된 넓은 마당이 펼쳐져 있다. 주영이가 타고 놀던 세발자전거가 마당가에 놓여 있고, 그 옆에는 포장을 덮은 가건물이 있다. 철을 넘긴 농기구인 이앙기, 보리타작기, 제초기, 농지관리기, 경운기 등을 보관하는 곳이다. 주영 아버지가 타고 다니는 백오십cc 오토바이도 삐딱하게 세워진 호남이 전용의 스쿠프와 나란히 휴식을 취하고 있을 것이다.

양지는 흐르기만 했지 반향 없는 신호음을 듣다 말고 생각을 바꾸었다. 이제 와서 지나간 일을 이야기해보았자 잘못된 일들이 바로 돌려지지는 않는다. 걱정없는 호남이나마 걱정없이 살게 놔두자. 호남에게 수연의 존재를 밝히고 조언을 구하는 것은 곧바로 어머니께 고하라는 말과 같이 들릴 수 있다. 수연의 장래 문제로 잠시 나약해진 자신의 마음을 탓하며 호남에게로 흐르던 마음의 통로를 폐쇄시키기로 했다. 그러나 수화기를 걸려는 찰나 딸까닥, 하는 기척과 함께 진행 중이던 신호음이 끊어졌다. 양지는 황급한 동작으로 다시 수화기를 귀에다 댔다. 순간 결심이 흔들리기 시작했다. 심심한 퇴근길에 안부전화나 한 양하고 동기간의 목소리나마 들을 것인가, 아니면 그냥 제자리에다 수화기를 걸고 말 것인가. 그때, 사람의 다급한 목소리가 건너왔다.

"여보세요?"

반가운 김에 대뜸 화답을 보낸 순간 후회를 했다. 이런 아둔패기 같으니라고. 양지는 순간 자신의 머리통을 쥐어박았다. 호남이 시어머니랑 같이 사는 걸 알면서 왜 전화 받을 사람은 꼭 호남이일 것이라는 생각만 했을까. 목소리는 호남이 아닌 시어머니의 목소리였다. 너무 당황한 나머지 얼른 말이 나오지 않고 목젖만 뻣뻣했다. 턱도 굳어버린 것 같았다. 호남이 시어머니랑 불화하다는 것을 알고는 될 수 있으면 전화를 삼갔는데 실수를 했다. 무슨 일이 생기면 궁금증 이전에 호남이 두루 전화를 돌리고 사발통문 구실을 하니 또 기다리고 있었으면 됐을 걸.

인사말이라도 여쭙고 끊을까, 그냥 아무 말 없이 잘못 걸린 전화처럼 끊어버릴까 망설이는데, 언뜻 날아오는 급한 단어가 쥐가 날듯 뜻밖이었다.

"뉘고? 주엥이 에미 맞제? 에미야 그게 어데고….."

매달리는 듯 더욱 간절해진 노파의 음성은 반울음이나 마찬가지였다. 평상적인 때와는 전혀 다르게 들리는 애절한 음색은 또 연결음을 늘어놓는다.

"에미야, 와이라노, 그 진정 몬 베리고 또 와이라노. 어서 온나. 니 새끼도 죽상이고 니 냄편도 밥도 안 묵고 쳐드러누웠다. 니 그러네 내 그러네 흑백 가릴 것 없이 좌우간 들어온나. 들어와서 싸워도 싸우고 찌지고 볶제 와 끄떡하모 집은 나가노. 니 새끼하고 니 냄편 꼬라지 보모 목 전해서 몬 보것다. 늙은 중 공염불하는 것도 아니고 백분 내가 잘못했다, 좀 참을 걸."

"사장 마나님. 저 주영이 이몹니다. 큰이모…."

도저히 그냥 끊을 수가 없었다. 양지는 간신히 틈을 타 제 목소리를 끼워넣었다. 사태는 불리하게 돼 있는 듯했으나 반응없이 잘라버리기로는 주영 할머니의 늙은 목소리가 너무 애연스러워 몰인정하게 자를 용기가 나지 않았다. 흡, 콧물 들이키는 소리가 났다. 노파의 뒤쪽에서 칭얼거리는 주영이 소리도 들려왔다.

"누라꼬요? 주엥이 이모라꼬요?"

노파의 음성이 갑자기 새청 맞게 변했다. 마치 똬리를 틀고 있던 독뱀이 목표물을 향해 온몸을 용수철화 시켜서 튀는, 좀 전의 근천스럽고 기죽은 저자세가 무색해지는 변화였다.

"이보소, 주엥이 이모요. 사람이 그라모 몬 씨요. 이놈으 집구석 우찌 망해가는고 걸리볼라꼬 전화는 했소? 대평 최씨네 누대 양반이라 캐도 별수없네요. 여자가 시집을 가모 죽어서 뼈가지를 오지랖에 싸기 전에는 그 집 사립을 안 벗어난다 카는 긴데, 이런 일이 우째 이리 자주 일어나노 그 말이요. 내사 인자는 주엥이 에미보다 사돈이랑 주엥이 이모들이 더 밉소. 어서 가라 내쫓을 일이지 받자는 와하는가요. 사람이 인두껍을 씌고, 항차 양반의 뼈가지를 타고 났다 카모 그라는 기 아이요. 내가 어데 몬할 소리했소. 여자가 남으 집에 오모 손을 놔서 대를 이까 (이어) 주능기 지 할 일 아니요. 나이 육십이 넘은 노인, 바깥사돈도 아들 자석 볼라꼬 그 애를 쓰는디, 내 자슥은 그게 대모 아직 청춘이 반절이요. 그란데 이 망종은 저그 아부지 뿐은 안 보고 내 집에 쏘沼를 파도 유만부동 아니요."

양지는 전화기를 어깨에 끼운 채 동전을 있는 대로 다시 밀어넣었다.

"내사 입이 광저리 구녕이라도 말 몬 할 새로고마 그래도 내가 입만 뻐끔하모 지가 더 큰소리치고 난리요. (호남의 음성을 흉내내서) 옛날하고 시대가 달르요. 사람 사는 세상은 다 그렇제 그런 억지가 대국 년에 어데 있소. 딸 자슥은 친정어매를 닮는다 카니 지도 의단이 되모, 요새 세상 안 좋소. 병원에 가서 검사해보모 아들인가 딸인가 알 거 아니요. 떡뚜께비 겉은 아들만 하나, 더도 안 바래요. 그리만 하모 내가 질로 (저"

를) 용상에 앉히서 우받들고 있을 낀데…. 집구석이 망할라모 가스나 동장이 난다 카더마…. 인자 우짜끼요. 출세하고 똑똑다 카는 저그 이모가 책임지소. 아무리 세상이 말세라 캐도 고금 천 년에 이런 일은 없소. 지가 뭐 잘했다꼬 큰소리치고 자빡하모 집을 나가요. 아이고 마, 입이 쑵어서 그만할라요. 이 늙은이야 욕 좀 봐라 싶으지만 지 가속이 몬 할 짓이 제 내사 따신 방에 배 불리 묵고 지 있을 때보다 차라리 이 눈치 저 눈치 안 보고 편코 좋소. 말이 났으니 말인데 딱 갈라서던지 우짜던지 인자는 제발 양단간에 기정을 내라카소."

말이라도 시원하게 내뱉고 나서인지 주영 할머니의 목소리는 처음보다 많이 누그러졌다. 쳐다보기도 아까운 내 자식, 지금이라도 서로 딸 주려는 사람이 줄줄이 늘어서 있소. 결정적으로 늘 하던 그 말이 종적을 감추었다. 자식도 품안에 있을 때 자식이지 할망구가 뭘 몰라. 제 남편의 영혼까지 움켜쥐고 있는 듯 자신만만하던 호남의 비웃음이 상기되었다. 노파의 목소리는 다시 노인 특유의 근천스러움을 띄며 흘러왔다.

"그 눔아 성질이 일내고 나모 친정하고 발 끊는 거 알면서 애면 소리 많이 하고, 참 오랜만에 전화디 미안시럽소. 사제 양반도 아다시피 우리 주엥이 에미가 한 가지 그 진정만 빼놓으모 나무랠디는 없소. 어른 아아 구별할 줄 알고 윗사람 셍길 줄 알고, 요새 젊은 사람들 중에 뽑이라꼬 칭찬 듣고 사요. 나도 지가 대견시럽고 고마바서 저리 나앉으라 소리도 안 하는 귀중한 며느리요. 에라, 내가 손자 손에 밥 얻어 묵고 용상에 앉을 것가 싶어서 단념하고 있다가도 생각하모 울컥 심화가 돋소. 술주정뱅이 영감 밑에서 복날 개 맞드키 맞아감서로도 도망 안 가고 내가 뭘 믿고 살았것소. 우짜자꼬 아들 하나 키운 끝이 무시 빼묵은 자리가 되는기요. 우리는 인자 손도 없고 문 닫게 됐소. 주엥이 저거 있다 캐도 딸자슥이 친정 조상 모시겠소. 주엥이 이모, 내가, 이 늙은이 두 손 두 발이 다 닳도록 빌꺼이까네 제발 우리 주엥이 에미 좀 잘 알아듣기 타일러서 보내주소. 요새는 의술이 하도 좋아서 찌지 놓은 애기집도 이사 주모 다들 애기 낳는다 카더마⋯. 주엥이 이모, 우리 이리 전화로나마 만낸 것도 연대가 우연히 맞았는갑소. 제발 우리 주엥이 에미 마음 좀 돌리게 해주시소. 내가 이리키 비요. 이 늙은이 말로 좀 귀담아듣고 잘해주모 내 이 늙은 머리카락을 다 뽑아서 신을 삼아 돌라 캐도 그리 하것소. 이 늙은 것 낯짝을 봐서라도 제발 내 부탁 좀 저바리지 마시소.”

여기, 내 앞에 나타나거든 꼭 그러마고 약속해놓고 전화를 끊었다. 세상살이란 바른 금을 그을 수만 없는 것. 수화기를 거는 손길이 쇠몽둥이처럼 무거웠다. 호남의 입을 통해 들을 때는 신선하고 선구적이던 호남의 행동들이 주영 할머니의 입을 통해 들으니 또 주영 할머니의 주장은 그대로 옳다. 불씨의 속성은 늘 쏘시개만 던져지면 치솟게 되어 있다. 그 불씨는 또 엉뚱한 파장으로 애먼 주위를 태우며 번져간다. 어디선가 빗맞은 참나무 장작처럼 되통스럽게 툴툴거리던 호남의 음성이 들렸다. 영감탱구가 주영이 아빠 사무실로 산부인과 병원비 얻으러 왔더란다. 조금치라도 자식 체면을 생각한다모 그리 몬 할 거 아이가. 참말로 미치고 팔딱 뛰겄다. 명색 아부지라 카는 사람이 그걸 와 모리꼬. 내 인생에 도움이 안 된다. 참말로 콱 이 세상 폭발이라도 해삐렀시모 좋겠다.

양지는 전화통을 짚고 잠시 멍한 상태로 서 있었다. 힘을 얻어보려다가 오히려 있는 힘마저 앗겨버린 허전함이 가슴의 빈곳으로 밀물처럼 점령해왔다.

7. 어둡고 깊은 미망

　학교교육이나 사회생활의 시야가 넓게 개방되어 있지 못하던 시절이 었지만 그나마 양식 있는 집 어른은 사랑하는 자식에게 쌀 한 말을 지워 서 일부러 객지생활을 시켰다고 했다. 하지만 그 경우는 아들들에게 주 어지는 기회였을 뿐 귀난 돌이 정 맞는다는 말로 순종을 강요당하던 여 식들은 가장의 엄명으로 어머니의 모든 음덕을 익히고 답습하게 되어 있었다. 이른바 철저한 가부장의 내자노릇으로 쳐져앉기를 강습하여 '잘 키운 딸'을 만드는 것이다. 그러나 큰딸 성남을 비롯한 최씨네 딸들 은 절대 순종적이지 않았다. '난 절대로 엄마처럼은 안 살 거다' 속으로 만 그런 다짐을 하는 양지나 정남과 달리 호남은 대놓고 그렇게 호언장 담을 했다. 걸걸하고 쾌한 목소리는 일도양단의 박력으로 통했다. 그러 므로 누구에게도 저촉 받지 않고 자신의 삶은 스스로 개척하리라는 선 언 또한 진정으로 받아들여졌다. 저돌적이고 당당한 성격의 호남은 첫 아이 주영을 낳은 지 한 달 만에 복강경수술을 감행했다. 아주 단산조치 를 한 것이다. 옴마 닮았으면 멘스도 없이 뒤통수치듯이 입덧 먼저 할 거 아이가. 억장이 무너져 아무 말도 미처 못 하고 있는 어머니의 입을, 빗장 지르듯이 약점으로 봉창을 했다. 저거, 남의 집 며느리가 돼 갖고, 저 경거망동을 우찌할꼬오 쯧쯧쯧. 어머니는 아뜩한 표정으로 보꾹만 쳐다보았다 했다. 엄마가 아주 목석이 된 줄 알았다고 호남이 스스로 양지에게 그때의 분위기를 들려주며 남의 일처럼 하하 웃었다.

호남의 파행은 거기서 끝나지 않았다. 그중에서 가장 두드러진 행동은 걸핏하면 살림살이를 팽개치고 가출을 해버리는 바람벽이었다. 한번은 식구들과 나누어 먹을 죽을 끓이다 주걱도 뽑지 않고 집을 나와 불이 날 뻔한 적도 있었다. 지난해만 해도 한바탕 소동이 일어났다. 시어머니와 싸운 뒤 온다간다 말도 없이 집을 나와버린 것이다. 현금이 든 온라인 통장이며 패물을 몽땅 걷어들고 나온 것이 그 집에는 영 들어가지 않을 듯했다. 거풍해서 매상을 해야 되는 벼는 멍석에 널어놓은 채였으며, 다음날은 비닐하우스에다 봄배추를 심기 위해 샀일꾼까지 짜놓았던 것도 잊어버린 듯 내몰라 하면서.

언젠가 양지가 동석한 자리에서 여자의 본분을 주지시키며 어머니가 생각 없는 행동이라고 가출을 나무라자 호남은 버럭 역정을 내며 쏘아붙였다.

"어릴 때부터 내가 제일 듣기 싫어한 말이 뭔지 언니는 아나? 꺼꾸리? 더풀개? 날 때 꺼꾸로 나서 하는 행동도 돼지 뒷발톱 어긋나듯키 선머스마질 한다꼬 놀리는 소리? 천만에, 그게 아이고 반머스마 소리다. 아를 하도 많이 낳다보니 인자사 확실히 기술이 익었나 보다고, 저기이 꼬치만 하나 달고 났시모 영락없는 머스만데, 아깝다 아깝다 하고는 또 내가 욕심이 많아서 터를 팔기 싫었거나 해망쩍어서 꼬치소쿠리를 엉에다 떤

지뻐렀나 물어놓고는 사람들이 얼매나 웃어댔는지 그 자리에서 귀신맹키로 팍 사라져뻐리고 싶었다 카모 말 다했제. 대관절 머스마새끼 그게 뭐 그리 대단한 기라꼬. 다행히 키 작은 것하고 아장아장 걷는 걸음걸이는 안 닮았지만 모전여전이라는 말도 찰거머리맹키로 내 머릿속에서 안 떨져나가더라. 팔자마저 닮을까봐 싹다 겁이 났어. 그래서 나는 의도적으로 더 성격부터 바꿀라꼬 애썼다. 일부러 실수를 저지르고, 반성할 줄 모른다꼬 욕을 먹으면서도 더 뻔뻔스럽게 굴었고….”

이제는 제2의 천성이 굳어져 저도 어쩔 수 없다 했다. 힘에 부치는 농사일로 자신을 혹사시키는 것도 가슴에서 수시로 걷잡을 수 없이 소용돌이치는 열화를 누르기 위한 방편일지 모른다고도 했으며 어릴 때 집에서 부모들이 좀만 따뜻하게 감싸주고 인정해주었던들 그렇게 뻗나가지는 않았을 거라고도 자기진단을 했다. 그 말은 비단 호남의 넋두리만은 아닐 것이다. 무엇으로든 어떻게든 인정받고 자신의 정체성을 찾기 위해 성남 언니 때부터 내려온 딸들의 슬픈 욕구.

호남은 여의치 못한 환경 속에서도 남아 있는 딸 셋 중에서 가장 효녀 노릇을 한다. 어머니는, 제발 나한테는 아무렇게나 해도 괜찮으니 너의 시어머니, 남편에게나 잘하라고 얀정없이 퇴박을 놓았지만 별로 노엽게 듣지 않았다. 배짱 두둑한 사내들의 표정처럼 늠름하게 쓱싹 넘어가면 뒤끝이 없어 재감없다는 핀잔은 지금도 달고 산다. 가장 가까이서 어머니를 향한 은원을 풀며 사는 셈이다. 사돈댁에 면목 없어진 어머니는 사위를 불러놓고 물리적인 방법을 써서라도 호남을 다스려보라고 부추겼다. 그러나 그의 대답은 의외였다. 장모님, 저는 주영이 엄마 심정을 누구보다도 잘 이해합니다. 생각해보면 그 사람도 참 불쌍한 사람이라예.

젊었다고 말은 잘한다. 어머니는 혀를 끌끌 차며 할말을 줄였다고 했다. 호남을 든든하게 지켜줄 것 같은 무척 고마운 사위였다. 그들은 중학교 동기동창이었고 연애결혼을 했다. 호남이 역시 가출했다가 매번 집으로 돌아가는 이유를 주영이보다 먼저 그 착하고 이해심 많은 남편에게 배신의 쓴맛을 보이고 상처를 주는 죄악을 범하지 않기 위해서라 했다.

하지만 호남의 말은 자의식이 유난히 민감한 탓일 뿐 실제하고는 많이 달랐다. 겉모습이 닮아서 운명마저 내림이 될까 두렵다면 그건 양지와 정남의 몫일 터였다. 정남은 조심스러운 성격도 그렇지만 작고 가녀린 체구며 전체적인 얼굴 윤곽이, 처음 보는 사람도 최씨댁 딸 아니냐고 알아맞힐 정도로 어머니의 젊은 모습을 빼다꽂았다. 절벽을 기어오르는 담쟁이넝쿨의 흡반을 연상시키는 끈질긴 내성과 소곤거리는 듯 정감어린 어조는 더욱 확연하게 어머니의 분신임을 증명했다. 양지 역시 어머니의 선이 얇고 오똑한 코를 닮은 것 외에 생각의 골이 깊은 것이며 차라리 말하지 않음으로써 지키고 있는 냉정하고 예리한 자존심이 어머니의 사진과 같다. 그래서 양지의 자매들은 어머니의 운명을 두려워하며 그 울타리에서 벗어나기 위해 애쓰면서 살고들 있다. 하긴 그렇게 따지면 세상의 딸들 중 과연 몇이나 어머니의 전정을 흠모하며 따를 것인가.

양지는 의식적인 고갯짓으로 부질없는 상념을 털어내며 서둘러서 제자리에다 전화기를 걸었다. 번개같이 당도한 호남의 가출 소식 때문에 어머니는 또 어떻게 지내고 있을까. 전화라도 걸고 싶었으나 어머니는 호남이가 놓아준 전화를 두고도 전화요금을 절약한다는 등 여러 가지 이유로 아예 코드를 뽑아놓고 있었다. 빠른 걸음으로 몇 발자국 전화 부스를 벗어났던 양지는 촉망 중에 잊어버렸던 일을 문득 떠올리며 픽 실소를 했다. 다시 발길을 돌리며 지갑 속에 챙겨넣었던 동전을 꺼내들었다. 마침 전화를 걸러 다가오는 청년 하나가 보였다. 차례를 빼앗기지 않으려 잰걸음질로 수화기를 걸어들었다. 동전을 꺼내들고 옆칸으로 들어가는 청년을 보자 조금 마음의 여유가 생겼다. 마침표를 찍듯 신중한 손가락 놀림으로 주인집 전화번호를 눌렀다. 귀신같이 집을 알아낸 호남은 또 저녁밥까지 지어놓고 기다릴지 몰랐다. 마치 수학여행을 온 학생처럼 들뜬 목소리로 찻간에서 보고들은 이야기들을 부산하게 늘어놓으며.

불행 중 다행으로 호남은 와 있지 않았다. 양지의 방까지 내려가 신발을 확인하고 온 듯 좀 기다려 보라며 멀어졌던 주인댁이 돌아와서 덧붙였다.

"아무도 안 왔어. 좀 전에 어떤 남자한테서 전화 온 것밖에는…. 왜 무슨 일이 있어?"

"네. 그럴 일이 조금 있어요. 뭐 대단한 일은 아니고요. 회사에 일이 조금 생겼어요."

숟가락 끈이 매달려 있는 관계로 사람들은 회사일 때문이라면 턱없이 관대해지는 구석이 있다. 되도록 가볍게 말해보이며 양지는 이마를 눌렀다. 제자리에 수화기를 거는 순간 힘이 쑥 빠져내렸다. 아무 데나 상관없이 주저앉아 버리고 싶었다. 나는 왜 이렇게 내 의지와는 상관없이 흔들리며 복잡하게 살아야 하는가. 뭐 대단하게 훌륭한 능력도 없으면서 직무유기라도 하고 있는 듯 불편불안을 안고 말이다. 어디든 그대로 잦아들어 버리고 싶은 생각이 간절했다.

호남의 가출 소식을 듣는 순간부터 양지의 머릿속에서는 줄곧 어머니 생각이 떠나지 않았다. 딸보다 먼저 달려온 소식을 접하고 입술이 타도록 노심초사하고 있을 어머니의 모습이 눈앞에 있는 듯 어른거렸다. 참 박복한 여인. 살아온 인생의 공과에 관계없이 지지리도 인덕 없는 여자. 자식들이라고 있는 것들은 맘 편하게 하는 건 하나도 없고 하나같이 간 떨어지는 소식이나 전하고 욕먹을 일만 저지르고…. 어머니의 성품을 잘 아는 양지는 정남의 일도 그래서 숨기기로 작정한 터였다. 우찌된 일인지 그 아가 요새는 전화도 통 없고 명절이 지나도 집에도 안 오고, 무신 일이나 있는 기 아인지 모리겄다.

여름에 어머니로부터 그런 말을 듣자 양지는 아픈 마음을 숨기고 통박부터 주었다. 걔도 인제 홀로 서기해야지. 학교 다니고 회사 다니기도 바쁜데 전화할 여가가 어딨어. 부모 복 없는 애들이 저나 열심히 해서 홀로 서야지. 내가 그렇게 시켰어. 엄마도 무소식이 희소식이거니 여기고 엄마 몸이나 아픈 데 없이 잘 지키고 다스려요.

부모 복 없는 애라는 말에 머쓱해진 어머니는 더 이상 양지 앞에서 정남의 일을 들먹이지 않았다. 어머니도 정남의 자취방을 찾아갔다 이사한 것을 알았을 수도 있건만 언니가 왔더란 얘기를 주인댁에게 들은 대로 양지와는 내왕이 있는 것으로 짐작하는지 여러 달이 지나도록 정남의 안부를 궁금해 하는 말은 입에 올리지 않았다.

양지는 가로수 밑이 의지처인 양 소복하게 모여 있는 가랑잎 한 움큼을 주워들었다. 불빛에 비춰보았지만 찬미할 만한 색깔은 이미 사라지고 없다. 손아귀에다 힘을 주어 오므리자 거친 엽맥만 남고 연한 부분은 마른 소리를 내며 부서져버린다. 손안에 든 것을 일없이 흩날려버리며 한숨을 쉬었다. 그나마 제일 나은 축에 드는 자식인 양지 자신은 특별히 골머리 썩힐 일은 저지르지 않는 대신 인정이 메마르고 냉정하다. 일 년에 몇 번이나 전화를 걸어 집안 안부를 챙기는가. 꼽아보면 열 손가락 안에 드는 숫자다. 남의 큰자식으로서 결격이 많다 싶다가도 그녀는 어느 새 고개를 젓는다. 나는 큰자식이 아니야. 숨어 있던 또 하나의 그녀가 그녀에게 구원을 보낸다. 집에 가보지 않은 지도 꽤 여러 해가 됐다. 그건 집을 멀리하는 거리감과 함께 어머니를 그만큼 망각하고 산다는 말도 됐다. 되도록 멀리하고 잊은 채 살고 싶은 고향, 그 속에 사는 어머니. 그런데 어머니의 끄나풀은 길게 뻗어서 자식들을 매달고 있었다. 바닥에 깔려보이지 않는 간에 비하면 너무 질겨서 쉽게 잘라지지도 않았다.

"죽어라, 죽어라, 내 자식의 명줄을 한 치씩 끊으면서 나는 초오(독초의 일종)를 찧었다. 그 아로, 이 한 많은 세상에서 구하는 길은 그 길밖에 없다꼬 생각하니 무서운 것도 없고 두렵은 것도 없었다. 세상 사람들한테 이리저리 천대받고 사람대접도 몬 받고 짐승매이로 사느니 이 에미가 죄를 또 한번 짓는 거로 이 세상을 훨훨 떠나보내자 결심하니 지옥불에 떨어진다 캐도 겁날 게 없더라. 얼매나 정신없이 몽돌을 내리 찧었는지 아픈 줄도 모르게 손가락을 찧어서 피멍이 꺼멓게 맺혔고…. 아아로 끌고 낮에 파둔 구덩이 속에 저와 나 단둘이 들어앉았다. 저를 먼저 멕이고 뒤에는 내가 마시고, 온전히 저를 품에 안고 드러누울 작정이었다. 약에 넣을 사카리 가루를 손가락에 찍어주니 이게 입맛을 다시며 자꾸 더 달라고 하길래 약에 여어서 주마했더니 손을 뻗어 어서 저 죽을 약을 먹겠다고 보채는 모양이라니…. 이 죄 많은 에미, 이 천진난만한 것을…. 나는 그만 약그릇을 떤지빘다….”

한실 유씨 댁에 다녀온 날 밤, 뜨거운 눈물 가득한 눈으로 어머니가 실토한 말이었다.

한실, 거기는 언니 용남이 시집가서 사는 집이다. 배냇병신으로 팔다리가 흐느적거리고 헤벌린 입에서 항상 침이 질질 흐르던 기억밖에 양지의 머릿속에 남아 있지 않은 그 언니는 손이 귀한 집으로 처음에는 양녀라는 이름으로 옮겨가서 살았다. 음양의 이치도 바보답게 늦게 깨우쳤는지 뒤늦게야 아이들을 줄줄이 낳아주었다는 소리를 들었다. 삼대독자인 언니의 남편 역시 어릴 때 가지고 놀던 폭발물 사고로 실명을 하고 말았기에 아이들은 모두 조부모 내외의 책임 하에서 길러지고 있었다. 어쩌면 대가 끊길지도 몰라 애태우던 그들은 비록 병신 딸이지만 기님없이 허혼을 준 어머니에게 늘 감사하고 있었다. 칠순을 앞두고 있지만 아직도 정정한 사돈내외를 보고온 어머니도 모처럼 기분이 좋아보였다. 그 어른들 살아생전에 큰 아이만이라도 제 가족 건사할 만큼 장성을 하게 되면 애물단지 용남 언니에 대한 걱정도 한시름놓게 되겠다던 어머니…. 개똥도 약에 쓸 데가 있다더니…. 생각만 해도 시어른들께 복을 짓고 사는 용남 언니를 무척 대견스러워 했다. 어머니는 그때 술 한 잔을 마시고 싶다 했다.

“너거 아부지한테는 술 못 자시게 함서….”

어머니는 천천히 음미하듯 한 잔의 소주를 두 번으로 나누어 마셨다. 힘뜨게 웃으며, 내가 너가부지 눈기시고 몰래하는 게 오직 이거 두 가지다. 말한 뒤 담배도 한 대 피워물었다. 감정이 몹시 고양되어 있었던지 그날 밤 어머니는 평소의 그니 답지 않게 많은 이야기를 했다. 양부모를 따라 미국으로 이민 간 딸 귀남의 부모에게서 자기들은 잘 사니까 걱정 말라는 안부편지가 온 날은 가슴에 못질 되어 있던 녹슨 대못이 쑥 빠지는 느낌이더라는 깊이 감추고 있던 속마음도 그때서야 비로소 털어놓았다.

"뒤쫓아올 사람들을 피해 무작정 한없이 도망을 갔제. 등에 업힌 어린 것은 전에 없던 웬 호강이냐 싶었던지 하 좋아라 웃음시로 벌떡벌떡 춤을 추었제. 산등성에 이르러서야 발을 멈추었다. 잘 익은 불길매이로 온 하늘 가득한 시뻘건 붉새가 앞길을 막고 있는 기라. 비로소 정신이 든 나는 털썩 주저앉고 말았다. 집에서, 에미를 기다리고 있을 또 다른 자식들 생각이 퍼뜩 난 기라⋯. 그래, 어디 가서든 아프지 말고 잘 크기만 해라. 부디 건강하고 밝게 착하게, 남에게 미움 받지 말고⋯. 천치가 된 듯 자꾸 자꾸 아이의 몸을 쓰다듬기만 했제. 아아는 점차 내 손끝에서 복장으로 들어와 자리를 잡았고⋯. 니도 마실래?"

양지는 잠자코 어머니가 따라주는 술을 받았다. 그러나 얼른 마시지는 않았다. 내려다본 소주잔이 렌즈로 확대되었다. 너, 옴마가 애를 몇이나 낳았는지 아나? 열도 넘는다. 그 아아들이 다 어디로 갔는지 우찌 됐는지 모르제? 독종. 등신, 천치, 병신. 내가 입만 뻥긋하면 당장 감옥으로 잡혀가고 말걸. 성남 언니의 얼굴, 낮고 음험한 소곤거림이 묻혀 있던 기억의 저편에서 되살아났다. 광기가 극에 달했을 때, 걸리면 누구든 물어뜯고 말 듯 허옇게 이빨을 사려물고 독기 오른 눈을 빛내며, 마치 범죄꾼을 밀고하듯이 작게 말해놓고 낄낄낄 신나는 목소리로 언니는 웃어 젖혔다.

양지도 어머니가 아이를 많이 낳은 것은 알고 있었다. 그녀의 기억 속에 남아 있는 젊은 어머니는 항상 보름달 같은 만삭의 배를 안고 베틀에 앉아 베를 짜거나 들일 집안일을 하고 있었다. 때로는 임신중독증으로 풍선인형처럼 전신이 퉁퉁 부어 있었지만 잠시도 쉬지 않았다. 장마구름처럼 항상 얼룩덜룩 뒤덮여 있던 얼굴의 기미, 수심 낀 한숨소리도 잊히지 않는다. 후에 간호대학 출신 친구를 통해 알게 된 상식으로 유추해 낸 사실이지만 임신을 촉진하기 위해서였던 듯, 어머니는 석 달 이상 모유를 먹이지 않았다. 언제나 양지네의 제석자리 위에는 암죽거리 백설기가 하얗게 널려 햇볕에 말려지고 있었다.

이십세기, 만개할 대로 만개한 문명. 흔히들 이 좋은 세상이라고 한다. 좋은 세상을 전제로 해서, 남의 것까지 허겁지겁 나이를 주워먹은 듯 그 나이의 다른 여자들보다 훨씬 겉늙어 보이는 고향의 어머니를 떠올리면 양지는 화부터 났다. 숨통 막히는 듯 가슴이 답답했다. 고집쟁이, 미련퉁이⋯. 어머니, 그 고집쟁이, 미련퉁이의 별명은 '겨자'씨였다. 아버지가 자기 아내에게 보인 유일한 관심의 표시였다고나 할까. 애정이라곤 한 곱도 없이 비아냥거림만 섞인 이 별명을 어머니도 아버지도 지금은 모두 잊어버렸을지 모른다. 그 겨자씨, 옹고집쟁이가 최씨가의 십사 대 종부로 시집을 온 것은 그녀 강귀연의 나이 열여섯 살 때였다. 말지기 가마솥에서 누룽지를 긁는 새댁의 모습이 어찌나 잠삭하고 야무진지 꼭 인형 같았다고 사람들은 말했다.

"말도 마라. 내가 시집 와서 처음 한 일이 뭣인지 아나? 때낀 정지 그릇 닦기, 솔기도 안 보이는 이불잇 씻고, 끓는 물에다 이, 벼룩을 퇴하는 기라. 남정네 둘만 살던 살림이니 겨우 쌀만 익혀묵고 살았제. 이래 가지고 조상님들 사 대 봉제사는 우에 받들었는고 싶더라."

할아버지는 양지의 어머니가 아직 열서너 살밖에 안 되는 계집아이일

적에 이미 친구의 딸인 그녀를 며느릿감으로 점 찍어놓고 있었는데, 일화가 있었다. 작은 체구가 흠되지 않을 정도로 그녀가 보인 범백은 어릴 때부터 타인의 이목을 끌었던 것이다.

어느 날 양지의 할아버지가 친구인 강귀연의 아버지를 만나러 갔는데 어른들은 모두 출타 중이었고 조그마한 계집아이만 집을 보고 있었다. 끼니때가 되면 돌아오겠지, 사랑방에서 친구가 돌아올 때를 기다리기로 했다. 그러나 때가 지나도 친구는 오지 않고 허기가 지기 시작했다. 초조해 있는 할아버지의 귀에 의도적으로 물건을 드놓는 작은 소리가 마루에서 들렸다. 문을 열어보니 소찬이지만 정갈하게 차려진 밥상이 놓여 있는 게 아닌가. 아까 보았던 어린 계집아이를 떠올리고 그 어린것의 내외법에 내심 감탄을 하며 상을 들어다 밥을 먹기 시작했다. 식사를 다 해갈 무렵 또 아까와 비슷한 기척이 들렸다. 예상했던 대로 숭늉 그릇이 대령해 있었다. 친구가 돌아오자 할아버지는 주저할 것도 없이 허혼을 빌었다. 그 어린것의 사려 깊음, 예의범백…. 할아버지는 놓칠 수 없다는 일념으로, 친구 하나 살려달라고 애원을 했다.

"사랑? 그때는 그런 말이 있는 줄이나 알았더냐. 신랑감이 목자가 어떤지 얼굴이나 보았던가, 어른들이 시키는 일이니 시키는 대로 할밖에 감히 딴 생각을 품을 줄이나 알았던가."

어머니는 쓸쓸하게 웃으며 한동안 허공을 올려다보고 있었다. 그리곤 담담하게 다음 말을 이어나갔다.

"사당에 제를 디리고, 족보까지 친견시킨 뒤, 너그 할아부지가 내 앞에서 넙적 무릎을 꾸시는 기라. 놀라움이 안 가셔서 우짤 줄 모리고 있는디 눈물이 고인 눈으로 내 손을 잡고 하소연을 하시지 않았나. 지금은 내용을 얼추 잊었다만 흰 베에 물 들데키 내 가슴에 흠뻑 젖어든 그분의 정한만은 생생하게 남아 있다. 지끔도 쟁쟁하게 귀에 새기져 있는 말씀은, 이제 우리 집의 흥운은 오직 자네한테 달려 있네. 부디 다남해서 이 가문의 옛날 영화를 되돌리게 해주시게…. 그 후 보름도 안 돼서 내게 보여주시는 게 뭐였는지 모르제? 참 지끔 생각해도 우찌 그리 큰 천벌이 내렸는지 머리끝이 쭈뼛해진다. 아직 잉태도 안 된 손자들 이름을 줄줄이 지은 기라. 끝 자가 사내 남자로만 된 이름을 하나하나 읽어 내려가는 동안 그만 억장이 무너져내리는 기라. 이 어른이 혹시 실성을 하신 게 아닌가 덜컥 무섬증이 들기도 했고. 내가 낳아 바쳐야 될 머스매 이름이 자그만치 열이 넘었으니….”

다 지나간 이야기여서일까. 말만큼 질리고 무서운 기색도 없는 무표정으로 어머니는 입술을 딸삭딸삭하며 무언가를 혼자 뇌이기 시작했다. 우정 손가락까지 꼽았다. 아마 첫째부터 이름을 외우는 것이리라. 양지도 어머니를 따라 머리를 굴려보았다. 첫째 성남, 둘째 경남, 셋째 용남, 넷째 귀남, 다섯째 후남, 여섯째 쾌남, 일곱째 도남, 여덟째 호남, 아홉째 선남, 열째 정남, 열하나, 열둘, 열셋, 열넷, 열다섯…. 양지는 문득 역겨워져 생각을 헤쳐버렸다. 어둡고 깊은 미망이었다. 어쩌면 할아버지는 정신병적인 집착으로 이미 버려져 있던 상태였던지 몰랐다. 자신의 욕망을 달성하기 위해서는 가족들 모두를 도구화해도 좋다는 가부장적인 편견과 폭압. 나이 어린 며느리의 진정성을 사로잡기 위해 무릎을 꿇고 눈물을 보일 만큼 간교함까지 겸비한.

“내 어떤 때는 너그 할아부지가 복쪼가리도 지지리 없는 내 겉은 걸 며느리로 점찍었다니, 가만히 혼자 미안할 때가 있다. 시집 온 다음해 봄에 너그 할아부지는 씨오쟁이를 내한테 안기고 들로 나가싰제. 손이 건 아낙은 호박 한 구덩이를 심어도 호박이 조랑조랑 많이 연다는 말이 있는데 며느리인 내가 타고 난 복을 미리 점쳐보고 싶었던지도 몰라. 그런데 내가 뿌린 씨는 대부분 싹이 안 텄고 싹이 튼 건 그나마 잘 크지도 안 했다. 내 그걸로 보고 내가 부자로 살 팔자는 안 되는고나 짐작을 했제. 그렇지만 자슥농사꺼정 이리 될 줄, 생각하모 너그 할아부지한테 송구시럽어서 하는 데까지는 한다고 했더니라만….”

양지는 측은한 눈빛으로 물끄러미 어머니를 바라보았다. 어머니까지 얼마나 지독하게 최씨가의 주술적인 인습에 곰삭아 있는 상태인지. 어머니는 아직도 거추장스러운 쪽머리에 비녀를 꽂고 있는 것으로도 선대의 정신을 이어받아 잘 보전하는 것으로 여기고 있다. 촌티가 줄줄 흐르는 헤어스타일을 파마머리로 바꾸기 위해 언제 한번 호남은 미장원까지 어머니를 꾀여낸 적이 있었지만 내가 그깟 뽄 내갖고 뭐할 거냐면서 남들 보는 앞에서 실랑이만 벌이다가 결국 지고 말았다고 투덜거렸었다.

“요즘 세상에 옴마맹키로 쪽진 사람이 어딨노. 그것도 금비녀·옥비녀 바꾸어감서 찌르고 금잠·옥잠 골라서 머리장식을 할 수 있는 귀부인이라모 또 몰라. 어데 민속촌에서 조선시대 하인 여자가 나온 줄 아는지 길가는 사람들이 모두 쳐다보고 안 있나. 것도 머릿결이 기름지고 검기나 하모 또 몰라, 서리 맞은 풀밭맹키로 기름기 없이 누렇게 바랜 머리카락이 풀풀 날리는 걸 보모 자식인 내가 봐도 만정 떨어진다니까. 것다가 또 뭐라는지 아나? 아버지가 화내시기 땜에 파마를 하모 안 된다 안 카나. 그게 이유라모 염려 말라 캤더마 도살장에 끌려온 짐승이 목숨 걸고 도망갈라꼬 나대는 것처럼 뻗대는 거 있제. 내가 인지 멋 내가 뭐할 끼

고, 고마 집안 편한 기 제일이다. 그라는 기라. 엄마도 완전 세뇌가 되고
말았어. 에이, 순고집통, 구제불능….."

환갑 밑자리 깐 늙은이라고 어머니는 스스로 노티를 낸다. 그 나이 또
래의 도회지 여자들은 어떻게 삶을 즐기고 사는지 예를 들어보이며 꼬
드겨도 물밑에 가라앉은 차돌멩이처럼 어머니는 도무지 뜨지를 않았다.
호남의 이죽거림을 듣고 있노라면 어머니는 여자가 아니다. 천리를 중
시한 어머니는 한 가문의 종부가 지켜야 할 도리를 자학성 취미로 지켜
냈는지도 모른다.

막내 정남이 객지로 떠난 것을 계기로 어머니와 정남과의 동거를 추
진하는 제법 옹골찬 계획까지 세우기는 했으나 막상 실천 단계에 들어
가 어머니 선에서 제지를 받고 말았다. 어머니는 너거 아부지를, 하며 외
롭게 혼자 떨어져 살게 될 남편의 수발에 대한 핑계를 대다가 딸들의 거
센 반발에 부딪히자 이번에는 절대로 조상이 계신 곳을 떠나서 될 사람
이 아니라고, 자신의 몸 하나에 무겁게 실려 있는 조상의 영혼을 들먹이
며 다달이 행사가 빠진 날 없는 달력의 동그라미를 짚어보였다.

"내가 너것들 성의를 모리나 어데, 나는 인자 걱정없이 살 끼다. 너그
들 보고프모 한바꾸 훵 둘렀다 오고 맘 편하기 산께, 에미한테는 신경을
쓰덜 말고 너그들 사는 기나 맘 허투로 묵지 말고 살도록 해라. 그기 바
로 이 에미가 바래는 기고 너거가 이 에미를 생각는 기다."

양지는 호남이 들려주는 어머니와의 끝없이 계속되었던 설전을 듣기
거북해서 호남의 말을 자르곤 했다. 우리가, 우리가 잘 돼서 꼭 한번은
감옥 같은 곳에서 엄마를 구원해드리기로 하고 지금은 엄마 의견을 존
중하기로 하자. 비록 남 보기에는 장님 막대기처럼 대책없이 답답하게

사는 것 같아도 어머니에게는 그게 거역할 수 없는 일상인 것을 인정하지 않으면 안 된다. 이러는 양지를 보고 호남은 발끈 화를 냈다. 언니는 저만 생각하고 인정머리가 없어서 결론을 항상 저 편한 대로 내린다는 거였다. 양지는 호남의 그런 격론에도 반론을 제기하지 않고 잠자코 있었다. 양지의 짐작으로 밝혀보건대 어머니는 노상 멋을 모르는 천치성 옹고집은 아니었다. 어쩌면 누구보다 더 상황판단이 빠르다는 것이 어머니에 대한 올바른 인식일 것이다.

어머니의 장롱 밑에는 처녀적에 매었던 여러 개의 궁초댕기도 꽃 속에 날개를 접고 잠든 나비처럼 곱게 반듯하게 간수되어 있었다. 조각 베로 만든 헝겊모음 주머니에 들어 있는 알록달록 고운 비단 헝겊도 숨겨놓은 보석만큼이나 어머니의 고운 꿈을 대변해주는 것들이다. 누구보다 상황인식이 분명하고 탁월한 자제력의 소유자가 어머니였다. 친구들과 어울려 도모하는 사업이 있다는 그럴 듯한 핑계로 들뜬 아버지가 바람을 피우기 시작했던 한 때만 해도 어머니는 모자라는 가용 돈을 쪼개서라도 동백기름을 사서 머리에 바르고 아버지가 집에서 잠자는 날은 정결하게 목욕을 하고 무색옷을 차려입었다. 아버지가 '겨자씨'라고 표현했던 것도 그 무렵의 어머니를 두고 지은 별명이었다. 몇 번의 시행착오를 겪는 동안 어머니는 스스로 지쳐서 아버지의 관심에서 나온 '씨' 자체에 만족하는 여유를 터득하게 되었는지 몰랐다. 어느 때, 누구도 흉내낼 수 없이 지어올리는 노회한 미소속에는 '씨'만이 갖고 있는 단단한 자존심이 엿보였다. 이를 테면 어머니는 스스로 날 수 없는 나비의 아프고 거추장스러운 날개를 조금씩 퇴화시키고, 기고 싶다고 마음대로 길 수조차 없는 팔다리를 차례차례 둔화시켜버린 거였다. 오직 가정의 평화를 유지하기 위한 고통스러운 투쟁의 아픔에서 자신을 구하는 방법으로 자신을 닫아버리기로 했던 것이다. 나방에서 번데기로, 번데기에서 애벌레로, 거슬러 조그만 알 속에서 부화의 꿈을 매만지는, 가능성의 '씨'로 자신을 남기게 된 것이다. 설령 꿈으로 끝날망정 우주를 품고 있는 생생한 희망 하나를 갑질로 꼭꼭 싸서 간직하고 있는데 만족하면서.

그날 밤 다시 또 이런 날이 있으랴 싶은 진지한 마음으로 양지는 어머니의 가슴에 묻혀 있던 소리를 들었고 조금이라도 가까이 인간적인 그니의 심장에 접근해보려 했다. 어머니는 담배를 손가락에 끼운 손으로 소주잔을 들고 마셨다. 조금 마시다 잔을 떼어내며 오달지게 미간을 찌푸렸다. 양지는 어머니를 풀어헤쳐놓고 무언가 자신과 맞닿을 만한 부분이 없나 뒤적거리다 끝내는 차라리 어머니의 존재를 환상으로 간직하는 편이 나으리라는 결론을 내리게 되었다. 어쩌다 화제에 오르면 사람들은 어머니를 조선시대의 열녀라고 했다. 어머니의 미욱하고 어리석음을 꼬집는 말임과 동시에 비인간적인 아버지의 처신을 여심의 입살로 단죄하는 표현이기도 했다. 하지만 어머니는 이미 독특한 자기 방어법을 터득하고 있었다. 끓어라 일어라, 입 아프면 그만 두겠지. 오랜만에 어쩌다 잠자리를 같이할 때도 입담이 없는 모녀는 마주 앉은 시간이 겹도록 말이 없었다. 끌어내면 이야깃거리야 없지 않겠지만 섣불리 꺼냈다가 묵은 상처만 덧나게 할까봐 서로 조심을 하게 되었다.

그날도 시궁창으로 쫄쫄 흘러가는 하숫물 소리를 듣고 있다가 생각난 듯, 의무적으로 간간이 무언가를 묻고 대답할 뿐 두 모녀가 한데 어우러져 자아내는 분위기라곤 도무지 고드름 장아찌 같기만 했다. 언젠가 양지도 이제 어머니 혼자 쓸쓸히 지내느니 여기서 같이 지내자는 소리를 한 적이 있었으나 아서라, 내가 여기 와서 뭘 하겠노, 해놓고 질겨서 끊어지지 않는 가는 명주실처럼 표표히 양지의 눈앞에서 멀어지고는 했던 순간을 떠올리게 했다.

양지는 그날 밤 피곤하다며 먼저 잠이 든, 커다란 안석 정도도 안 되는 작은 몸피의 어머니를 하염없이 내려다보았다. 간간이 몸을 뒤채며 아드득, 아드득 이를 갈았다. 누군가와 말다툼을 하는지 제법 날카로운 음성으로 항의하는 잠꼬대도 했다. 사십대에 벌써 치아가 절단나기 시작했던 원인도 어쩌면 저런 잠버릇 때문인지 모른다. 억눌린 현실에 대한 앙화풀이를 잠결에 배설하며 어머니는 자신을 지탱하는 것일까. 어른들이 가라니까 시집을 갔고, 친정집에서야 아무리 금지옥엽으로 자랐지만 남편이 백정이면 피 묻은 짐승의 뒷다리라도 잡아주며 그 집에서 살다 그 집 귀신이 되어야 한다는 가르침대로 어머니는 과연 자신의 인간적인 정체성에 대한 어떤 각성도 오기도 없이 사는 것일까. 이해되지 않는 삶 때문에 어머니는 늘 멀게만 느껴졌다. 마음이 지척이면 천 리도 지척이며 마음이 천 리면 지척도 천 리라는 말이 있듯, 마음의 천 리 밖에 있는 어머니가 천 리 밖 만 리 밖으로 먼 것은 너무나 당연한 것, 양지는 상처를 숨기듯이 옷깃을 여미며 오늘도 가슴 깊은 곳에다 어머니에 대한 감정을 숨겼다.

조락의 슬픈 여운을 끌며 낙엽은 떨어지고, 달리는 기차처럼 겨울이라는 이름의 냉각된 터널 속을 통과하기 위해 가을은 간다. 하아, 한숨을 뿜어내며 어제보다 더 앙상해진 벚나무를 바라보다 양지는 자신도 몰래 흠칫하며 가방끈을 움켜쥐었다. 어쩜 내가 그런 생각을. 마치 남의 글을

홈쳐보고 외운 듯이 쑥스러움이 몰려왔다. 아닌 게 아니라 요즘 더러 양지는 자주 괴이한 감상에 빠져들곤 했다. 생애 처음으로 이상한 가을을 발견한 느낌이었다. 작년에도, 재작년에도, 그 앞에도, 앞에도 가을이라는 계절은 무수히 스쳐갔다. 색색으로 물들었던 나뭇잎들은 서서히 탈색되어 바람을 맞고 떨어졌다. 수확 몇 프로를 알리는 뉴스 보도를 따라 가을은 진행되고 매상금액이 너무 낮아 인건비도 안 나온다며 울상을 짓는 검고 주름진 얼굴들 뒤로 가을은 막을 내렸다. 그저 그렇게 일 년 사계절 중의 하나, 특히 단풍놀이가 제격인, 그리고 더위와 싸우지 않아도 되는, 또 책 한 권쯤은 의무적으로라도 읽어야 될 독서의 계절, 준비 못 하고 겨울을 맞이해야 되는 가난한 서민들을 허전하게 만드는 계절일 뿐인 가을. 그런데 이번 가을은, 특히 오늘 밤 같은 경우에는 흐르는 물처럼 가슴을 적시며 나무들의 흐느낌 소리가 들려오는 것 같았다. 이른 봄 싹 터서 조롱조롱 꿈을 키우면서 살았는데, 우리는 왜 가랑잎이 되어 이렇게 뿔뿔이 흩어져야 돼. 왜, 왜, 왜….

정남의 딸 수연에 대한 무거운 책임감 탓인가. 정남이 살았을 때의 그날이 새삼스럽게 아쉬움을 몰고 왔다. 어쩌면 내 부주의로 정남을 잃은 것은 아닐까. 현태의 말대로 어머니를 모시고 와서 정남을 지키게 했던들 그렇게 어이없이 죽음으로 떠나보내지는 않았을 것을. 마음이 허해지면 망상이 판을 친다. 조금이라도 짬이 있으면 눈을 감게 되고 눈을 감으면 기다리고 있었던 듯 그날의 일들이 되살아났다.

퇴근을 하고 늦게야 병원으로 오자 정남과의 이별은 이미 양지가 예상하지 못하는 방향으로 조금씩 진행이 되고 있었다.

"최정남 씨 보호자 되시죠?"

산부인과 간호사실 앞을 지날 때였다. 주사약과 일회용 주사기를 챙겨담고 있던 간호사가 손을 멈추고 양지에게 말을 걸었다. 엷은 미소를 지으며 그렇다는 표시를 하자 간호사는 당장 인상을 굳히며 말투까지 딱딱하게 바꾸었다.

"보호자 분이 그렇게 환자를 종일 떠나 있으면 어떻게 해요. 더구나…."

튀어나오려는 말을 자른다. 순간 양지의 심장이 오싹 긴장을 했다.

"왜요? 간병인 아줌마가 계실 텐데…."

"아무리 아줌마가 잘 돌보기는 해도 간병인이 가족은 아니잖아요. 좀 전에 무슨 일이 있었는지 아세요? 옆의 산모 가족들한테 가만 계시면 안 될 거예요. 계속 그러면 다른 병원으로 옮겨야 될 거구요."

"대체 무슨 일이, 좀 자세하게 얘기해줄 수 없어요?"

말을 마친 간호사는 냉정하게 돌아서더니 창가에 붙어서서 기다리는 양지 따위는 무시하는 듯 제 일만 했다. 도리없이 굴욕감을 삭히며 돌아설밖에.

"세상에 미친년하고 한 방에다 입원을 시키다니, 내일 날만 밝으면 가만히 안 있을 거야, 혼쭐나게 따져야지."

정남의 입원실에서 임산부를 부축하고 나오며 시어머니인 듯한 여자가 투덜거리는 소리였다. 놀라고 화나서 못 견디겠는 노기가 채 가시지 않은 음성이다. 병실을 옮기는 모양 짐꾸러미를 챙겨든 그들은 엘리베이터 쪽으로 돌아갔다.

"그런 줄 누가 알았어야죠."

피로한 기색으로 의자에 퍼더버리고 앉아 있던 간병인이 양지를 보자

볼 멘 소리부터 먼저 했다. 오십 나이를 거꾸로 먹은 듯이 건강한 여자는 사정 얘기를 미리 해주었더라면 어떤 조처라도 알아서 취했을 텐데 졸지에 당한 뒷수습 때문에 애깨나 먹었다는 면피성 투정을 더 강하게 해서 양지의 입을 막았다. 정남은 잠들어 있었다. 태무심하고 평안한 표정이었다. 엊그제보다 좋아진 혈색이 완연했다.

"저쪽 남편이 산모한테 말을 걸고 수건으로 얼굴을 닦아주는데 그만 달려가서 남자분 머리카락을 잡아당기고 온몸을 주먹질하는데, 그때 마침 그쪽 시동생하고 친정동생하고 남자 둘이 들어오니까 또 그 사람들한테까지 달려들어… 여자들이 산통을 혹독하게 겪고 나면 일시적으로 남자들에 대한 증오심을 갖는다는 소리는 들었지만…. 애기아빠는 어떻게 한번도 안 와요? 그래서 새댁이 화가 났는지…."

어머니처럼 나이 지긋한 분이라서 정남의 상황을 모두 털어놓으면 어떨까 하는 생각이 없지는 않았다. 그러나 공교롭게도 그녀와 조용히 마주 앉을 기회도 분위기도 조성되지 않았기에 혹시 있을지도 모를 일에 대한 주의를 생략했을 뿐이었다.

"외국으로, 현장에 나갔어요. 돌봐줄 어른들도 없이 저희들끼리 있다가 애가 몹시 상했어요. 우리도 화가 나요. 달리 더 이상한 증세는 안 보였어요?"

그제야 집히는 게 있는 듯 간병인 여자의 표정이 굳어졌다. 정남이 쪽으로 경계의 눈길을 보내며 목소리를 낮추었다.

"애기가… 그런 줄도 모르고…."

"애기요? 애기를 봤어요?"

"그런 줄도 모르고 보여줬지요. 에미가 새끼 보고 싶은 거야 당연한 거 아니에요?"

"그럼 왼팔도 봤어요?"

"거기는 아직 강보로 돌돌 말려 있으니 얼굴만…. 앞으로는 그 점 특히 조심할게요."

불상사의 꼬투리가 어렴풋이 감잡혔는지 여자는 자기단속으로 말을 돌렸다.

"알면 충격받을 만하지. 손가락 숫자나 제대로인지 머리에 다리가 붙어나오는 건 아닌지, 첫 아기 낳은 산모들은 모두 불안한 법인데…. 그나저나 수술이나 할 수 있으면 좋겠지만 돈 깨나 들겠수. 그렇더라도 산모보는 데는 절대 그런 눈치 보이면 안 되우. 그런 일 더러봤는데 환자가잠들었다고 아무 말이나 병실에서 하면 안 돼요. 환자들이 가족들 눈치읽는 데는 빠삭해요. 돈 잃고 사람 놓치고, 아무튼 환자보다 간병하는 가족들이 더 생병을 앓는다니까요."

간병인은 묘하게 자기의 업무를 격상시켜놓는다. 내일 아침에는 덤으로 수고 값이라도 올려줘야 마음이 편할 듯하게 봉사하는 마음보다는일로 이력이 난 티를 은연중 드러내보인다.

"이거 하나 드실래요? 나 먹으라고 그 청년이 사왔어요. 총각이 나이도 그만하면 지긋하고 마음씨며 허우대가 하나 빠진 데 없이 좋습디다.언니가 남편 복 하나는 탔던데요. 미루지 말고 어서 식 올려요. 도장 꽉찍어서 꿰매놓은 물건도 퍼뜩퍼뜩 손 타는 세상인데…."

어지간히 말이 고팠나보다. 양지가 먹겠다 하지도 않은 큰 사과를 두개씩이나 깎아놓으며 간병인 여자는 환자와는 아무 상관도 없는 이야기로 입을 다물지 않는다. 양지는 은근히 그 여자의 입에서 정남과 같은 경우의 이야기가 나오기를 바랐다. 꼭 그렇지는 않더라도 어떤 상식이라도 얻고 싶었다. 그러나 여자는 낮 동안의 긴장을 푼 방심한 자세로 현태가 사왔다는 과일만을 야금야금 씹어먹는다. 간간이 이상한 듯 양지의 눈치를 살피기도 한다.

"아주머니, 이제 집에 가서 쉬세요. 택시비 드릴게요."

양지는 지갑에서 천 원짜리 석 장을 꺼내 여자에게 건네주었다. 여자가 반색을 했다. 혼자 있고 싶었다. 잠 든 정남을 들여다보며 앞으로의 일들도 생각해봐야 한다. 공치사를 들은 여자는 뭘 이렇게 택시비까지, 코에 주름을 잡으며 웃어보인 뒤 현태가 자기 먹으라고 사왔으니 다 가져갈 셈인 듯 남은 사과를 비닐봉지에 챙겨넣었다. 내일 아침 출근 전에 일찍 올게요, 아까 보니까 잠시도 비워서는 안 되겠더라고요. 여자는 또 골치 아픈 중증 임산부의 간병인임을 주지시키기를 잊지 않는다. 휴지통을 들여다보고 물병에 든 물의 양을 확인하고 여기저기 자신이 잊고 빠뜨린 일이 없는지, 보아란듯이 한번 더 점검을 해본 뒤 나갔다.

텅 빈 듯한 입원실 내부를 둘러본 양지는 소리 나지 않게 정남이 누워 있는 병상 옆에 앉았다. 정남은 죽은 듯이 잠들어 있었다. 고르게 오르내리는 가슴의 동계만이 그녀가 살아 있음을 알려준다. 아직 장애까지는 모르지만 인공발육기 속에 든, 아직 아이 같지도 않은 제 아기를 보는 순간 많이 놀랐을 것이다. 게다가 부진한 채로 멎어버린 신체의 일부를 발견한 순간 어미가 받는 충격은 앞으로 어떤 사태를 불러올지도 알 수 없다. 잊은 듯 잠자코 있었던 주위들에 대한 분노 억울함이 폭발한 것도 정남의 입장으로선 너무 당연한 감정의 표현이다. 그러나 미친년, 미친년, 타인들의 반응은 그렇게 나온다. 사회의 인식이란 얼마나 피상적이고 표피적인가. 정남의 일이 만약 자기네 자식들의 일이라면 그렇게 단정적으로 매도하지 않을 것이다. 옆자리에 있던 산모는 정남보다 여섯 살 위였고, 그 역시 초산이었다. 첫 아기인데 아들을 낳아서 시어머니 되는 오십 중반의 여인은 며느리의 친정 식구들까지 고마워 어쩔 줄 몰라 했다. 연락부절로 벙글거리며 드나드는 친척들, 남편의 동료들까지 꽃이며 선물을 들고와 수북하게 쌓아놓는데 벽을 보고 누워 잠든 듯이 있었지만 정남의 감각기관은 그쪽으로 열려 무방비 상태의 자극을 받은 것이다.

양지는 피로한 눈을 감으며 손등으로 이마를 받치고 침상에 엎드렸다. 어머니에게 이 일을 알리지 않은 것은 잘한 일일까, 그와 반대일까. 역시 잘한 일이라는 결론을 내렸다. 어머니에게, 그 가슴 아린 일 많이 겪고 사는 어머니를 다시 또 이렇게 첩첩한 일로 가슴 찢어지게 할 수는 없었다. 그 년이 글쎄, 그리 간 큰 짓을 지 혼자 독단으로 저지르고 있는 줄 상상이나 했겠나. 그때도 양지는 수화기를 어깨와 머리에 끼운 채 두 뇌와 손으로는 제 할일을 멈추지 않았다. 사부인은 충격을 받아서 몸져 누웠고 며느리란 거는 집을 나가고…. 나는 딸자식 잘못 키운 죄인이 돼서 안사돈 대할 면목도 없고, 또 안사돈 안 나무랜다. 어느 시에미가 손자 욕심 없겠노. 그 양반이 그걸 안 이상 길래 안 편할 끼다. 지 년도 무슨 복안이 있었시모 각오를 해야제. 죄 지은 놈이 참아야지, 지가 뭘 잘 했다꼬 머리통 꽂꽂이 들고 일어서니 집안이 조용하것나. 곧 죽어도 기 안 죽는다. 그게 성질이 좀 선머슴아 닮아 그렇지 세상에 인정 많고 부지런하고 나무랄 데는 없는데…. 하기사 다 내 탓이지. 에미가 좋은 뽄은 못 뵈주고…. 얼마나 진심에서 뜨겁게 우러난 표현인지는 몰라도 어머니의 내 탓이라는 말은 약방에 감초처럼 빠지지 않아 양지와 호남에게는 지긋지긋한 거부감으로 자리 잡은 지 오래됐다.

"임신 3개월이라고 의사가 그라는데 골이 떵하데. 아차, 싶은 거라. 그 순간 와그리 선뜻 옴마가 떠오르는지 몰라. 징그럽잖아. 호남이 어매 아아 낳는 거는 여자들 쑥밥 묵고 똥 싸는 것보다 쉽다. 동네 사람들이 그라는데 얼마나 부끄럽고 창피했는지. 그때부터 내가 무슨 생각을 키웠는지 아나? 난 절대 엄마맹키로 애 낳는 기계노릇은 안할 끼다. 우리들이 아기 대접이나 받고 자랐어? 주영 아빠도 처음에는 좀 망설였지. 글치만 내가 누고. 난 절대 빈말은 안 한다. 언니, 난 부모 자식들이 서로 아껴줌서 화목하게 사는 거 그게 제일 부럽더라. 하다못해 명자 언니네 아부지가 딸들 안 나무래고 하자하는 대로 법칙없이 키우는 것도 자식 사랑 같아서 그리 부러웠다 카모 말 다했다 아이가."

양지도 호남의 결단을 듣는 순간에는 무모하고 단순한 짓이라고만 나무랄 수 없는 깊은 공감을 느꼈다. 호남이 가진 이유는 충분하고 넘쳤다. 하지만 내 탓이라는 어머니의 자조적인 표현은 양지의 심금을 울리지 못했다. 양지가 아는 어머니는 크지도 풍요하지도 않았다. 하므로 내 탓이라는 말 자체에 대해 공감은 미약했다. 현실적인 방법에서의 실책이라면 모르지만 자책을 할 만큼 어머니는 자식들에게 헌신적이지를 못했다. 위로 받고 싶어서인지 모른다는 생각이 뇌리를 스치는 순간 어머니의 오종종한 모습이 겹쳐졌다. 양지는 짜증이 묻어난 소리로 말했다. 엄마, 제발. 지금 내 앞에 닥친 일만 해도 무겁고 복잡해요. 호남이가 어디 한두 살 먹는 언내요?, 하기사…. 미안하다. 너그 아부지 일도 다 잘 돼 간다. 집에 일은 조금도 신경 쓰지 말고 네 일이나 잘 봐서 회사 일이나 잘 되게스리 해라. 그만 끊는다.

양지는 어머니의 말이 끝나자마자 소리 나게 전화기를 놓고는 했다. 목구멍까지 치받아 있던 울화가 눈 코 따위의 엉뚱한 구멍으로 폭발할 것 같았다. 언제나 그 모양이었다. 먼 곳 아득한 곳에 심어둔 꿈결같이 아슴한 그리움은 항상 이런 식의 여운으로 마감을 했다. 가족이란, 부모란, 형제란 내게 무엇인가.

얼마나 시간이 흘렀는지 모른다. 공간 개념도 없다. 흑백영화의 한 장면 속 같은 곳을 양지는 가고 있었다. 강인지 바다인지 분간할 수 없는 물가에 닿았다. 검고 커다란 갯바위가 공룡들처럼 웅크리고 있는 사이에 몇 척의 배가 매여 있었다. 양지는 배에 올라 묶여 있는 줄을 풀어던지고 떠날 준비를 했다. 그러나 배는 도저히 움직이지 않았다. 배는 물도 없는 갯바위 옆에 아예 뿌리가 생겨 깊이 박힌 것 같았다. 어떻게든 물위로 배를 띄워야 한다. 하지만 어떻게 된 셈인지 물은 자꾸 썰물로 빠져나가고 있었다. 시커먼 개펄과 엉성궂게 바닥이 드러난 배위에서 양지만 혼자 안달을 한다. 사공도 보이지 않고 도움을 청할 만한 사람도 보이지 않았다. 양지는 몸부림을 쳤다. 어서 가야 했다. 거기가 어디인지, 무엇을 하러 가는지는 자신도 알 수 없었지만 아무튼 가야 했다. 그녀 혼자 배를 밀었다, 끌었다, 흔들었다. 안간힘을 다했다. 그러나 배는 조금도 움직이지 않았다. 사위의 어둠만이 그녀를 에워싸고 숨통을 조일 듯이 암흑의 농도를 더해간다. 양지는 숨쉴 수 없이 조여드는 강박감으로 소스라치며 눈을 떴다. 곁에 두고 잔 인형처럼 뻐끔하게 정남의 눈이 양지 자신을 향해 열려 있는 것을 발견했다.

양지는 정남의 손을 가만히 끌어잡았다. 버겁지만 거두고 쓰다듬어야 할 자매, 피붙이가 아닌가. 차갑고 거친 손의 촉감이 섬뜩하게 살갗을 찌르고 들어 하마터면 손을 놓아버릴 뻔했다. 이 손을 누가 열여덟 아가씨의 손이라 할 것인가. 무엇이, 왜, 이 아이를 이 모양으로 만들었단 말인가. 입술을 힘주어 다물며 격정을 누르노라니 새삼스러운 후회가 가슴 밑바닥에서 솟아올랐다. 자신이 어릴 때와 정남의 지금은 달라야 했다. 자신이 정남이만 할 때는 언니도 죽은 뒤였고 부모의 도움을 바랄 처지는 더더욱 아니었다. 하므로 독사 같은 결기를 품고 어떻게든 혼자 구르고 혼자 뛰어야 하는 게 당연했다. 그러나 정남은 달랐다. 언니들이 있는 막내였다. 정남의 지금 이 꼬락서니는 언니라는 이름이 저지른 책임 회피의 결과나 다름없다. 늦었으나마 지금이라도 이 아이를 수렁에서 건져 올리는 일에 최선을 다해야 한다. 양지는 흐트러진 머리카락으로 가려져 있는 정남의 이마를 걷어냈다. 머릿결에 가려서 그을리지 않은 피부가 오염되지 않은 영토처럼 순결하게 드러났다. 잔털이 보송보송한 수밀도 같은 피부…. 양지는 손을 떼지 않고 두 번 세 번 이마를 쓸었다. 애처롭고 안쓰러움이 하얀 이마 위로 쏟아졌다. 정남아 부디 정상으로 회복되어라. 두 번 다시 실수하지 않는 방법을 언니는 이제 알았다. 네 인생은 이제부터 시작인 거다.

양지의 음성은 가늘게 떨렸다. 간절한 기도여서 마음의 현까지 흐느꼈다. 어느 신에게, 언제 이렇게 간절한 마음으로 빌어보았던가. 양지는 간간이 눈을 뜨고 있는 정남의 기색을 살폈다. 혼곤한 낮잠에서 깨어난 듯 머리를 두어 번 흔들고 펄펄 움직이게 되면 지금까지 있었던 일들은 악몽으로 깨끗이 소멸되어버릴 것 같기도 했다. 그것은 정남이 펀득 사물을 인식하는 순간에 이루어질 기적이다. 양지는 뜬눈으로 잠든 정남의 눈시울을 가만히 내리덮어주었다. 주사 기운으로 잠든 정남은 다시 드르릉드르릉 코를 골기도 한다. 베개를 달리 놓고 고개를 바로 해주니 이내 물속의 흐름같이 결 고운 숨소리를 낸다. 정남은 아직 양지의 뜻 저 멀리에 있다. 그럴수록 양지의 기원은 더욱 간절해지고 집요해졌다. 내 아무리 성공했다 한들 이게 뭔가. 제 형제 하나도 올바르게 이끌지 못한 무관심은 무능이 아니고 무엇인가. 거우 이 따위의 성취를 위해 그 악바리로 살았다니…. 잃은 것들의 흔적이 너무 크고 깊어. 정남아, 부디 깨어나라. 어서 빨리 깨어나라. 언니가 이제부터라도 너 하나만은 똑소리 나게 뒷바라지해줄 테다.

자신은 미처 의식하지 못한 상태였지만 양지는 어느 결에 언니 성남의 심성을 대신하고 있었다. 양지는 이즈음 자신이 진정으로 챙기고 보듬어야 될 것들의 윤곽을 어렴풋하게나마 깨닫게 된 것이다. 그것은 부지불식간에 자신을 옭아매는 포박을 스스로 만드는 격이었지만 좁고 이른 연치로 인한 경륜은 미처 거기까지 관망하지는 못했다.

하지만 양지의 그런 알뜰한 결심을 무시한 증명처럼, 비질 자국도 선명한 뜰에, 한 마리 작은 새로 내렸던 흔적처럼 정남은 떠나버렸다.

8. 잘린 무의 단면

그때, 양지는 빨갛게 잘 익은 꽈리묶음을 들고 사무실로 들어섰다. 점심을 먹고 시장통을 지나오는 길에 시골사람 행색의 노점상이 고동색 대야에 옥수수 몇 묶음과 곁들여놓고 있던 것이었다. 눈에 띈 첫 순간에는 아, 저것, 나도 어릴 때 명자 언니네 울타리 밑에 있는 것을 똑 따서 속을 훑어내고 열심히 개구리처럼 뽀드득뽀드득 불었었지, 그렇게만 여겼으나 다음 순간 병상에 누워 있는 정남을 생각하며 노파 앞으로 발길을 돌렸다. 고향에 대한 아늑하고 정겹든 추억을 불러일으키게 하는 물건은 심신이 상해 있는 정남의 병치료에 도움이 될 것 같았다. 물론 같이 공유했던 유년기의 추억은 적고 정남이 역시 꽈리를 즐겨불었는지 어쨌는지에 대해서도 이야기를 나누어본 적은 없다. 하지만 고향의 냄새가 물씬 나는 물건들을 대하는 순간 혼란스럽게 흔들리는 정남의 멍든 영혼은 빠르게 순수를 회복하고 새움을 틔우는 데 도움을 받게 될 것이라 여겨졌다.

간밤 늦게, 맑은 정신이 잠시 들었던 정남과 대화를 나누는 가운데 새로운 희망을 얻은 것이다. 비록 과거의 아픔을 되새기며 눈물을 흘리고 분개한 정도였지만 그것은 곧 바로 희망을 향한 회복의 몸짓이 아니겠는가. 곁에서 지켜주고 이끌어주며 바른 길로 동행한다면, 까짓것 한나절 낮꿈 속에서 헤맸던 악몽의 상처쯤이야 이 좋은 세상에서는 얼마든지 회복 가능한 일일 것이었다.

들고온 시장 꾸러미들을 꽈리다발 옆으로 옮겨놓고 양지는 퇴근을 서둘렀다. 정남에게 시골 정취를 느끼게 해주자고 작정한 김에 시장 골목을 누벼서 산 것들, 누렁둥이 호박과 하얗던 진이 까맣게 말라붙고 흰 듯 푼 듯 껍질이 벗겨진 자잘한 고구마 한 바가지, 모과 두 개, 석류 세 개, 꾸러미가 제법 여러 개였다. 정남이 원한다면 즉석에서 호박범벅을 끓이고 고구마를 삶을 생각도 했다. 이런 일련의 계획들은 막막하기만 하던 양지의 심정에다 무릇 기대와 생기를 퍼부어주었다.

정남에게로 가기 위해 사복을 갈아입는데 현태의 전화가 왔다.

"도대체 왜들 이러니."

어머니를 불러서 간병시키지 않는 독단을 다시 나무라고 있는 짜증난 음성이었다. 말하나마나 정남에게 또 무슨 일이 생겼음이다. 순간, 양지는 미간을 찡그리며 수화기에서 고개를 돌렸다. 떼칠 수 없이 따라붙는 현태의 간여가 도움이랄 수 없이 부담스러웠다. 이왕 뒤틀려버린 일을 두고, 그가 갖는 관심과 간여는 양지 자신의 약점을 확인해두었다가 필요한 경우에 낱낱이 이용하려는 이중적인 술수의 음험함을 떨쳐버릴 수 없었다. 하지만 며칠 전에도 역시 정남의 증발로 비어 있는 침상 앞에서 양지는 현태의 팔에 매달리며 어떻게 하면 좋으냐는 외마디 소리를 질렀다. 현태는 말썽부리는 자매의 큰오빠처럼 호통치면서 방법을 찾아보자고 양지를 위안해주었다. 정남은 거짓말처럼 말짱한 얼굴로 병실을 찾아왔다. 이튿날도 또 감쪽같이 사라졌다 돌아왔다를 반복하는 바람에 사태의 추이를 짐작하고 옮길 병원도 신경정신과를 물색하고 있던 참이었다.

"수찬이가 데릴러갔으니까, 어서 오도록 해. 중간에서 무슨 소릴 듣더라도 마음 단단히 먹고."

어른이 아이에게 주의를 시키듯 일러놓고 이쪽에서 뭐라고 말할 틈도 주지 않고 현태의 전화는 끊어졌다. 곧이어 수위실에서 어서 내려오라는 연락이 왔다. 문수찬 역시 굳은 표정으로 눈인사만 나눈 채 문을 열고 양지가 차에 타기를 기다렸다. 어떻게 번번이 이렇게 도움을 받게 되는지 미안하다거나 고맙다는 표시도, 대체 정남이한테 무슨 일이 일어났는지, 아무 말도 걸 수가 없었다. 될 대로 되어라. 끌어가면 끌려가고 패대기치면 나가떨어져 주리라. 고난에 이골 난 심정을 다져먹자 가슴이 벌렁거리던 놀라움도 차츰 진정이 되었다.

"목구멍이 포도청이라, 그놈의 직장 때려칠 수도 없고, 힘드시죠? 집에 연락해서 어머니라도 누구 곁에 꼭 붙어 있을 사람을 한 분 모셔다둘 걸 그랬어요."

신호가 막혀 차를 멈출 수밖에 없는 곳에서야 수찬이 입을 열었다. 빡빡해 있던 분위기가 동시에 가뿐해지도록 무게없이 연민이 담긴 음성이었다. 지나가는 차소리 때문에 얼른 알아듣지 못하고 머뭇거리는 사이에 수찬이 다시 덧붙였다.

"현태가 뭐라 해도 꾹 참으십시오. 요즘 세상에 찾기 쉽잖은 의리파 친굽니다."

"대체, 걔가 또 어떤 짓을 저질렀다는 건지?"

의향이 빗나간 듯, 잠시 멈칫하던 수찬이 이내 되받아물었다.

"그 친구가 얘기 안 했습니까?"

"…."

"하긴…. 어쨌든 마음 크게 가지시고 대범하게, 믿는 종교가 있으면 기도나 하십시오. 응급실에 있는데 용태가 나쁘답니다. 사무실에서 연락 받고 이쪽으로 바로 와서 저도 자세한 건 모르겠어요."

수찬의 말을 듣는 동안 양지의 의식은 서서히 이완되어 나갔다. 왠지 절망적인 직감이 왔다. 충격이나 실망, 또는 슬픔 따위의 감정은 괴이지 않았다. 아프고 습하게 마련인 그런 상태가 아니라 건조하고 공소하기 이를 데 없는 심정으로 사건 밖에 멍하니 있었다. 그녀의 귀에는 온갖 소음이 깊은 물속에 잠긴 듯이 극히 단순한 한 가지 음절로밖에 들리지 않았다. 복잡하고 세세한 가로변의 풍경들도 낡디 낡아서 누르스름하게 변한 흑백필름의 영상이 흐르는 것처럼 무감동하게 보였다. 다만 한 의식, 시작된 것은 끝이 있는 법이며 종말을 향한 흐름은 인위적으로 막을 수 없다, 그런 담담함이 깔려 있을 뿐이었다.

너럭바위로 형성된 개천 바닥이 서서히 습윤되어 수액이 고이듯, 며칠 전 맑은 정신이 잠시 들었던 그때 보였던 정남의 동작들이 양지의 허황한 망막 속으로 스쳐갔다. 정남은 맑은 정신이 들면 병원을 뛰쳐나갔다가 횡성수설하면서 다시 돌아와 병원 주위를 맴돌다 그를 눈여겨본 병원 사람에 의해 병상으로 돌아오기를 몇 번이나 거듭했다. 수치심으로 병원을 떠났다가 어미의 본능으로 병원을 찾아오는 그 아이의 근성에다 근본적인 자생의 치유를 기대하고 있었다. 그러기 위해서 병원을 옮길 동안 특별 배려를 부탁하며 간병인에게는 선불로 수고비를 지불했고 간호사들에게도 성의표시를 아끼지 않았다.

그때가 며칠째 날이던가. 지친 몸을 위무 받는 탕녀처럼 정남이 울기 시작했던 밤. 거리의 소음이 썰물처럼 잦아들고 환기를 위해 열어둔 창으로 바람결이 신선했던 밤. 막연히 새벽이 되었다고 느끼고 있었다. 정남이 깨어난 것도 희망적이라고 그 새벽의 느낌에다 연결 지을 만했다. 정남은 언니를 보자 반가움보다는 두려움과 경계의 빛을 나타내며 멈칫거렸다. 그런 정남을 양지가 먼저 뜨겁게 끌어안았다.

"언니 미안해예. 죄송해예. 애기 낳고 잘 살면서 언니 초대할라 캤는데…."

"괜찮아. 일부러 못 되려고 하는 사람이 세상에 어데 있노. 언니 무서워 말고 마음 푹 놔라. 언니 무서운 사람 아니다. 인제부터 너는 언니랑 사는 거다. 널 위해서 뭐든 다 해줄 거다. 살다보면 가시밭길도 있어. 나쁜 꿈을 꿨던 걸로 깨끗이 잊어버리면 돼."

맑은 정신이 든 기회를 놓칠세라 가슴에 묻힌 정남의 얼굴을 받쳐들고 양지는 빠르게 자신의 속마음을 펼쳐보였다. 눈물에 젖은 정남의 두 눈동자에 언니의 모습이 든든한 보호자로 새겨질 것을 바랐다. 이 순진하고 앳된 아이를 이 지경으로 만든 그 속악한 인심속에 자신도 속해 있었다. 양지는 떨리는 입술을 굳게 다물며 정남을 다시 끌어안았다. 뜨거운 불가마에서 날개를 떨치고 훨훨 날아 나오는 불새처럼 여태껏 겪어보지 못한 형제애로 가슴이 뻐근하게 충만해왔다. 그래도 괜찮을까, 조심스러운 마음으로 정남의 얼굴을 씻기고 출산으로 미처 정돈되지 못한 두억시니 머리를 감겼고 옷을 갈아입혔다. 작고 조심스러운 동작으로 정남도 잘 따랐다. 이제는 언니의 명이라면 죽으라고 하면 죽을 각오까지 하고 있는 듯한 순종적인 모습이었다. 약을 가지고 간호사가 들어올 때까지 그들은 과일을 먹으며 고향 이야기도 조금 했다.

정남이와 보냈던 시간을 톺아가던 그 순간, 머리를 맞은 듯한 현실감을 회복한 양지는 파경 같은 눈빛으로 수찬을 쏘아보았다. 돌풍에 휩싸인 물결처럼 감정의 물결이 출렁거리며 거칠어지기 시작했다. 실수였다. 고향 얘기를 해서, 이제 조금 진정되어 있는 정남의 죄의식을 휘저었음이 분명했다. 그때는 미처 의식하지 못했는데 사고는 항상 느닷없이 뒤통수를 친다. 약을 먹고, 양지가 덮어주는 이불 밑에서 아기처럼 방긋 정남은 웃어보였다. 그래, 이제부터는 부디 복되고 명랑한 꿈만 꾸는 거야. 잘 자라. 네 기분에 따라서 내일은 새롭게 탄생될 것이다. 이제부터 동생 정남이 모녀를 위해 큰 몫을 해야 된다 싶으니 마음은 얼마나 벅차고 분주했던가. 외롭고 쓸쓸할 때 따뜻한 온기와 관심을 느끼며 가까이할 수 있는 누군가가 곁에 있다는 것이 얼마나 큰 위안이 되는지를 깨달아가고 있던 참이었다.

수찬에게 묻고 싶었지만 양지는 차마 입을 열지 못했다. 뭔지 모를 불길함으로 지뢰밭 가운데 서 있는 것처럼 두렵고 무서웠다.

"눈 감고 뒤로 좀 기대세요."

양지의 거동을 주의 깊게 살피고 있었던 듯 수찬이 걱정스러운 눈길을 보냈다. 양지는 어금니를 악물었다. 씻은 마늘쪽처럼 순결하고 단아할 때의 정남의 모습이 떠오르는가 하면 햇볕도 들지 않는 모퉁이의 자취방에서 샛노랗게 시들어 있던 모습이 나타났다. 뒤를 이어 광포하고 히스테리컬한 정신병자 특유의 행동이 밀려왔다. 추하고 해괴한, 뭐라 말할 수 없이 변모한 탈바가지들이 양지의 망막을 어지럽혔다.

"어허, 무슨 놈의 차가 이렇게 막히나 그래."

구시렁거리던 수찬이 샛길로 차를 몰았다. 급히 핸들을 꺾자 양지의 몸이 옆으로 쏠렸다. 미처 방어하지 못한 충격으로 팔목 관절이 접질렸지만 아픔에 머물 겨를이 없었다.

차가 병원으로 들어가자 응급실 앞에 나와 시계를 보고 있던 현태가 애석한 눈길을 보내며 양지가 내릴 문을 먼저 열어주었다.

"정남이, 어때?"

어깨를 떠밀려가면서 양지가 물었으나 현태는 대답하지 않고 걸어가더니 비어 있는 의자에다 누르듯이 그녀를 앉혔다.

"뭐 마실 거야?"

"아무것도 필요 없어. 정남이는?"

"글쎄 앉아보라니까. 경고하는데 넌 앞으로 그 고집 버리잖으면 그 고집으로 망하고 말 거야. 내가 뭐랬어. 어머니 부르자고 했어 안 했어?"

힐난과 함께 어깨를 누르는 현태의 손아귀에서 느껴지는 강한 힘은 정신적인 여유를 주기 위한 시간 끌기임이 분명했으나 몸을 비틀며 양지는 저항했다. 그때 차를 파킹시키고 수찬이 다가왔다.

"어떻게 된 거야?"

수찬도 똑같은 질문을 했다. 대답 대신 수런거리며 활짝 열리는 응급실문 쪽으로 현태의 눈길이 쏠렸다. 피와 약물로 얼룩진 담요로 전면이 덮인 침상 하나를 두 남자 오다리가 밀고나왔다. 아연 경직되는 현태의 표정을 읽는 순간 굳이 확인할 필요도 없이 양지는 바퀴에 실려가는 병상을 따라 뛰어갔다.

"또 그럴 줄 알았으면 손발이라도 묶어놓았을 걸, 누가 알았나요. 멀쩡하게 잘 있는 걸 보고 잠시 마실 물을 가져오니까 글쎄, 미안해요. 이나 저나 내 잘못도 있으니까요. 하지만 곁에 누가 있었대도 소용없었을 거유. 어찌나 빠른지, 사람이 뛰어드는 걸 보면서도 차가 미처 멈춰설 틈이 없었다니까요."

또 그 소리. 언제 왔는지, 면목이 없다는 표정과 뒤섞인 책임일탈 의지로 전혀 귀에 들리지도 않는 사건의 전말을 간병인은 늘어놓고 있었다. '안치실'이라는 글자가 양지의 눈 속으로 확 빨려들었다.

영안실 한구석의 의자에 양지는 멍하니 앉아 있었다. 풍골 좋은 망인의 영정을 모신 옆 빈소에는 낭랑한 독경을 배음으로 조문객이 끊이지 않았다. 누릴 것 누리고 천수를 다했으며 보람 있는 일생을 보낸 죽음은 애도와 칭송을 다해올리는 잔치자리처럼 풍성해보인다. 그에 비하면 정남의 빈소는 초라하기 짝이 없다. 그 흔한 영정 한 장도 없이 장의사에서 마련한 지방만이 정남의 영혼이 머물고 있는 상청임을 보여주고 있을 따름이다. 수찬이 가져다놓은 하얀 국화 한 묶음이 기진한 듯 가물거리는 촛불 아래서 아까부터 양지의 신경을 긁었다. 장례는 죽은 사람의 생전업적을 정리하고 기리는 자리다. 양지의 머릿속에는 요즘 같으면 영화나 연속극에서나 볼 수 있는 옛날 장면이 떠올랐다.

외가 쪽의 어떤 수염 긴 할아버지 장례 때였다. 정자관을 높이 쓴 그 할아버지는 근엄한 표정에 비하면 무척 자상한 어른이셨던 모양, 외손인 양지가 가면 귀한 집 외손이 왔다면서 앞에 앉혀놓고 벽장 속에 감춰두었던 갱엿과 유밀과를 소반에 받쳐주었다. 음식만 아니라 교훈적인 좋은 말도 곁들여 주는 것을 나이 든 어른의 의무처럼 여겼기 때문에 책상다리해서 앉은 다리에 쥐가 나도록 들어야 했던 말씀은 아이들 모두 고역으로 여겼던 일로 유명했다. 지금도 기억에 남아 있는 '암실기심이면 신목이 여전'이라는 말은 실생활에서 문득문득 떠올라 그녀의 마음가짐을 정돈하게 만들었다. 그 할아버지의 장례는 그분의 공적이나 학덕을 칭송하는 조기나 만장으로 무려 일 킬로에 이르는 시골길을 꽉 메웠다.

초빈을 갖추어 치르는 오일장은 또 어떠했던가. 마을의 상포계가 소집되어 각각의 소임대로 남자들은 걸음 빠른 사람을 선별하여 우선 일가친척 집으로 먼저 부고를 전달하러 보내고 장례에 쓸 먹새와 장의용품을 사오는 등으로 나뉘어서 협조 인력이 꾸려졌다. 아직 도착하지 않은 장거리로 발을 동동 구르는 와중에도 여자들은 사잣밥을 지어내고 조문객 받을 음식들을 만들어낸다. 기름기가 퍼지는 과방 옆을 기웃거리다 어미가 치마말기로 감춰내온 부침개 하나라도 얻어먹은 아이들의 즐거움은 그야말로 극치에 이른다. 양지의 엄마는 대방 옆에 달린 작은 방에서 수의를 짓고 상주들의 굴건제복을 짓는 일에 참여했고, 넓은 사랑마당에서는 이웃동네의 장의 장인까지 초빙해다 상여 꾸밀 종이꽃을 화사하게 만들었다. 색색의 종이를 오리고 접어서 만들어내는 그 꽃송이들은 마치 하늘에서 내려온 요술처럼 야릇한 슬픔과 황홀함으로 마른 침을 삼키게 했다. 항렬이나 촌수를 따져서 몇 년 복이냐, 몇 개월 복을 입을 백관의 차림은 어떠해야 할 것이며 바깥 상주가 짚을 지팡이는 대나무로 만들고 안 상주들의 지팡이는 버드나무로 해야 된다는 등의 의견차이로 옥신각신 다투기도 했다.

닷새 내내 가근방 사람들이 드나들며 흥청거려서 장마당처럼 버글거리던 분위기는 그야말로 잔치였다. 꽥 꽥 죽어나가는 돼지나 쇠고기가 수육이나 장국으로 요리되어 어른 아이 할 것 없이 배불리 먹는 배상은 단체나 독상에 관계없이 푸지고 걸판졌다. 소문을 듣고 몰려온 거지들이 바깥마당에서 벌이는 곡예나 각종 놀이판은 또 그 나름대로 놀고먹어도 나무라는 이 없는 죽음잔치의 색다른 장면 연출이었다. 게다가 장례전날 밤 상가의 안마당에서 예행연습으로 행해지던 대어름 장면은 얼마나 가슴 떨리는 슬픔과 황홀함이 버무려진 비장함의 세계였던가. 선소리 앞소리를 따라 상여꾼들이 입을 모아 부르는 상여가에 따라 어버이를 마지막으로 이별하는 상주들의 서러움에 찬 호곡소리는 또 얼마나 애절하고 구슬픈 화음이었나. 그날 양지의 아버지도 집안의 사위 자격으로 상여에 올라 황천길 잘 가시라는 뜻의 춤을 추며 길게 늘여 매어진 새끼줄 마디 한 곳에 망자의 노잣돈으로 몇 장의 지전을 끼워놓고 내려왔다.

관혼상제에 대한 준칙이 내려진 후로 그런 화려한 장례는 볼 수 없이 간소화되었다. 본가에서 장례를 치르기보다 대부분 병원의 영안실을 이용하기 때문에 무질서하고 풍성하던 예전 같은 잔치마당은 사라졌다. 그러나 잘 살았던 업적에 따라 옛날 못지않게 죽음잔치는 펼쳐진다. 저 옆 상가도 자식들의 사회생활상에 따라 즐비하게 늘어선 조화와 그에 못지않은 많은 숫자의 조문객들로 든발난발 소란스럽게 현대판 화수회 동창회가 열리고 있다. 상처난 정남의 사체를 들여다보고 죽음을 확인한 이후부터 양지는 냉정해졌다. 차마 열거해서 입으로 뇌이기 싫은 모습이 수시로 떠올라 시야를 어지럽혔지만 그것들은 그녀의 비통을 자극하는 어느 감각에도 연계되지 않았다. 양지는 입에 괴어 있던 침을 말아 삼키며 불편한 자세를 고쳐앉았다. 현태가 다가와 옆자리에 걸터앉았다.

"수찬이가 오면 운구해도 돼. 마지막 절차를 밟으러갔으니까."

갓 태운 담배 냄새를 진하게 풍기며 현태가 일러주자 양지의 얼굴이 비로소 그쪽으로 돌려졌다. 그들은 좀전에 입씨름을 하다가 현태가 자리를 비켜나갔었다. 정남이 사고사를 당한 이후 내내 그들은 다투었다. 현태는 고향에 있는 양지의 어머니와 창규의 집에다 당연히 이 사실을 알려야 한다고 주장했다. 그러나 양지는 극구 반대를 했다. 그녀는 도리라고 현태가 말하는 것들을 무시했다. 이제 와서 그들이 안다 한들 죽은 정남에게 덕이 되는 것은 아무것도 없다. 물론 어머니는 너무도 놀라고 가슴 아픈 나머지 혼절을 할지도 몰랐다. 창규네 역시 생전에는 아무리 성가시게 여기고 거부했을망정 눈물 한 방울은 흘릴지 모른다. 그러나 그뿐이다. 그들의 기억에서 정남의 존재는 영원히 향기로워지지 못한다. 매운 마음을 사려먹고 양지는 입을 다물기로 했다. 가여운 동생 '최정남'을 위해서 자신이 해줄 수 있는 것은 이제 그 길밖에 없었다. 자신의 입에서 죽음이 발설되지 않는 한 정남은 언제나 살아 있을 것이다. 저 살기 편하게 잠적하여 아들 딸 낳아 기르면서 지금은 하나 둘 주름살도 늘었을 터, 어느 하늘 밑에서 재미있게 살고 있으리. 매몰차고 독한 것 소식 하나도 주지 않고…. 남아 있는 모든 사람들의 기억속에서 영원히 그렇게 정남은 살아나갈 것이다.

양지는 잘 알지도 못하는 낯선 강기슭에다 현태의 도움을 받으며 정남의 유해를 뿌리고 와서 자신도 모르게 허약해진 체력을 실감하며 쓰러져버렸다. 죽음의 세계인지도 모른다는 느낌으로 비몽사몽간을 헤매었다. 남들도 다 이렇게 사는 게 힘들까. 정남의 죽음으로 인해 실제 생을 마감한 시체를 만져본 기분은 또 다른 의미로 전달되었다. 양지는 내가, 우리 가족들이 혹시 천상에서 죄를 짓고 나온 천상의 죄인들은 아닐까, 엉뚱한 생각도 했다. 그러자 어수선한 지난 날의 기억속에서 뜬금없이 이런 내용의 옛날 기억도 도드라져 나왔다. 금계포란혈. 오공혈. 그것은 어릴 때 명자 언니네 집에서 밤샘을 하며 놀 때 성남 언니와 명자 언니가 번갈아가며 해준 이야기였다.

"어느 동네에 큰 부잣집이 있었는데 그 집에는 삼월이라는 예쁜 처녀종이 있었단다. 그런데 그 종을 주인영감이 눈독을 들이는 기라."

"셍이야, 눈독이 뭐꼬?"

"하이고 요것 보래, 몬 들은데끼 고마 넘어가라. 자꾸 그런 것 물으모 얘기 안 하고 그냥 잔다."

"그래, 그냥 해줘 듣기만 하께."

"니도 아아들 들어모 야한 이바기는 하지 말고 무섭은 거 최고로 무섭은 것만 하라 안 하더나."

이야기의 골자를 미리 알고 있었던 성남 언니가 제지를 했지만 명자는 그치지 않았다.

"들어봐라. 이기 얼매나 무섭은 야긴디."

"말은 참 더럽기 안 듣네. 니 쪼대로 해삐라."

"하녀를 첩 삼을라 카는 영감의 기색을 눈치 채고 안방마님이 우쨌는고 모리제? 아이고 무서버라. 머슴을 시키서 그만 콱 쎄리쥑이삐라 안 캤나."

"아이구야, 영감님 아아까지 낳았다꼬 지난 번에 안 캤나?"

"에나 그렇네, 내 정신 보래. 이 콩낱만 한 것들이 끼어드는 바람에 그만 야그가 삐딱길로 새삐릿구마. 히히히."

"그래 머슴한테 맞아죽은 삼월이귀신이 복수하는 데부터 다시 해라."

"머슴의 몽둥이질로 깨꼬닥 목숨을 잃은 삼월이가 지 신세를 베리놓고 나 몰라라 눈을 돌려삐린 주인영감한테 복수를 하기 위해, 원혼이 파란 독기운을 뿌리며 그 집의 용마루에 내려앉았는디, 그 순간부터 부잣집에는 사람이건 기르던 짐승이건 자꾸 죽어나가는 기라. 누군들 영문을 알아야제. 가화가 일어났다꼬만 생각하고 있는데, 어느 날 주인영감의 친구가 들이닥쳐서 얼른 이 자리를 피해야만 화를 면한다꼬 갈처줬단다."

"셍이야 가화가 뭐꼬?"

"모리겠다. 어른들이 그라더라. 오래된 부잣집이 망할라 카모 돈이나 비단이나 있는 대로 둔갑을 부리서 귀신이 된단다."

"아이구마야. 또 옆길로 새네. 영감님 친구가 영감님 집을 부자되게 해주는 금계포란혈인가 오공혈인가 하는 그게 동티가 났다 캤담서."

"가시나 지랄한다. 지금 그 이야기할 차례 아이가. 삼월이귀신이 복수를 할라꼬 부잣집에 복을 주는 금계포란형 혈맥에다 쇠못을 박았다 안캤나. 그래, 오공혈하고 맞겨루는 자리서 힘이 솟는데…."

"셍이야, 꼭 한번만 더 물어보자. 금계포란혈은 뭐이고 오공혈은 뭐어꼬?"

"아이고 또오. 그게는 지네하고 닭하고 독을 품고 싸울 때 나온 독이 맞부딪히는 자린데 기가 세서 보통사람들은 그 근처에도 못 간단다. 어찌나 지기가 센지 담이 약한 사람은 그 근처에만 가도 오금이 저리고 기절로 한다 안 카나."

"셍이야 그런 야그는 라디오 방송에서 하는 전설 따라 삼천리하고 똑 같다."

"글치만 이건 아이다. 에나 진짜다. 우리 동네도 그런 산 이름이 안 있 나."

"그라모 우리 동네 야그란 말이가?"

"그게가 바로 여게 아이가, 여게!"

느닷없이 양지의 등을 탁, 치며 내뱉는 명자 언니의 놀래키는 수법에 긴장해 있던 양지는 그만 잠시 기절을 하고 말았다. 최고로 무서운 이야 기를 해달라고 밤마다 조르는 성가신 동생들을 놀려주려고 언니들은 일 부러 무서운 이야기를 지어냈는지도 모른다. 그때는 그렇게 생각했다.

두 언니는 자신이 마치 귀신이기라도 한 듯, 무섭게 표정까지 바꾸어 가며 실감나게 양지 아니면 명자 동생들을 탁 쳐서 무섬증을 폭발시키 는 바람에 엄마야 놀라 호롱불을 걷어차기도 했고, 쏟아진 기름으로 불 붙은 이불을 휘두르느라 기름 냄새로 콜록콜록 기침을 하며 야단법석을 했다. 하지만 밤마다 오줌을 싸고 단잠을 자지 못하면서도 모이기만 하 면 끝없이 무서운 이야기를 해달라고 졸랐다. 그리고는 바스락거리는 소리만 밖에서 들려도 우아 아아 귀신이다, 소리치며 서로 이불깃을 끌 어당기며 파고들었다. 어제 들었던 이야기를 재탕해도 이야기꾼의 재담 에 따라 살이 붙고 줄기가 늘어난 새로운 맛으로 밤새는 줄 모르고 즐거 웠던 이야기들. 살기가 뭐야? 요귀가 뭐야? 의구심 나는 점은 한두 가지 가 아니었지만 문의해볼 엄두조차 못 내게 어른들과의 언로는 제한되어 있었고, 알면 복잡해지기만 하는 엉킨 실타래 같은 본성을 고향은 갖고 있었다. 금계포란형이나 오공혈이라 일컬어지는 지맥을 가진 산이 고향에는 실제 있었다.

양지는 귀신 같은 것을 잘 믿지 않았다. 새삼스럽게 내가 향수를 앓고 있나. 하지만 왜인지 기분이 찜찜했다. 마음에 걸려 있는 여운이 있었다. 삼월이를 짝사랑하던 머슴이 안고 갔던 어린 아이는…. 양지가 묻자 입을 막듯이 언니도 어머니도 그랬다. 그런 야기는 끝까지 자꾸 파고들고 그라는 기 아이다. 어린아가 이바기 좋아 하모 빌어묵는다. 하지만 요즘 들어 불쑥불쑥 환영처럼 드러나는 근거들. 이런 저런 토막을 종합해보면 통 근거 없이 만들어진 전설은 아니었다. 어쩌면 명자가 서두르는 만남과 연결되어 있을 것 같은 전설의 실체. 양지는 운명의 신이 쳐놓은 그물에 속절없이 걸려든 작은 송사리처럼 자신이 한없이 왜소하고 하찮은 존재가 되어가는 기분이었다. 뿌려진 씨앗은 언제든 싹을 틔우고 성장하게 되어 있는 것, 피한다고 해서 마련된 불상사가 모면되어지는 것은 결코 아니었다. 벙어리인 명자 언니네 아버지는 누군가가 해코지를 해서 그렇게 되었다는 소리도 흘러다녔다. 자식을 해친 범인이 누군지를 아는 듯했으나 무엇엔지 두려움을 느끼며 떨던 명자 언니의 할아버지는 필담조차 할 수 없는 백무식꾼의 한을 끓이다가 아들이 장성하기도 전에 세상을 떠났다. 후환이 두려웠던 명자 언니 작은할아버지도 먼먼 간도 땅으로 고향을 떠났고….

나 아니었으면 연변 그 먼 먼 곳에서 작은할아버지를 어떻게 찾아낼수 있었겠어? 재력으로 이끌어낸 자신의 능력을 앞세우고 개선장군처럼 득의만면해서 떠벌리던 명자의 도도한 음성도 마치 옛날이야기의 연장처럼 양지를 짓밟으며 되살아났다. 양지는 무엇으로든 그들로부터의 돌파구를 찾아야 했지만 현실의 길은 막막하게 그녀의 앞을 막았다. 그나마 양지는 자신이 일군 책임 있는 직장에 대한 자부심으로 버텨낼 힘을 얻었다. 직장으로 돌아와서 회사일에 몰두하자 그런 대로 평화스러운 날들이 지나갔다. 명자 언니가 깐죽거리는 일은 아버지와의 일이라고 밀어제치자 그도 견딜 만해졌다. 혈육의 유골을 제 손으로 처리하는 단장의 아픔도 환갑노인인 아버지가 기어코 다른 여자의 배를 빌어 아들을 얻었다는 충격적인 소식도 어느 정도 거리를 두자 누구에게나 있을 수 있는 인생살이의 한 과정들일 뿐으로 차츰 감정 정리도 수월해졌다.

양지는 출입문이 잘 보이는 찻집의 구석자리에 앉아 따끈한 물컵을 찬 손으로 움켜쥐고 입술을 댔다. 시간을 보니 현태와의 약속시간은 아직 이십 분이나 일렀다.

엊그제는 이 찻집에서 현태의 부모에게 소위 선이라는 것을 보였다. 친구 부모한테 차 한 잔 대접하는 가벼운 마음으로 나오라는 데, 생각해 보니 그럴 수도 있겠다 싶어 기다리는 그들의 앞으로 나갔다. 야아, 니가 그리 죽고 몬 산단께 뭐라기는 좀 거슥하다만 너무 말랐다. 훤하고 퉁퉁하게 살이 찐, 부잣집 맏며느리 감을 원하고 있었던 듯 전라도와 경상도 어우름의 억양을 구사하는 현태의 부모는 양지를 보자마자 마침 호출을 받고 전화를 걸러가는 아들의 귀에다 귓속말을 한답시고 옆자리에 있는 양지도 능히 듣게 우려를 나타냈다. 양지는 속으로 빙긋 웃으며 그들의 면면을 나름대로 살펴나갔다. 잠깐 나갔다올게. 마치 같이 살던 아내에게 하듯 말해놓고 현태는 나가고 양지는 어색한 기색을 숨기며 현태의 부모와 마주앉아 있었다. 조합장이라는 직함을 이것저것 여러 번 거쳤는데 지금은 부조금 들고 지인들의 길흉사에 다니시는 게 소일이라는, 조금 어색한 순간이다 싶으면 연신 흠, 흠, 헛기침을 잘하는, 약간은 거만스러운 겉모습에 비해 속은 덜 야무져보이는 현태 아버지. 거기다 대면 곡식부대에다 옷을 입혀놓은 것 같은 두루뭉술한 몸매에다 검붉고 거친 살결이며 결코 여성스럽다고 할 수 없는 걸걸한 목소리의 현태 어머니는 소리나게 커피를 마신다고 아까부터 바깥양반의 말없는 지적을 받았지만 그때마다 아, 그냥 두시오, 물 한 모금에 목 메이것네, 하며 막무가내로 자기주장을 꺾지 않았다. 꾸미지 않고 막하는 것 같으나 결코 천스럽지 않은 심지와 품성이 느껴지는 언행이다.

쓴 커피가 입맛에 거슬리는지 엽차로 입을 행군 현태 어머니가 차를 마시는 것으로 기초단계의 면담은 끝났으니 이제 본론으로 들어갈 차례라는 듯이 정면으로 양지를 바라보고 앉으며 허리를 폈다.

"직장을 오래 다닌 것 같은 디 만약에 결혼을 하모 그건 우짤 셈인고?"

직장 가진 신붓감에게로 점점 주가가 쏠린다는 세상인데 어쩌라는 셈인지, 어떤 의도의 물음인지 양지의 상식으로는 감이 얼른 잡히지 않는다. 의중을 조금이라도 엿볼 수 있을까 망설이는 사이에 현태의 아버지가 끼어들었다.

"요새 젊은 사람들 맞벌이하는 거 좋다닝께 뭐…. 옷 사돌라 화장품 사돌라 쪼잔하게 사는 것보다 자기 용돈 자기가 벌어쓰믄 좋지 뭐."

"참 영감도 무슨 그런 말씀을 하시오. 언제 한번 내 화장품 사주고 옷 사줄라꼬 애써보신 적 있었어요?"

아직 며느리도 되지 않은 처녀 앞에서 면박 당한 무안함을 꺼야 될 필요를 느낀 듯 현태 아버지의 언성이 조금 날을 세웠다.

"아, 그거야 낭중에 저그들끼리 알아서 할 끼제 이 자리서 임자가 이라고 저라고 할끼 아닌께 그라지."

"참 하시는 말썸하고는. 와 이 자리서 그런 입장을 다 밝히서 되몬 되고 안 되몬 안 되고 기정을 낼 일이제, 우째 안 할 소린교. 결혼이 어데 젊은 사람들 저거 좋다꼬만 되는 일이요? 부모형제가 있고 우리는 어무니꺼정 계시는 마당인데."

그 말도 일리 없는 말은 아니라는 듯 입을 다문 현태의 아버지는 담배를 피워물고 창문 옆자리에서 이마가 닿을 듯이 마주 소곤거리는 청춘 남녀에게로 시선을 돌렸다.

"말이 나온 김에 꼭 이 말을 하고 잡었는데 내 말이 처자 생각하고 영 동떨어지거등 노까 예스까 분명히 말해도 내 하나도 서운하게 생각 안 할 낀께 그리 알고 들어보소. 나는 분명히 신식 사람은 아닌께 케케묵다 싶은 구석이 분명 있을 끼라 하고 말하것소. 우리 동네는 감나무·배나무 서껀 과실나무가 엄청 많소. 땀신에 소싯적부터 도가 트도록 접붙이는 일로 내가 많이 했는디 그때마다 이런 생각을 했다 이기요. 남녀 간의 결혼도 나무 하나 접붙이는 기나 똑같다. 건강한 기주목에다 아가씨맹키로 여리디 여린 접순을 살짝 끼우고 동여맬 때까지는 모두가 잘살기를 바래지."

"헛 그 참 썰대없는 새살은 길게 늘어놓고 있네. 요새 젊은 사람들 얼매나 영리한데 누가 누굴 갤칠라꼬 그라노."

"그란께 지끔부터 하는 말 아니요. 그 집이 잘 되고 못 되는 거는 여자 하나 들이기 나름인데, 이런 일이 안 중요하모 뭐이 중요하것소. 아무리 대천지 한 바다 겉은 고부찌리라 캐도 시에미는 시에미고 며느리는 며느린데 절대로 고부갈등은 있는 벱이요. 그란데 시에미는 그 집 정지깐을 좀 먼지 뽑았다고 선배노릇은 하고 싶은 기 인지상정이고. 그렇잖것나. 한 삼 년썩 댕기고 마는 중고등핵교도 선배가 무섭다는 디 항차 아들 낳고 딸 나서 자기 식으로 맹글어놓은 텃밭을 상일꾼인지 드난꾼인지 기질도 모리고 덥썩 아무한테나 넘겨주고 싶것나? 아따 우짜다가 엄청 옆질로 새삐릿노. 내가 유식한 며느릿감 앞에서 꿇리기는 좀 꿇리는 가베. 아무튼 내가 하고 잡은 말은 시집 온 접순이 시가에 순종해서 말 없이 따라야만 그 나무는 건강하게 쑥쑥 잘 자라서 꽃도 많이 피고 글로 해서 크고 값 좋은 열매도 많이 열리고 그라는데, 내네 하고 지 잘난 드키 꼿꼿하게 외로 가던 접순은 지는 물론 기주목까지 끝내 씰모없이 말려직이고 말더라 이말인 기라. 버선 볼 받데끼 덧붙이는데 내 말은, 귀머거리 삼 년, 봉사 삼 년, 버버리 삼 년 하는 옛날 말에 절대 일리가 있더라 이 말이요. 소위 아아들 무술체육관에서 쓰는 말마따나 그동안이 내공을 쌓는 기간이라 초창기에 쌓은 내공을 힘 만들어 평생 울과 묵음서 큰소리 치고 사는 기 여자라."

양지는 차츰 긴장이 됐다. 선을 보인다는 복잡한 심신 탓만은 아닐 것이다. 표현이 맞고 안 맞는지는 젖혀두고라도 현태 어머니가 풍기는 완고함이 새삼 자신의 처지를 인식하지 않으면 안 되게 당차고 빳빳했다. 다른 사람 앞에서 적당히 남편을 올려주기도 하고 내려치기도 하면서 당당하게 짓지르는 품이 참아왔던 억하심정의 발설이거나 자기하고 동떨어진 양지의 생각을 미리 봉쇄하는 고단수의 수법이다. 처음 보는 사람 앞에서 자신의 말 한마디로 아들과의 관계가 어떻게 될 것인가도 아랑곳없이 너무도 당당하고 뻔뻔스럽게 표출하는 저 확실한 자기의 표현. 우리 어머니는 아직도 할머니께 큰절로 문안인사를 드리는 전형적인 시골 사대부가의 며느리야. 체격이 하도 커서 별명은 깍짓동이고 폼은 없지만 어머니의 변함없는 심성 덕분에 우리들 칠 남매가 탈없이 잘 자란다고 자타가 공인하는 덕성 있는 분이야. 약간의 예비지식은 현태로부터 얻어놓고 있었지만 막상 대하고 보니 어느 거래처의 손님들처럼 대해지지 않아서 양지는 속마음이 자꾸 웅크려졌다.

"형제가 약간 많기는 하지만 서드래만 잘하모 뻗날 놈은 하나도 없은 께 걱정 말고 동지나 쇠고 나모 식 올리도록 주선하꺼마."

그만큼 죄었으면 풀어줄 필요도 있다고, 마치 짜고온 사람들처럼 현태의 아버지가 너그러운 음성으로 토를 달았다

"아따 이 어른은 성급도 하시네. 아까 내가 했던 말 아가씨한테 들어봐야지요."

"헛, 거참."

눈을 부릅떠 보지만 본 척도 않는 아내 때문에 다시 현태의 아버지는 한 방 맞은 듯 머쓱해진 기색이다.

"어른은 그만 잠자코 계시보이소."

저력이 느껴지는 현태 어머니의 목소리가 다시 현태 아버지의 간여를 막는다. 알아서 하라는 건지 피우던 담배를 끄고 다시 담배 한 대를 피워 문 현태 아버지는 화장실 쪽으로 자리를 피했다.

"내가 와 여자가 직장생활하는 데 이런 소리를 하는고 하모 내 딴에는 복안이 있어서 하는 소리라. 여자가 아무리 나서서 돈 번다 캐도 숟밥 내삐고 낱밥 좌묵는기라. 한마디로 앞으로 남고 뒤로 밑지는 장사라 이기제. 내가 와이런 소리를 하는고 하모 우리 동네 면서기 집에 이런 일

이 안 있었나. 여자가 참 악바리라서 집에 놀아도 그냥 안 놀고 뜨개질을 해서 팔고 가루비누 샴푸도 어데서 가져오는고 가져다 팔고 하다못해 남의 밭에 가서 감자 이삭을 주워도 줍더니 어데 직장에 취직을 하더라꼬. 그란께 먹는 기야 입는 기야 첨에는 아아들이고 어른이고 기름이돌고 빛이 나더마. 그란데 웬걸 큰아가 중고등핵교 가니께 그만 사달이나데. 하루는 학교에서 선생님이 가정방문을 오싰는디 근 열흘이 넘게아아가 결석을 해서 학교에 안 나온다는 기라. 쎄빠지게 돈 벌어서 돌라는 대로 하숙비야 용돈이야 대준 에미한테는 하늘이 무너지는 소리 아니가. 처음 만난 처자한테 이런 이야기를 해서 좀 뭣하기는 하다만 그게책가방 들고 핵교 안 댕기서 가방끈 짜린 우리도 깨우치는 사람 사는 이친 기라. 나쁜 친구들 어울리서 술·담배 묵고 뽄든가 뭔가 그런 것도 했다 카는데 환장 안 하것나. 자슥 정신병원에 여어놓고 논밭전지 팔아서뒷돈 대봐야 호미로 막을 일 가래로도 안 막아지게 안 됐나. 말이 난 김에 이야긴디 내 판단이 너무 구식이라꼬 우리 딸 아들도 그런 소리는 하네만 요새 여자들 많이 배왔다꼬 납디는 쪽을 모리것어. 와 서푼이라도돈을 벌어와야 똑똑한 여자 대우를 받는다꼬 밖으로만 나돌라 카는지.시변도 참 큰 시변이라닝께. 내 말이 틀린 거는 아니제?"

여느 직장 손님을 대하는 듯 얼굴에다 미소는 담고 있었지만 잘못된생각을 조목조목 꼬집히고 있는 듯한 불편한 기분이 들자 양지는 마른침을 삼켰다. '당신은 아닐지 모르지만 당신네들 구시대 시어머니들이조장시킨 풍조잖아요. 집에서 살림 사는 며느리는 공도 빛도 없고 집안행사에 봉사는커녕 참석도 안 하다가 선물 한번 사오는 며느리는 수고한다고 아랫목 자리에 앉힌다던데요?' 따지고 싶은 마음이 꿀떡 같았다.

그러나 말을 주고받다보면 상충되는 부분이 한둘 아니게 생각의 차이가 많은데 이 자리는 그런 토론을 전제로 만난 자리가 아니었다. 하지만 마치 양지가 아주 며느리나 된 듯이 곁기 있고 진지해진 표정으로 현태의 어머니는 말을 잇는다.

새마을 부녀회장도 하셨고 동네 사람들하고 계도 많이 하시기 때문에 대화가 안 통하지는 않을 거야. 현태로부터 미리 들어서 짐작은 하고 있었지만 뚜렷한 자기 소신을 저만큼 표현할 수 있는 여인이라면 신식 견해는 이렇다고 섣불리 늘어놓다가 큰 코만 다치고 말리라. 양지는 더욱 조심스러운 자세로 앉아 현태 어머니의 커다란 젖가슴을 가리고 있는 불룩한 옷섶 주변에다 눈길을 보내고 있었다. 현태는 얼마나 더 있어야 돌아오나 신경은 온통 출입구에다 보내놓은 채.

"집에는 여자가 떡하니 엉뎅이를 붙이고 있어야 따순 짐이 나제. 우리 동네에 마누라 잃은 홀아비들이 서넛 있는데, 살았을 때는 서푼어치도 안 되더마 죽고 없으니 여러 만 냥어치라꼬 그 사람들 말이 있다. 사실 안 그렇나, 우리 집 저 어른 저 연세가 되시도 집에 오시가 첫눈에 내가 안 뵈이모 밭들이고 논들이고 내 찾아서 나온다. 철부지 어린아들은 말할 것도 없는 기고. 그런데 우리보다 많이 배우고 유식해서 잘살 줄 알았던 요새 젊은 여자들이 그걸 몬 깨달는 거 보모 참 답답하데. 조물주가 애초부터 마련할 때 남자는 바깥 일해서 가족들 믹이살리고 여자는 살림 살고 아아 낳아서 잘 키우라꼬 제할 소임을 정해 안 줬나. 여자를 꼬타리 보고 값 매기모 안 되제. 여자는 작아도 그 집에 주인인 기라. 아가씨 생각해봐라. 주인이 없이모 집이 아무리 크도 빈집 한가지 아니가?"

양지는 숨이 막혔다. 어느 결에 한 시골 아낙네가 둘러친 촘촘한 울타리는 커다란 성벽이 되어 꼼짝없이 그녀를 가둘 것 같다. 이론인즉 틀리는 곳 없는 말이다. 고향의 부모가 딸들에게 했던 말도 비슷한 골격의 내용이었다. 양지는 남편과 아이들을 떼놓고 유학 가고 없는 친구 순화를 얼핏 떠올렸다. 부부가 화합한 그 동창의 예를 들면 이 선배여인은 또 어떤 반응과 결론을 내릴 것인가.

벌써 며느리라도 된 듯 양지의 등을 토닥거려주며 그들은 갔다. 직장 문제는 앞으로 의논해서 결정짓겠다는 현태의 말과 현태 아버지의 그게 정칙이라는 도움말로 결론을 뒤로 미루는 데 어려움은 없었다.

양지의 작고 야윈 손을 잡은 현태 어머니의 투박한 손은 흔히 말하는 고부간의 갈등은 걱정하지 않아도 좋다는 약속처럼 푸근함을 전해주었다. 어떻게든 자신을 한번 정리해보는 것도 좋겠다 싶어 양지는 심성 유순한 처녀인 양 시종 미소로서 대답을 대신했다. 결혼하기 싫다면 양지 자신이 우먼파워의 총무였던 얼마 전까지의 활동을 현태 어머니께 밝혀도 됐을 것이다. 현태 어머니가 아무리 통큰 아낙일지언정 이렇게 엉뚱하고 당돌한 처녀를 큰며느리로 맞이할 만큼 열린 세대는 아닌 것을 양지는 알고 있었다. 이 이율배반적인 심사는 과연 어떤 결론을 원하는 걸까.

양지는 오늘 인생의 반전을 꾀하는 심정으로 먼저 현태와의 이 자리를 만들었다. 그러나 왠지 좋은 예감은 들지 않았다. 자신이 뭔가를 착각하고 들떠 있는 것 같은 기분에 지배당하고 있음이다. 나이 삼십까지만 해도 그녀는 확고부동한 독신주의자였다. 남존여비의 오랜 질곡에서 허우적거리는 거의 노예화된 가련한 여성들의 무지와 무의식을 질타하며 개선의 깃발을 들고, 우후죽순처럼 돋기 시작하는 신선한 여성운동가들의 행렬에 열성껏 머릿수라도 동조를 했다. 그러나 독신인 그녀의 선배들은 끝까지 선구적이지 못했다. 조건 좋은 혼처가 나오면 입 싹 씻고 가정으로 들어앉는가 하면 오류의 검증도 없이 자기 뜻에 따르는 남자들만 신사로 친다. 그리고 나름대로 사회적인 성공을 거두었다고 자타가 공인하는 선배들도 철의 여인처럼 끝까지 용맹정진하지 못하고 때때로 엄습하는 고독과 허탈감을 토로하던 것도 양지를 맥 빠지게 했다. 실제로 은퇴한 독신녀들이 제 이름으로 등기 된 집 한 채와 현금 얼마를 믿고 외롭게 늙어가며 히스테리컬해지는 모습은 볼품없이 초라해보이기까지 했다.

여성들의 복잡다단한 심리는 어머니라는 이름에서만 빛이 날 뿐이다. 여러 곳 전전해본 직장에서의 예만 해도 여직원들은 승진이나 봉급의 차등을 불만하면서 한편으로는 또 여자의 신체적이고 환경적인 조건을 들먹이며 남자로부터 보호받기를 은근히 바란다. 실제로 양지 역시 지금은 '우먼파워'를 탈회한 거나 다름없다. 삶의 올바른 방향을 모르니 갈팡질팡인 거였다.

현태를 기다리는 동안 양지는 현태 어머니가 늘어놓던 교장 선생님의 훈도 같은 이론을 되새겨본다. 에미·애비도 구분 몬 하는 에린 걸 놀이방이다 학원이다 쉴 여가 없이 쫓아내서 공부만 시키니 사람 사는 모양이 아이제. 요새 텔레비전이고 뭐고 맨 그런 문제들 아이가. 뭐이 잘몬 돼도 한참 잘못됐다 카이. 자슥들 장래는 뭐니 뭐니 해도 에미 교육에 달렸는 기라. 옛날에는 없던 그 많은 여자 박사들 선생님들은 다 뭐하고 있노 말이다. 내 남의 자슥들 두고 이런 말하기는 주제넘은 기제만 도대체 결혼하고 사흘도 안 살아보고 이혼하는 여자들이 많다는 거 그거는 우찌 해석해야 되것노. 몬 배우고 못난 우리들보다 많이 배앗다 카는 표가 뭐있노 그 말이다. 내사마 요새 아아들 말로 가방끈은 토까이 꼬랑지도 없고 오빠들 등 너머로 겨우 국문이나 깨우친 게 다다만 한 오십 년 넘겨 살다보니 인생이 뭔지는 대강 보이더라. 절대로 최고는 없다. 글치만 잘산 인생은 있다. 니 그걸 알아야 된대이. 잘산 인생은 돈이 많은 것도 아니고 이름이 하늘겉이 높은 것도 아니고 학식이 최고로 높은 것도 아니다. 사방오방으로 어울리서 얼매나 조화로 잘 이루었는고 그걸 봐야 된다.

그라면, 그런 여장부의 아들이라면, 영육을 순화시켜서 살아낼 만한, 다른 남자들한테서 접해보지 못한 어떤 진면목을 발견해낼 수도 있을 것이다. 그러나 왠지 허무한 기대가 될 것 같은 조마조마한 예감이 떨쳐지지 않았다.

하므로 양지는 현태를 만나기 이전에 자신과 뜻이 상반된 경우에 내리게 될 어떤 마음의 결딴을 이미 품고 있었다.

"웬일이야?"

현태가 앞자리에 앉으며 먼저 와 있는 양지가 신기한 듯 웃었다. 종업원을 불러서 차 주문을 하고 양지는 일부러 자리를 고쳐앉았다. 주위를 의식적으로 둘러보기도 했다. 가을을 더욱 가을스럽게 해주는 애절한 가락의 단소 연주가 낮게 흐를 뿐 비교적 손님도 적어 심중에 있는 말을 끌어내기에는 무리 없는 분위기였다.

"마음 정했다고 고향부모님께 연락은 했어?"

"아니, 아직."

"그런데 왜 그렇게 굳어 있어? 너답지 않게. 남 안 하는 결혼을 하겠다는 것도 아닌데 유난 떨 것 없으니까 어렵게 생각하지 마. 어른들을 여기까지 오시게 할 것도 없이 상견례는 진주에서 하도록 하지 뭐."

"그건 나중 일이고… 먼저 그쪽과 상의할 게 있어."

"상의? 그래 해봐."

"… 우리 아이를 좀 많이 키우면 어때?"

뜸을 들이는 양지의 깊은 의중을 알지 못한 현태는 뜻밖으로 나온 양지의 앞지른 제안에 서슴없이 가벼운 응수를 했다.

"그래. 나도 산아제한 같은 건 신경 안 써. 대체 몇 명이나 낳겠다고 벌써부터 출산계획인 거야?"

기분 좋게 반응하는 현태의 열린 마음이 돌덩이를 품은 듯 무거운 마음을 조금 가볍게 해주기는 해도 양지는 그의 얼굴을 정면으로 바라볼 자신이 없어 가져온 찻잔을 얼굴 가까이 대고 차향을 음미하는 듯이 뜸을 들였다. 절대 신중해야 될 일이지 가볍게 해결될 문제는 아니었다. 그러나 이왕 꺼낸 말, 또 언젠가 한번은 짚고 넘어가야 될 일이었다. 그녀는 결혼 상대자라는 무거운 이미지의 선입관을 버리고 동지처럼 친한 남자친구에게 고민을 털어놓듯 가벼운 마음을 만들었다.

"나 사실은 현태 씨의 허심탄회한 말을 듣고 싶어."

"뭘 그렇게 심각한 게 있냐니까?"

"저 애 말이야, 정남이…."

"아, 그 일. 그거라면 걱정 마. 그렇잖아도 이제는 네 일 내 일 가릴 입장도 아니고. 그래서 일간 한번 더 창규네를 다녀와야겠다고 생각하던 중이었어."

"창규네? 그럼 꼭 거기다 넘겨주려고?"

"그럼 어떡해. 남의 나라에 입양 보내는 건 너도 나도 아닌데."

"건 말도 안 돼. 차라리 생판 모르는 양부모가 낫지 그 애의 전정을 생각해봐. 그 애한테 주어질 겁나는 눈길과 성장에 전혀 도움 안 되는 비난에 찬 언행들, 소름이 끼쳐. 더구나 정상도 아닌데. 그 집 얘기는 입 밖에도 내지마."

"외국도 안 된다, 본가도 안 된다, 그럼 대체 어쩌자는 건데?"

"내 말뜻은… 현태 씨 말대로 제한하지 않고 낳을 우리 아이들 속에 그 애도 끼워주면 안 될까…."

왜 이렇게 벌써부터 주눅이 드는 건가. 양지는 졸아드는 목소리를 진정하며 눈빛만은 또렷하게 현태를 바라보았다. 처음에는 무슨 내용인지 얼른 감잡히지 않는 표정이던 현태의 얼굴에 서서히 당혹스러운 기색이 어리기 시작했다.

"요컨대, 걔를 데리고 그럼 양지가 우리 집으로 시집을 오겠다는 말… 아냐?"

말도 안 된다는 뜻의 야릇한 빈축이 실린 음성이었다. 순간 양지는 속이 뒤집힐 듯한 반감을 느꼈다. 애소하듯 마음의 손을 모으고 현태의 반응을 기다리고 있던 자신의 저열한 행동에 울컥 자존심이 상했다. 그러나 용케도 어떤 돌출적인 감정을 겉으로 드러내지 않은 채 고개를 잠자코 숙여버렸다. 동지라고 믿었던 상대에게서 정강이를 걷어차인 이 심정. 아니 믿고 걸었던 희망의 줄이 툭 잘려버리는 써늘한 이 단절감. 우려했던 결과였다. 여자는 혼전에 낳은 남자의 아이를 받아 키우는 것을 당연하게 여기면서 여자가 낳은 아이는 절대 안 되는 것이 이 땅의 여자들이 아직 확보하지 못한 위치다. 더구나 수연이 누구의 아이인지 뻔히 알면서 선뜻 용납 않는 현태. 역시 이 땅의 다른 남자들과 다를 것 없는 단순하고 이기적인 사내. 사실 이런 일은 두 사람의 결혼에 직접적인 연관은 되지 않는 꼬투리에 지나지 않을지도 모른다. 그러나 양지는 이미 만약의 경우를 염두에 두고 크나큰 결단을 해두고 있었으므로 크게 실망할 것도 없었다. 세상을 다 품을 듯이 통큰 남자인 척하는 현태의 품성이면 별스러운 어려움 없이 허용하지 않을까 싶었던 기대는 여지없이 빗나갔다. 이제 실망만 감수하면 그만이었다.

양지의 결심을 눈치 못 챈 현태는 쐐기를 박듯 한 술 더 떴다.

"야, 어쩜 그렇게 엉뚱한 생각을 했냐?"

"그게 뭐가 그렇게 엉뚱해?"

양지는 목을 메우고 넘어오는 욕지기를 꿀꺽 삼켰다. 그도 역시 가부장에 찌든 남자인 거였다. 깊이를 알 수 없는 울화가 치밀어올랐다.

"엊그제 신문에서도 보았어. 자기 아이를 넷이나 키우는 외국사람이 우리나라 고아들을 다섯이나 입양해서 양육하는 거야. 더구나 그 애들은 지체부자유자들이거나 저능아들이어서 그 애들을 돌보기 위해 그 댁의 안주인은 다니던 직장도 그만 두고 말이야. 고아수출국이라는 오명스러운 국제적 호칭까지 들먹일 것도 없다. 평소 행동대로라면, 무조건적으로 상대방의 모든 것을 이해하고 수용할 수 있는 아량을 현태 씨는 갖고 있을 줄 알았어."

말하다 말고 양지는 모처럼 풀어놓았던 마음의 빗장에다 또 하나의 가름막대를 질렀다.

"아무리 그렇지만 그건 너무 황당한 요구야. 새로 시집오는 새댁이 어린애를 앞세우고 들어온다면 양지가 생각해도 얼마나 이상하겠어. 또 사람들은 얼마나 말이 많겠어."

"우리가 납득하고 실행하면 되는 거지 남의 눈이 뭐가 그렇게 중요해?"

"하지만 우리는 아직 선선하게 받아들이기 어려운 문제야. 우선 나부터가 연습도 안 해본 장애물 경기를 요구받고 있는 기분인 것도 사실이고. 앞으로 깊이 생각해보기는 하겠지만 이 자리에서 단번에 결정을 내릴 수 있는 간단한 문제가 아니야."

"왜 간단한 얘기가 아닌가 말해봐. 남자들은 혼전에 얻은 아이도 별스러운 죄의식없이 여자에게 키우기를 강요하면서."

"흥분하지 마. 네 얘기도 틀린 말은 아닌데, 걔 키울 사람이 어디 너뿐이야? 왜 하필 우리가…."

"지금 나보고 너라고 했어? 이 겉 다르고 속 다른!"

송곳을 숨긴 음성으로 양지가 쏘아붙이자 당황한 현태의 눈이 띠룩 커졌다.

"어? 왜 갑자기 그래, 그 반응 한번 묘한데?"

현태가 반문했지만 설명하지 않는 양지의 얼굴에는 살얼음 낀 미소 한 가닥이 하얗게 흘러갔다.

"왜, 걔한테 무슨 일 생긴 거야?"

양지는 그와 마주앉아서 그의 동의를 구했던 구차스러움에 견딜 수 없이 화가 난 만큼 대꾸를 회피했다.

"우리 집에서는 아직 그런 일이 한번도 없었으니까 당황할 만도 하지. 우선 그 얘긴 접어두고 우리 어디 가서 저녁이나 먹으면서 얘기해보자. 이 양반들은 도착하자마자 할머께 고했는지 같이 한번 내려오라고 할머니가 득달같이 전화를 하신 거야. 동갑네는 묻지도 말고 혼인하라나. 구정 넘기지 말고 결혼식하라고 난리 났어. 나 때문에 동생들이 식도 못 올리고 애까지 낳아서 살림 살고 있고, 우리 집 교통상태가 대란 직전이잖아."

앞이 콱 막힌 심정으로 양지의 표정은 굳었다. 좋은 결과가 있을까 기대를 부풀렸던 자신이, 도대체 그 좋은 일이란 게 무엇인지 한심해졌다.

양지가 일어나자 현태도 따라 일어섰다. 어디로 갈까? 현태가 물었지만 나는 배만 부르면 그만인 돼지가 아니라고 쏘아주고 싶었다. 그러나 굳이 그렇게 감정을 드러낼 필요조차 이제 없었다. 양지는 냉랭해진 마음으로 현태와 엇비껴서 걸음을 옮겼다. 순간 현태의 손이 독수리 발톱 같은 악력으로 어깨를 낚아챘다.

"네가 잘 나고 똑똑하면 얼마나 똑똑하고 잘났어? 너 같은 게 개 엄마 노릇을 하겠다고? 이 나라 수백 년 인습을 단순간에 깨뜨릴 수 있어? 잘난 체 그만하고 그 따위, 그까짓 유아적인 환상부터 먼저 깨고 현실을 직시하라고. 너는 병이 들어도 아주 고질병이 들었어. 이 문제도 네 알량한 고집으로 판단하고 접근할 단순한 문제가 아니란 말이야."

성난 음성으로 현태가 설득했지만 양지는 암암한 표정을 풀지 않았다. 그녀가 짓는 침묵 또한 정밀하여 틈입할 여지도 현태는 찾지 못했다. 벽은 아직 높다. 제 힘으로 단번에 허물지는 못할망정 호락호락 굴복해서 될 일도 아니었다. 우먼파워 시절에 박혀 있던 오기가 새삼스레 양지를 부추겼다.

"너, 나보고 계속 너라고 하는데, 넌 뭐야. 기득권자연하고 상좌로 군림하려는 너는 대체 뭐냐고? 남자는 되고 여자는 왜 안 되는데, 대체 뭣

땜에 안 되는지 그것부터 대답하란 말이야!"

치밀어오르는 분노껏 욕설이라도 퍼붓고 싶었지만 차마 그렇게는 못
하고, 양지는 분노어린 주먹으로 현태의 가슴팍을 힘껏 내질렀다.

"윽, 어?"

뜻밖의 가격으로 흠칫했던 현태가 감 잡지 못한 뜻으로 어리벙벙해
있는 동안 양지는 미련없이 현태로부터 등을 돌렸다. 단칼로 잘린 무의
단면 같은 서늘한 여운에 현태는 감히 다음 행동으로 접근할 엄두를 내
지 못했다.

9. 퇴적된 감정

진주굿이 나면 한 목 난다는 말이 있다. 이 말은 마치 양지에게 밀려들 일들에 대한 예언 같기도 했다. 하지만 양지는 설상가상으로 닥칠 앞일을 알지 못한 채 그저 자기 앞의 하루하루를 근실하게 산다.

막막한 궁지에 몰렸을 때 본능은 반드시 부드럽고 따뜻한 곳을 원하게 마련이다. 내심으로 현태와의 관계를 정리한 양지가 추 여사를 찾은 이유도 그랬다.

"그래, 잘 왔어. 사장은 늦게 올 거라고 전화 왔어. 앉아. 저녁은 어떻게 했어?"

호들갑 떨며 반겨주는 추 여사의 행동을 보며 양지는 엇나가듯 돌려온 걸음이지만 역시 이 길이 내가 선택해야 될 길인지도 모른다는 안도감을 느꼈다. 그리고 추 여사 앞에서나마 자신은 정직해야 된다는 속마음의 결정도 내렸다.

"강 사장 이 사람 아주 이중인격잔 걸 내 이제 알았네. 아주 실망이야."

양지가 좋아하는 키위즙 한 잔을 받쳐들고 양지가 앉은 식탁 앞에 마주앉으며 추 여사가 먼저 공동의 화젯거리를 올려놓았다. 그러나 한 컵의 주스를 마시고 나자 손에 든 컵을 놓기도 전에 양지는 자신의 걸음이 너무 충동적이고 변덕스러운지 모른다는 생각을 했다. 탈출구로 여기고 온 곳이 여기라니. 아, 나도 어지간히 나약해지고 있구나. 불현 듯 자괴감이 일어났다. 경제가 삶의 최대 요건임은 틀림없지만 그것이 목표가 되어서는 안 된다는 것은 양지가 살아온 생활방식이었고 철학이었다. 환경적으로 조금만 여의했다면 양지는 학창시절에 철학을 전공하고 싶었다. 그것은 그녀의 마음속에 어릴 때부터 자리 잡고 있는 '붉은 무덤'에 대한 꺼지지 않는 경외심 덕분이었다. 내 말과 뜻이 일치한다면 내 무덤에는 풀이 나지 않을 것이다. 아, 이 얼마나 멋지고 확신에 찬 자신의 삶에 대한 예언이었던가. 더구나 그런 결백한 삶의 용기는 누구에게나 주어지지 않는다는 것을 체험하면서 도대체 이 복잡스러운 삶의 본질은 어떤 것인가 양배추처럼 껍질을 벗겨내보고 싶었다.

"최 실장을 내가 잘못 봤다 싶었는데 참 잘 왔어. 죽 쒀서 개 좋은 일은 못 시키지. 세상 의리가 아무리 똥막대기 신세됐다지만 그래서는 안 되는 게 사람의 도리 아니야? 개헤엄도 물섶을 아는 사람이 치는 법인데 제깟 것들이 덤벼봐야 사흘 안에 회사 말아 먹고 말지. 사업은 뭐 아무나 하나. 아, 막말로 사장 저도 뭘 알아. 저 혼자 북 치고 장구치고 다 했다고 최 실장이나 나 젖혀두고 말할 수 있냐고."

좀 흥분했구나 싶더니 추 여사는 어느새 앞에 놓인 물병을 기울여 꺽꺽 해진 목을 축였다. 그러더니 아무 말도 않고 있는 양지 옆으로 와서 바싹 다가앉아 들여다보며 우정 낮춘 목소리로 음모를 꾀하듯이 속살거렸다.

"최 실장, 내 말 듣고 일내버려. 병훈이 어데 있는지 내가 전화번호 알아놨으니까 오늘 밤 당장 그리로 가. 천하없이 강한 에미라도 제 자식이 저질러놓은 일은 받아들이게 돼 있어. 더구나 최 실장인데 어쩔 거야."

양지는 어이없어진 채로 빙긋 웃었다. 추 여사가 잡고 있는 삶의 끈이 참 묘하게도 왜 자신에게로 근접해 있나 싶으니 새삼스레 괴이쩍기도 했다.

"추 여사님은 제가 그렇게도 형편없어 보이세요?"

"그게 무슨 소리야, 내가 최 실장을 얼마나 좋아하고 있는지, 잘 알면서 왜그래."

강 사장이 하도 눈꼴시게 나오니까 그러잖아. 양지는 추 여사의 마음속에 드리워져 있는 그늘 진 옹벽을 이미 간파하고 있었다. 철벽같다고 믿었던 우정에 대한 변질로 어지간히 속상해 있는 이 여자는 최양지라는 이름의 든든한 이음새 하나를 구축해놓고 싶은 것이다. 추 여사의 뜻과 같이 이 저택과 회사의 실권자가 되는 일은 양지 자신도 은근히 희망해왔던 일이다. 못 이긴 척 추 여사의 지시대로 따르면 불가능하지 않다는 유혹적인 생각이 있었기에 여기까지 온 것도 사실이다. 그러나 양지는 추 여사의 하수인 비슷한 모양으로 자신의 앞날을 결정짓고 싶은 뜻은 추호도 없었다. 시치미 떼고 다른 말을 했다.

"아줌마, 주시고 싶다던 밑반찬이나 좀 주세요. 아줌마 말씀은 좀 더 깊이 생각해보기로 할게요."

"그러지 마라. 아까도 미스 김 그 여우가 다녀갔어. 병훈이 연락 온 것 없느냐고 물어도 내가 안 가르쳐줬건만. 최 실장, 인생에 기회는 잠깐이고 필요한 쪽에서 선수 잡는 게 장땡이야."

"사실 추 여사님도 아시다시피 병훈 씨는 제 이상형이 아니잖아요."

"저런, 저런, 이상이 어데 밥 먹여주나? 나이가 적어? 나 이런 말하기는 안 됐지만 우리 사이니까 하는데 최 실장네 딱한 사정도 다 알아."

양지는 반짝 곤두선 눈빛으로 추 여사의 의중을 주시했다. 추 여사는 덜어 담은 찬통에 묻은 양념을 행주로 닦아내며 양지를 설득하기 위한 자기 말과 생각에 온통 정신을 빼앗기고 있다.

"조상 뼈다귀나 우려먹고 사는 시골 양반집 별 볼일 없는 딸들, 한 많은 것 나도 잘 알지. 최 실장도 앞으로 사람 구실하고 살려면 돈이 있어야 돼. 돈 없으면 이건 사람도 아니고 병신, 짐승소리 듣게 된다고."

추 여사는 마치 손닿는 곳에 놓인 보증수표가 병훈이기나 한 듯이 양지를 밀어붙이고 있었다. 양지는 말보다 별로 자신의 척박한 내력에 대해 아는 게 없다는 것을 추 여사의 어조 속에서 감지해내고 켕기던 속을 내려놓았다. 그리고 내게 호의적인 사람을 일껏 떼칠 필요까지 없다는 생각으로 유지해온 추 여사와의 관계로 인해 가중되는 부담스러움에서 벗어나고 싶었다. 아무리 선량하고 호의적인 사람일지라도 남이 보이는 모든 친절에는 이유가 있다. 또 사생활침해까지 용납할 생각은 추호도 없었다. 멀지도 않고 가깝지도 않게, 이쯤에서 좀 단호해질 필요가 있음을 느꼈다.

"여사님 말씀도 저를 위해서라는 걸 잘 알지만, 저도 한마디 할게요. 적어도 부부가 되려면 상대방을 배려할 줄은 알아야죠. 그리고 중요한 것은 병훈 씨 지금 귀국 전시회 준비 중이라던데 잡음 넣으면 안 돼요. 예술가들은 특수한 정신세계의 이미지를 표현해내는 사람이라서, 무엇보다 영혼을 존중해주는 것이 주위의 가족이나 지인들이 지켜주면 좋을

예의라고 하거든요."

"아이구야 그랬어. 그럼 그렇기도 하겠다. 나는 오늘이 마침 토요일이라서 여행 삼아 한번 찾아가 보는 것도 좋겠다 싶었더니. 내가 잠깐 그 생각을, 아니 아니 그러니까 내가 최 실장을 딸처럼 생각하는 거 아냐. 아이고 속도 깊기도 하지. 무식한 내가 거기까지는 미처 생각 못 했지 뭐야."

손뼉을 짝 치며 딱따그르 소리내서 웃어젖히는 특유의 웃음을 허리를 잡고 토해내며 추 여사가 감탄했다. 양지는 자신의 결정에 따라 어느쪽으로든 기울 수 있도록 양손에 떡은 아직 그대로인 것을 확인한 셈이었다. 그러나 무언가 중요한 실수를 하고온 듯한 아쉬움이 남았다. 양지는 집에 다다랐을 즈음에야 병훈의 연락처를 넘겨받지 않았음을 생각해냈다. 사용을 하든 하지 않든 열쇠는 항상 주인의 손안에 있어야 하는 것이었다.

이튿날, 바람대로 양지는 추 여사의 전화를 받았다. 급하고 들뜬 추 여사의 음성이 전하는 말은 병훈이 아파서 입원을 했다는 것이다. 강 사장이 친구와 여행을 가고 없으니 걸음 빠르게 달려갈 사람은 양지밖에 없다며 온갖 당위성을 주워섬겼다. 그러나 왠지 목소리에는 병훈이 아프다는 소식을 전하는 사람답지 않게 생기 넘치는 힘이 잔뜩 실려 있었다. 약간 의문스러운 구석은 없지 않았으나 달려가지 않을 수 없는 좋은 핑계임은 틀림없었다. 그러나 막상 병훈이 있는 강원도에 도착해서야 양지는 추 여사의 말에 자신이 속은 것을 알고 혼자 크게 웃었다. 근질거리는 곳을 알아서 긁어주는 고마운 사람이 추 여사였다.

친구들과 모여서 놀고 있던 병훈은 뜻밖에 나타난 양지를 보자 눈이 휘둥그래졌지만 이유를 듣자 이내 파안을 하며 잘 왔다는 환영으로 같이 있는 친구들께 비교적 상세하게 양지의 존재를 소개했다.

"앞으로 잘 부탁합니다."

마치 곳간 열쇠를 차고 있는 안주인에게 인 듯 누군가가 보내는 농담스러운 아첨의 인사에 환호와 손뼉이 터져나왔다. 속았다는 마음을 지우자 아파서 죽을상인 사람을 병상에서 보는 것보다 웃고 떠드는 병훈의 활발한 모습은 보기 좋았고, 추 여사의 거짓말에 대한 감정도 자연스럽게 해소되었다. 그들이 만들어주는 자리에 앉아 준비된 음식을 먹고 몇 잔 술도 받았다. 별스럽게 친절하지는 않아도 옆에 앉는 병훈이 남 같지 않고 든든한 것도 사실이었다. 현태와의 결별을 작정한 터여서 순수하고 때묻지 않은 병훈의 면면을 가슴 설레는 가능성으로 점치며 옆에서 지켜보는 맛도 흠씬 분위기에 젖어들 수 있게 했다. 젊음은 참 묘했다. 아주 옛날부터 친했던 친구처럼 어깨동무를 하며 노래를 같이 부르고 파트너를 갈아가면서 춤을 추기도 했다. 예술을 하는 사람들은 재치도 있고 뭔지 모를 정신세계의 풍요함을 거느리고 있구나 싶은 새로운 분위기도 느꼈다. 좀 철부지로 보이는 치기스러운 면은 그런 사람들 특유의 순수한 개성이라고 봐버리면 그리 흉거리도 되지 않을 듯 양지 자신도 어느덧 그들의 분위기에 동화되어 가고 있었다. 어느 때 읽었던 책의 한 구절이 생각나는 장면이었다. 배가 고픈 할아버지는 농사를 지었고 먹을거리 걱정 없는 아들은 공부를 했고 공부한 아버지의 자식인 그 손자는 악기를 만지게 된다는.

그런데 그날 이슥한 밤 시간까지 그들과 같이 있던 양지는 충격적인 장면을 목격하고 말았다. 취기 오른 젊은 화가들의 열정은 양지가 잘알 수 없는 미술세계에 대한 비평과 앞으로의 진로까지 중구난방으로 난상 토론을 떠벌이기 시작했다. 한참 열기가 무르익을 무렵 느닷없이 픽 쓰러진 병훈이 거품을 물고 버둥거리기 시작한 것이다.

"얘 좋은 약 먹고 다 나았다더니 아직 이런 거야?"

"나도 그런 줄 알았는데."

"오죽해서 천질, 하늘이 내린 병이라고 하겠냐."

쓰러진 환자에 대한 이차적인 수습보다 양지를 향한 친구들의 눈길이 더 당황스러워졌다. 식탁용 스카프를 들고 병훈에게로 다가가는 양지를 그들 중 누가 막았다.

"그보다 안으로 들어가 계세요. 가만 두면 저절로 나아져요."

거품을 물고 버둥거리는 병훈의 모습이 차마 눈뜨고 볼 수 없을 만큼 섬뜩해진 양지는 두 말 않고 그들이 가리키는 숙소로 몸을 피했다. 지랄병이라고도 하는 간질. 어릴 때 보았던 이웃집 아재도 아무렇잖은 듯 발작에서 깨어나더니 고개를 숙인 채 이웃들 보기 창피스러운 얼굴로 도망치듯 자리를 떴다. 산으로 나무를 하러갔던 그 아재는 결국 나뭇짐을 진 채 돌벼랑으로 떨어져죽었다. 여자는 아궁이 불에 타죽거나 우물에 빠져죽게 마련인 병이 이 병이라는 것쯤은 예전에 들어서 알고 있었다.

기적적으로 병이 고쳐지지 않는 한평생 이런 모습을 얼마나 복잡한 심사를 가누면서 지켜보아야 할 것이며 그 역시 어떤 곳에서 어떤 모습으로 생을 마감하게 될지. 남편인 병훈이 죽고 얻어진 재산…. 쓰고 살기 불편하지 않을 재력을 얻는 일은 꿈에서도 염원하던 일 아닌가. 그러나 그의 병력을 안 이상 병훈과 결혼을 성사시키는 일은 양심 이외의 그 무엇이든 허락 못 할 짓이다.

양지는 추 여사에게 전화를 걸어 따졌다. 뜻밖에도 추 여사는 깔깔 웃었다.

"여사님 정말 그런 분인 줄 몰랐어요. 다시는 여사님 모른 척하고 살겠어요."

"그게 무슨 말이야?"

"병훈 씨, 그런 병 있는 줄 아시면서 저한테 그 사람을 적극 추천하는 이유가 뭐죠?"

"야, 요즘같이 좋은 세상에 그깟 게 병 축에나 드는 거야? 지랄병하다가 물에 빠져죽고 불에 타죽는다는 옛날 말도 있지만 있는 돈 뒀다 어디 쓸래? 그 좋은 조건으로 예방을 하면 될 거 아냐. 아니 할 말로 또 설사 무슨 일이 있다 한들, 내가 그렇게 못 할 짓하는 것도 아니니까, 못 본 척, 아니 모른 척 가만히 있어봐. 언젠가는 처녀로 그냥 늙어죽겠다는 계 모임도 하는 갑더만, 딱 깨놓고 솔직히 말해서 사업머리는 잘 돌아가는 최 실장이 그만 걸 몰라? 크게 밑지는 일은 아닐 거 아냐."

순간 양지는 추 여사를 때리듯이 전화기를 꽝 쳤다.

"아주머니! 도대체. 저 이제 절대 아주머니랑 안 만나요. 인연 끊을래요. 징그럽고 무서워요. 제가 그렇게 하찮은 속물로 보이다니. 정말 실망했어요."

양지가 앞서 전화를 끊자 연결된 전화통에 매달리듯 다시 전화를 건 추 여사는 한 술 더 떴다.

"요 전 앞새 언젠가 내가, 내 딸처럼 최 실장을 생각한다고 했는데 설마 못 할 짓 시켰을까. 아직 젊으니까 최 실장 심정도 충분히 이해하지. 그렇지만 인생살이 그 숭측한 골짝을 너들 젊은이들은 아직 몰라."

겹쳐서 추 여사는 그깟 게 무슨 대수냐는 듯한 어투로, 고질병 가진 여러 부잣집 아들들과 가정생활에 지장없이 물 쓰는 듯이 펑펑 돈 잘 쓰면서 사는 그들 아내들의 생활상까지 줄줄이 꿰어보였다. 딸같이 생각한다는 말의 정체. 양지의 전신으로 소름이 쫙 끼쳤다. 자신의 미래를 보장받는 의미로 극구 양지를 추천한 불순한 저의에 덜미를 잡힌 더럽고 치사한 기분이다.

착잡한 심정을 안고 집으로 온 양지에게 대문 앞까지 나서 기다리던 주인댁 여자가 귓속말로 손님이 와서 기다린다며 눈짓으로 가리켰다. 정남이 딸의 장래 문제로 뜨악해진 현태와의 거리, 집 나갔던 호남의 귀가 여부. 거기다 엎친데 덮인 격으로 결별 상태로까지 간 추 여사와 병훈과의 관계. 얽히고설킨 이런 일상사 속에 그나마 자신이 몸을 버티고 서 있는 것이 기이했다. 과연 어디에서 비롯된 힘의 근원인지 곱살피고 들어오던 참이었다.

양지는 난감한 기색을 감추지도 않고 주춤 걸음을 멈추었다. 소낙비 설거지로 허둥대는데 불청객으로 들어선 손님격이다. 될 대로 되라는 심정으로 마음을 고친 양지가 자취방 앞으로 다가가자 제도권 사람 특유의 굳은 인상을 가진 중년 남자 하나가 문간 턱에서 일어섰다. 기다리다 지친 인상 그대로 신분증을 꺼내보인다. 인사는 없다. 건성으로 시선을 보내던 양지의 눈이 별안간 확대되며 경련을 일으켰다. ××경찰서. 경찰서라는 글자만이 확대되어 머리카락 끝까지 양지를 긴장시켰다. 동생 최호남에게서 연락이 왔더냐, 찾아오지는 않았더냐. 정말 모르고 있었던 것이냐. 따위의 의례적인 질문을 하는 모양이었으나 양지의 귀에는 아무 소리도 구체적으로 들어오는 게 없었다. 습관된 동작으로 양지는 우선 주인댁을 벗어났다. 남이 들어서 안 되는 소리나 행동을 보일 때면 아버지도 어머니도 이웃부터 먼저 경계하며 외면수습을 했다. 남이 그렇게 무서우면 깊은 산속에 들어가서 혼자 살지, 이런 동네 가운데서는 왜 살아. 그런 반발심으로 어지간히 역겨워했던 생활습관이었지만 양지 역시 은연중 주인댁과 한 집에 사는 다른 사람들 이목을 염두에 둔 행동으로 그 황당한 불청객을 이끌고 나선 것이다.

시어머니를 살해한 혐의로 호남이 수배를 받고 있다고 했다. 동생 호남이 시어머니를 살해했다. 그 엄청난 사실만이 현실감없이 머릿속을 가득 채웠다. 형사는 다시 집으로 들어와 잠겨 있던 방의 문을 열게 했다. 바늘로 둔갑한 호남이 숨어 있기라도 한 듯 도저히 사람이 숨을 수 없는 공간까지 구석구석 살피고는 안집에는 아무도 없느냐고, 주인댁을 통해서 다 알았을 것을 또 추궁했다. 어쩌면 언니의 자취방을 찾아들지도 모르니까 하루라도 빨리 자수를 시키는 것이 최호남의 죄를 가볍게 하는 것이며 그 방법만이 형제뿐인 애정으로 그 사람을 돕는 길이라 강조했다.

내리닫이 골목길 모퉁이로 사복형사가 사라진 후에도 얼마쯤 멍하니 서 있던 양지는 비로소 현실감응을 하며 경직된 몸으로 길모퉁이에 쪼그리고 앉았다. 그럴 리 없어. 덜렁대기는 해도 호남은 생명을, 더구나 시어머니를 살해할 만큼 잔인한 애는 아니야. 실수일 거야. 자신 있게 부인할 수 있는 충분한 정황을 양지는 꿰고 있었다. 호남은 없어져주었으면 싶을 만큼 시어머니를 귀찮아하기는 해도 살인자가 되면서까지 제거하고 싶도록 시어머니를 무서워하지는 않았다. 강하게 부정을 했지만 형사가 여기까지 온 것은 이미 저질러진 일의 결과였다. 얼마 전에 들었던 주영 할머니의 음성이 쟁쟁 되살아났다. 애증의 굴레를 뒤집어쓰고 있던, 어른이면서 어른 대접도 못 받고 전전긍긍하던 노인. 그 노인이 죽었단다. 그것도 외아들의 아내인 며느리의 손에. 그런데 그 며느리는 바로 동생 호남이다. 이 흉측한 사건을 어떻게 믿을 것인가. 하지만 수배 나온 형사의 출현은 비록 피의자라는 단어를 꼬박꼬박 끼어 쓰기는 해도 가출했던 호남이 돌아와서 저지른 끔찍한 악행의 증거였다.

　마을로 들어가는 길에 어린이들을 실은 미니버스가 들어왔다.
　저기 주영이가 타고 있을지 모른다. 그런 생각이 들자 양지는 반사적으로 고개를 돌려 외면을 했다. 그녀가 갓길로 비켜서자 파란 바탕에다 빨강, 노랑 선을 그리고 그 사이에다 음표처럼 예쁜 꽃무늬 장식을 한 속셈·미술학원의 미니버스가 지나갔다. 노란색 원복을 입은 남녀 꼬마들이 몇 올망졸망 타고 있는 게 보였다. 하지만 양지는 곧 자신의 사고력이 얼마나 단순한가를 깨달았다. 지금 주영에게는 시간 맞춰 학원에 다닐 그런 평화가 유지되고 있을 리 없다. 날카롭고 비난스럽게 몰려드는 주위의 시선을 피해 외따로 어두운 곳 어디엔가 쭈그리고 앉아 울고 있지 않으면 그나마 다행이다.
　정자나무 옆에 있는 빨간 이층집이 보이는 순간 양지의 가슴은 둔통과 함께 뛰기 시작했다. 지은 지 얼마 안 됐지만 그새 구닥다리가 돼서 빚을 좀 안고 냉난방 다 되게 최신식으로 수리를 했다고 자랑하던 호남의 집이다. 누구맹키로 또 초치고 있네. 돈이사 벌몬 되제. 내가 누고 꺼꾸리 아니가. 나는 한번 하겠다 마음먹은 일은 절대로 하고 마는 사람아이가. 이 최호남이가 입만 벌리모 돈은 이웃에서 얼매든지 빌리준다.

그러니 걱정은 아예 하덜 말고 전화 건 사람 기분이나 좀 맞춰주라. 응, 비디오는 쓰던 걸 하고 오디오는 주영 아빠 하자는 대로 최고로 했다. 언니는 모르제? 남자가 꼬빡꼬빡 돈 벌어오게 할라모 그만 비위는 맞춰주야제. 주영이 방에는 침대하고 책상, 옷장 스탠드까지 다 했다. 우리 옷장 사는 걸 좀 뒤로 미룬께 돌아가대. 유아원 졸업하모 유치원 가고 해야 될 낀데 필요한 거는 다해줘야 안 되것나. 요새 아아들은 우리 클 때하고 다르다. 나도 우리 주영이는 지 해돌라는 대로 다해주고 공주마마처럼 키울 끼다. 열 아들 안 부럽다 카능 거 증명해보이모 안 되나. 언니, 언니. 근데 웃긴다. 외국영화서 본 것맹키로 레이스가 많이 달린 긴 잠옷하고 모자를 사줬더마 야아가 자다가 잠옷이 몸에 감겨서 캑캑거리는 거 있제. 한번은 또 쿵 소리가 나서 가본께 글쎄, 침대에서 톡, 굴러떨어져 안 있나. 아이 우습어서 배 아파 죽을 뻔했다 아이가. 근데 초치는 할망구 하나 있는 거 알제? 돈 다발 가리 좀 놓는 것도 아니고 그게 뭐냐꼬, 내하는 것마다 악담하고 댕긴다. 자기가 몬 해본 거 내가 하모 보기도 안 좋나. 참말로 이 할마이 보기 싫어서 눈에 가래톳 서겠다. 하숙비 보내줄 낑게 언니 니가 좀 데꼬 가서 살아라. 세상 흐름도 잘 모르는 늙은 할매가 요즘 세상일을 자기가 뭘 그리 많이 안다꼬 길갓집 강생이 모태 물고 나서드키 사사건건 그리 간섭을 하고 나서는지. 참말로 환장하고 팔딱 뛰겄다. 청산유수처럼 쏟아놓던 그 명랑하고 즐겁던 호남의 전화가 무성하게 기억속에서 되살아났다. 지병처럼 또 도졌던 며느리의 역마행각을 늘어놓던 주영 할머니의 그 근천스럽던 목소리까지. 이제 호남에게 그나마 생기 있고 아름답던 지난 날은 없을 것이다. 그 자신감·사랑·행복 그것들을 하나하나 일구는 힘든 노력에 비해 소유 기간은 너무 짧다. 허망하게 끝날 이런 것들을 이루기 위해 아등바등했던 노력은 되레 욕이 되고 한이 되고 말았다.

우리가 아부지한테서 받은 기 뭐꼬. 이 목숨? 이 몸뚱이? 할 수만 있다모 지끔이라도 싹다 되돌리주고 싶어 미치것다. 언니야. 영감탕구가 주영 아빠한테 돈 얻으러올 때부터 내 인생 망쪼들었다. 자기 아들 낳은 거 우리 주영 할매가 알모 내 입장이 우찌 될란고 그걸 와 모릴꼬. 인자는 엎질러진 물이라서 우짜는 수 없다만, 할마시 갈굿는 소리 염병에 듣는 까마구 소리 듣기보다 더 싫은 데 앞날이 구만리다.

호남의 마지막 통화를 떠올리는 동안 호남의 집에 가까워졌다. 사방을 둘러보며 막막한 심정이 되어 걸음을 멈추었다. 우리는 왜 이런 불미스러운 일로만 자매간임을 확인해야 하는가. 나는 또 도움 줄 무슨 능력이 있다고 여기까지 달려왔나. 어머니도 벌써 형사의 추궁을 받았을 것이다. 그러나 그미의 성격상 마을로 직접 와서 사건의 진위를 확인하는 일만은 못 했으리라. 어머니와 마주앉아서 어떤 대안을 세우더라도 정확한 내용을 알아야만 그에 합당한 대처를 할 수도 있을 것이다. 양지는 어머니에게로 가는 것보다 먼저 호남이 사는 마을로 길을 잡았던 것이다.

마을 저쪽의 들판을 꽉 채우고 있는 비닐하우스의 군락이 방만하게 들어찬 바닷물처럼 초겨울의 빗긴 햇살을 받아 눈부시게 떠 있다. 잠잘라꼬 밤에나 집에 들어오제 낮에는 집에 와도 개미새끼 한 마리 구경 못한다. 이놈의 하우스 농사가 솔직히 돈은 좀 되는데 은근히 골병을 디리는 기라. 사철 농한기가 없고 때 맞춰서 생산물 상차 시킬라 카모 밥 무울 시간도 없데이. 그러면서 호남은 하루 종일 비닐하우스 속에 갇혀지냈던 스트레스를 풀기 위해 밤이면 친구들과 어울려 시내에 있는 나이

트클럽으로 가서 밤새 춤추고 노래하는 게 유행이라는 자랑을 했다. 간밤에 깨끗이 피로회복을 했기 땜새 낮에는 또 끄떡없이 일도 잘한께. 돈은 뭣땜에 버는데. 멋지게 쓰고 인생 즐기면서 사는 기 목적 아이가. 하하하….

그 무렵 진주의 밤업소를 가득 메우는 손님 대부분은 인근 지역의 비닐하우스 농부들이라는 말이 파다했다. 피로를 푸는 데는 얼큰하게 취한 몸을 흔들면서 춤추고 노래하는 것 이상 없다는 당사자들의 말도 틀리지는 않았다. 열심히 일해서 번 돈을 쓰는 사람이나 모두 흥청망청한 여유도 넘쳐 경제의 위력은 대단했고 농부들의 자부심도 최고로 상승했다. 이때 자신의 춤사위에 반한 어떤 건달이 접근을 해서 주영 아빠와 싸움 날 뻔한 것까지 말해놓고 호남은 유쾌 통쾌한 웃음을 날렸다. 촉성재배 농산물로 어린이들의 자연교과서를 혼란시켜놓았다는 비닐하우스. 한때 서울의 가락시장에는 진주에서 올라온 호박이나 가지, 고추 등의 온갖 농산물로 겨울도 봄 같은 호황이 무르익었고 이런 추세는 농한기에 있는 전국의 농촌에다 새바람을 불어넣어 비닐하우스 농사의 호시절을 유행처럼 퍼뜨렸다.

하우스 농사로 은근히 골병든다고 엄살떨면서도 마치 자신이 벌이고 있는 위력이거나 한 듯 신이 난 호남은 제 손으로 번 돈은 저도 쓸 권리 있다며 대금 결제 때마다 어머니의 용돈을 대고 전기밥솥 등 가전제품도 이것저것 빠짐없이 친정으로 사날랐다. 그러나 어머니는 조금도 즐거운 기색을 내지 않고 시름어린 목소리만 흘려보내곤 했다. 저것이 저러다가 살림 살 돈 빼돌린다꼬 시어른이랑 주영이 아배 눈에 나믄 어쩔라고 저라는지, 내사 지 해주는 것들 하나도 안 반갑다. 뭔 아아가 성질이 똑 부석 앞에 언내 앉히논 것맹키로 맘을 못 놓겠응께.

양지는 천천히 마을의 외곽으로 걸음을 옮겨갔다. 자신이 주영의 이모라는 것을 아는 사람도 없을 테지만 곧장 호남의 집으로 갈 용기는 나지 않았다. 그러나 사건의 내막을 들으려면 마을사람 누군가를 만나봐야 하므로 사람이 있을 만한 곳을 찾아 얼마간 동네 주변을 서성거려도 만나지는 사람이 없었다. 어느 비닐하우스로 찾아가야 될까. 정보 얻을 방법을 궁리하는 동안 동네 끝의 비탈밭에서 무언가를 심고 있는 사람 하나가 눈에 들어왔다.

양지가 비탈밭 가까이 갔을 때쯤 마을을 다 심은 여자는 보온용 비닐 씌우는 작업을 시작했다. 두루마리 된 검은 비닐 끝을 흙으로 눌러놓고 저만큼 풀어나가다 말고 다가드는 양지를 발견하고 멈추어섰다. 가까이서 보니 돈바지런하던 행동과는 달리 훨씬 나이 들어 보이는 얼굴이었다. 잠시 서 있는 시간도 아까운 듯 양지에게로 보냈던 눈길을 돌려 다시 일손을 잡는데 흙으로 눌러두었던 비닐 자락이 마침 휘돌아온 바람결을 타고 벌렁 드날렸다. 혼자 하기로는 몹시 까다로운 작업이다.

"할머니, 제가 좀 도와드릴까예?"

양지는 부침성 있는 미소와 부드러운 목소리로 말을 걸며 밭둑에다 가방을 내려놓았다. 뜨악한 표정으로 노파가 다시 양지를 바라보았다.

"젊은이도 착 맹그는 그런 데서 왔수?"

별로 달갑지 않은 듯 엉뚱한 질문이 날아오자 양지는 감을 못 잡고 멈칫했다.

"와, 거 젊은 여자들 보는 잡지착인가 뭔가 맹근다는 회사 기자등가 뭐잉가."

신구시대의 충돌로 돌변하는 농촌 인심을 취재한답시고 어지간히 드나든 보도진들의 접촉을 겪은 반응이다.

"아, 네. 전 아녜요. 거저 지나다가…."

"응, 그래. 난 또 그런 사람인가 싶어서. 말만 들어도 고맙소."

　노파는 들고 있던 비닐 두루마리를 툭, 내려놓고 허리를 두드리며 밭둑으로 나와 마른풀 위에 엉덩이를 대고 앉았다. 생각 깊어진 얼굴로 담배 한 개비를 피워문 노파는 좀 쉬었다 가시우, 하며 양지에게도 앉기를 권했다. 양지는 조심스러운 동작으로 노파의 곁에 자리를 잡았다. 아가씬가, 새댁인가. 노파가 혼자 중얼거렸다. 외양을 살펴서 어림잡으려는 노파의 제법 날카로운 눈길을 느꼈지만 양지는 못 들은 척 대답을 하지 않았다.

"젊은이는 결혼은 했소? 젊은이가 사람이 하도 좋아보이서 늙은이가 주책을 무릅씨고 하는 말인디 시어른 계시거든 보살, 부처다 에기고 공경하시오."

　노파는 처음 보는 낯선 여자를 자기 마음대로 남의 며느리로 상정해 놓은 뒤 말을 덧붙였다.

"이놈으 세상이 우찌될라꼬 치매짜리들꺼정 인심이 이리 소박해지는지, 내가 따악 입맛이 떨어져서 밥귀겡 한지가 여러 날 됐소."

"어디 편찮으셔요?"

　말투로 보아서 노파가 일손을 놓고 앉아서 하고 싶은 이야기가 무엇인지는 짐작할 수 있었지만 양지는 성마른 기분으로 어서 본론이 나오도록 자극이 될 추임새를 넣었다.

"이런 말하모 지 낯에 춤 뱉는 꼬라지라."

입에서 담배를 뽑아든 노파의 손이 바르르 떨리는 것을 보자 양지는 열리는 말문의 전조를 느끼며 자세를 고쳐앉았다. 노파는 편치 않은 심장을 다스리듯 주먹으로 몇 번 가슴을 두드렸다. 억하심정에 쌓인 말들이 서로 먼저 튕겨나오는 것을 순서 잡느라고 어지간히 뜸을 들이고 있음이 분명했다.

"내 한 가지 물어봅시다. 젊은이 눈에도 우리 늙은이들이 눈에 든 가시맹키로 그리 진찮고 꼴뵈기 싫소?"

의도는 짐작할 수 있었지만 함부로 동조하는 말은 동생 호남을 욕하게 될 수도 있었고, 노파의 노여움을 엉뚱한 방향으로 터치게 할 수도 있었다. 양지는 좀 답답하더라도 천천히 우회하기로 했다.

"참 할머니도, 왜그런 말씀을 하세요?"

"텔레비에도 나고 신문에도 났다 카니 알끼요마는 우리 동네서 입에 담기도 부끄럽고 징한 그 사건이 안 났소. 그놈으 할망구 지 명에 못 죽고 그리 뒈진 걸 생각하모 자다가도 살점이 떨려서 내 원. 아, 그 년이. 그래 실수로 천벌 받을 죄를 지었다꼬 손발이 닳게 빌어도 뭐할 낀데 독새대가리 맨키로 낯빤대기 빳빳이 치키들고 뭐라 카는 줄 아우? 지가 일부러 그랬다 칸다요."

양지는 속으로 흠칫했다. 그럼 호남이 이미 구금을 당했다는 말인가.

"세상에 그런 인종지 말자가 어데 있소. 그 할망구가 젊어서는 주정뱅이 서방 시집, 늙어서는 자슥들 시집, 원도 없이 욕보고 살았소. 가진 재산 없고 기술 없으모 그리 살지 우짤끼요, 뚫린 주딩이라꼬 나오는 대로 악다구니 한다 캅디더만 우리 늙은이들은 우리들대로 손발 모지라지게 고생 안 했소. 누가 저거더러 용상에 앉히라 카요 뭐하요, 거저 한 귀로 듣고 한 귀로 흘리모 될 것도 잔소리니 간섭이니 늙은이는 입도 뻥긋 못하고 허재비맹키로 살라 카니. 아, 다른 거는 다 또 그렇다 칩시다. 그래, 홀에미 외아들한테 시집 와서 기집아 하나 달랑 놓고 '내 가족계획 했소' 카는 며느리한테 잘했다 칼 씨에미가 대국천지에 하나라도 있겠소? 이놈으 세상이 장차 우찌될라꼬 그라는지 그리 된 기라요."

노파는 마치 자기가 당한 일이기나 한 듯 억제하지 못한 분노 때문에 연신 떨리는 마른 입술을 혀를 둘러 적시며 말을 이어 붙였다.

"이전 같으모 주리를 틀일이제. 암, 덕석몰이다 몰매를 때리고 주리를 틀고 조리돌림을 시킬 일이고말고. 씨에미 없는 서방이 어데 있다꼬 서방은 좋다 캄스로 늙은 씨에미는 자리(자루) 쫀 쥐 맨키로 와그리 밉어하노 말이다. 저그는 다 안 늙을란가. 처음 보는 사람한테 내가 너무 말이 많은데, 이해하소. 요새 젊은 년들이 와그리 하늘 무서븐 줄 모르고 납띠는지, 참 무슨 시변이요. 그래도 우리보다 많이 배운 년들이 배운 표가 어데 있어 그 모양이라. 하긴 사서삼경 읽은 년이 시애비 이마빡에 칼자리 박는다 카는 옛말도 있지만 내 이리 엄첩은 꼬라지는 첨이요. 세상이 망할 징조란께."

양지는 누구에겐가 자초지종을 듣고 싶었으나 이런 식으로 들은 이야기나마 스스로 추리하는 수밖에 없었다. 아무 말도 할 수 없는 양지는 가만히 그냥 노파의 말을 듣고 있었다. 답을 해보라고는 했지만 노파 역시 대답이 필요해서가 아니라 가슴에 맺힌 공분을 토해내고 싶었을 뿐인지 대답을 채근하지는 않았다.

피우지 않고 너무 오래 들고 있어서 담배는 불이 꺼져 있었다. 서너 번 거푸 빨아본 노파는 새로 불을 붙여 물었다. 양지가 듣고 싶은 내용의 전말은 더 이상 노파의 입을 통해서 나올 것 같지 않았다. 도와주겠다는 말은 먼저 해놓고 그냥 밭을 떠날 수도 없어 아쉬움 반반인 어중간한 심정으로 앉아 있는데 저 아래 밭둑으로 소쿠리를 낀 젊은 여자 하나가 올라오는 게 보였다.

"거 동고 에미 아이가?"

노파가 먼저 큰 소리로 여자를 불렀다. 여자가 얼굴을 들고 이쪽을 올려다보자 노파는 다시 말을 던졌다.

"니가 우리 집에 꼬치무름 갖다놓고 갔제? 참 잘 묵었다."

그러다가 아차 싶은 얼굴로 양지를 일별하는 노파. 하도 숭한 일로 심장이 노해서 밥 귀경한지 여러 날 됐다고, 좀 전에 했던 거짓말이 생각난 모양이다. 양지는 지금 그런 것에다 반응을 보일 만큼 가벼운 마음이 아니다. 호남이와 같은 연배니까 정말 듣고 싶은 이야기를 저 여자는 해줄지도 모른다는 생각이 들자 다시 눌러앉았다. 소쿠리를 던져둔 동고 에미가 호미를 땅에 꽂으며 일할 채비를 하자 노파가 아래를 향해 소리 질렀다.

"동고 에미야, 보리쌀 끼릴 때 됐일 낀데 뭔 일할 끼라꼬 이 시간에 왔노. 온 김에 물어볼 끼 있다. 이리 좀 오이라."

노파와 같이 있는 양지까지 말끄러미 올려다보던 동고 에미는 호미로 비탈진 밭둑을 찍으며 더터 올라왔다. 노파는 여자가 가까이 오기를 기다리는 것도 지루한지 그 사이를 못 참고 도착하기도 전에 다시 입을 열었다.

"저 집 일이 우떻키 됐는고 니는 뭐 좀 아나?"

"우찌되기는요. 그래서 저녁 묵고 회관에 모이갖고 탄원서라도 올리자꼬 몇 간 의논이 됐는데 모르겠어예."

젊은 여자는 낯선 양지에게 더 많은 눈길을 돌려 살피며 수박 잘 먹게 생긴 뻐드렁니 사이로 조심스럽게 말을 내어놓는다. 그런데 노파에게 건네는 어조 속에는 나물을 가져다주었다는 사람의 말투치고는 시퉁스러움이 배어 있음을 양지는 눈치챘다.

무심코 담배를 입술에 대려든 노파가 발딱 고개를 쳐들어 젊은 여자를 노려본다.

"이런, 쎄가 만발이나 빠지고 자빠졌다. 아이 이봐라, 니 지끔 한 말이 참말로 에나가? 그 젊은 년 감옥 살리지 말라꼬 젊은 것들이 모돌빼이로 연판장을 낸단 말이가? 하이고매야, 이기 무신 괴변이고. 씨에미 쥑인 그 대역 죄인을. 마, 치아라. 고금 천 년에 그런 일은 없다. 시상에 남으 동네 사람들이 알모 뭐라 카겠노. 넘사시럽은께 입도 뺑긋 말거라. 능컴 시룹고 대라진 그 년 낯빤대이 안 봤나. 어긋짱도 놓데. 아무리 실수니 일진이 안 좋았네 변명을 해도 쏙에 든 몬점 없이모 절대 그리 안 된다. 그기이 몰상시런 씨사이 소리 잘하고 더펄기릴 때 무인 일 낼 걸 진작 거니채야 되는 긴대 그걸 미차 몰랐던 게 한이다."

"아이고 참 아지매도. 주영 옴마 치사만 짜다라 하는 바람에 우리들 눈꼴시게 한 사람이 아지맨데 와 그라십니꺼. 묵달지게 음식 대접해놓고 어른들 웃기디릴라꼬 곡깨이짓 한 걸 또 그리 둘러붙이모 참말로 실망입니더. 우리들 부녀회서는 절대 물색없이 창아리 없는 짓도 안 합니더. 남정네 저리 내서라 하는 배짱도 있고 일장에 들모 또 얼매나 다구지고 걸찬지 압니꺼."

화가 나서 펄펄 거리는 노파의 태도가 우세스러운지 양지를 의식한 동고 에미라는 여자가 앞을 막아 그동안 호남이 했던 역할을 들먹이는 대로 노파는 할말을 잃고 온 얼굴의 근육까지 파들파들 노기를 드러냈다. 처지도 잊어버리고 흥미를 느끼게 노파와 젊은 여자의 설전은 강한 자기주장으로 팽팽하게 맞섰다. 양지는 슬그머니 종이와 볼펜을 꺼내들고 있었다. 노파의 짐작대로 취재기자의 모양을 내는 것이다. 자신이 아무것도 아닌 거저 지나가는 나그네인 것을 아는 순간 설전은 시부저기 중단되고 말 것이다. 아무리 물고 뜯어보았자 덕될 것 없는 일을 가지고 말싸움이나 하고 있을 정도로 그들은 한가하지 않은 사람들이다. 무언가를 끄적거리기도 하다가 열심히 두 사람의 말을 경청하고 있는 양지의 동정을 간간히 살피면서 두 여자의 설전은 좀 더 격렬하고 심도 있는 방향으로 흘렀다. 머리꼭지가 허연 늙은이와 어수선하고 불결한 겉모습도 이해되는 바쁜 젊은 여자가 남의 일로 다투고 있는 풍경은 우화스럽기도 하다. 그렇지만 외나무다리에서 만난 것처럼 서로간의 팽팽한 대립감은 얼마나 깊고 오래 쌓인 신구新舊 사이의 퇴적된 감정의 발산인가.

"그렇지예, 누가 봐도 결과는 용서할 수 없게 됐지만 아지매 역시 썽나서 아아들 한번 안 때리고 자슥 키았십니꺼."

"아무리 썽나도 얼른없다. 자슥은 자슥이고 씨에미는 씨에미 아이가, 강상에 법무할 그런 짓이 어데 있노. 말이믄 다 말인 줄 알고 니 지끔 오데다 그런 비유로 하노?"

"언지예, 일이 사실은 안 그렇다 그 말 아닙니꺼. 글 안 해도 썽이 머리 끝꺼정 뻗어 있는데 간 데마다 막아서서 사람 약 올리보이소, 시어머니 아니라 하느님이라 캐도 손가락총 놓고 안 대드는가. 말이 났으니 말이제 요새 세상에 주영 엄마 겉은 며느리도 없십니더. 그 소리는 아지매도 서울 아들네 집에 가싯다 올 때마다 주영 할매보고 니 며느리 겉은 사람 없으니 우받들고 살라 캤던 말 아입니꺼?"

"에레이 순, 아픈 눈이 머잖았다. 아 인마야, 너거는 씨에미 안 될 것 가? 듣자듣자 한께 그년 끄내끼도 아이고, 니 말 그 다 어폐가 있어도 한참 많이 있다. 요새 세상이 우떤 세상 말고? 며느리 손에 안 죽을라모 어른은 몽지리 자슥 끈 이까놓는 즉시 자결이라도 해서 없어져야 된다 이 말이가 뭐꼬?"

"참 아지매도, 몰라서 그런 거 아임서 와그리 자꾸 억불로 나가십니꺼. 시어머니들이 며느리시집 산다 카능 거 보이소. 세상이 달라진 걸 퍼뜩 눈치를 못 채이께내 아지매도 개밥에 도토리맨키로 잘 사는 아들 집에도 몬 가고 여어 혼자 떨어져 사시는 거 아입니꺼. 돌아가신 어른보고 이런 소리하기는 뭣하지만, 바른 말해서 주영이 할매도 인자는 어지간히 좀 꾀씹고 점잖은 행신을 했음사 이런 일도 안 생깄지예. 주영 어매 말 들은께 할매가 막 머리끄뎅이 끌라꼬 달라드는 걸 얼찜에 확 뿌리친 거 뿐이라 카데요. 어른이 그리 나오는데 있는 힘 놔뚜고 젊은 사람이 잠자코 머리통 대놓고 당하고 있것십니꺼? 없지예. 내라도 확 뿌리치 겠십니더."

겉모습만 어수룩했지 역시 젊은 사람은 젊은 사람이다. 양지는 새삼스럽게 젊은 여자의 거동을 눈여겨보았다. 성깔을 죽이는 방편으로 헐렁 벗어서 탈탈 털었다 다시 쓰는 회색 챙모자 아래 발갛게 익다 못해 거무스름하게 변한 피부와 어울린 거칠게 출렁거리는 눈빛은 흔히 순박하다고 표현했던 옛날의 시골 아낙네와는 사뭇 다른 무엇을 부풀게 내장하고 있다. 언행에도 분명 어떤 절도가 있었다. 듣기 좋은 말을 포착하기 위한 양지의 눈길은 자연스레 여자의 일거일동으로 쏠렸다.

"싸잡아서 늙은이들 욕하는 거는 알것다만 얼척없다. 아이구마, 싸개라. 그래서 세상이 이리 좋아졌단 말이가 뭐꼬? 돈 잘 번다꼬 한때 밥 두그륵 안 묵는다. 시에미한테 막 대들고 시에미 무식하다꼬 말도 안 걸고 눈 한번 안 맞추는 며느리년들 행실은 그라모 잘하는 기란 말이가?"

"그기 꼭 잘잘못을 따지는 거보다 대화가 안 통하모 그럴 수도 있다는 뜻이지예. 주영 엄마야 내 알데끼 아새부터 그런 사람 아임니더. 어른들이 할말 있음사 젊은 사람들도 할말은 안 있겠십니꺼. 감정도 있고요. 똑같이 여잔데 나이 쪼끔 더 묵고 늙고 젊었다 카능 거 때미내 이 세상 며느리들이 얼매나 구박 받고 살았심니꺼."

"시집살이야 너그만 그랬나. 우리는 더했다. 시에미한테 뺨을 맞고 쫓겨나서 밥을 굶어도 어른 말씀이라 카모 하늘같이 복종하고 받들면서 살았제. 너그맨치로 이리 천하에 부상년들 짓은 안 했다."

"그기야 또 그때 세상 이야그지예."

"업시, 그런 소리 하지마라. 그라모 우리는 너무나 섧다. 요새 젊은 년들은 용상에 앉아 매화태룡이제. 우리야 그런 세상 꿈이나 꾸고 시집 살았더나. 나가라 소리 안 하모 흙바닥에 코 박고 살았제. 없는 살림에 식구는 또 와그리 많던고, 새복부터 일어나서 쎄빠지게 도구방아 때끼서 꼽쌀미밥 한 솥을 꺼들막하게 해도 웃밥 퍼서 층층시하 어른들 모시고 씨동상·씨누우 밥그릇 벤또 다 챙기서 싸고 나모 밥이나 있었던가. 푹 퍼진 눌은밥 쪼끔 있는 거 입에 옇을라 카모 또 눈이 까맣게 쳐다보는 이놈의 개새끼는 또 우짤끼고. 밥을 마음대로 배 부리기 묵어봤나, 의복을 빛나기 입어봤나, 분단장 곱기하고 서방·각시 다정하게 바깥출입을 한

번 해봤나, 층층시하 시집살이 다하고 나니 남은 기 서방 시집이고 자슥 시집이라, 그런 수악한 세월 다 넘기고 난께 어느덧 황천길이 낼 모레라. 팔십 평생을 살아도 내 날이야 하고 산 날이 하룬들 있었던 줄 아나."

"그래예, 그런 거 다 겪어보지는 못해도 짐작은 하지예, 그래서 우리가 잘해드릴라 안 캤십니꺼. 그런께 이번 일은 대놓고 욕만 할 게 아니라, 엔간히 머석했이모 거석했것나 동네 어른들도 좀 깊이 반성해볼 일이라예."

"참말로 애 터진다. 오냐, 그래, 가재는 게 편이라꼬 곧 죽어도 그년 편이네. 지금은 젊어서 핏종지깨나 있다꼬 그런다만 니도 씨에미 돼 봐라. 아픈 눈이 머잖았다. 끓는 국에 멋도 모리고 며느리라 카능기 생지 쭉쭉 찢어감서 사단 내봐라. 집구석 우떤 꼬라지 되는고. 외동아들 애탄고탄 키아 바치는께 가문에 혈손을 끊어놓고 그래도 지 잘났다꼬 그런 뱁이 어데 있노?"

"세상이 옛날하고 달라졌다꼬 얼매나 더 말씸드리야 됩니꺼. 아지매, 앞으로는 딸 낳은 사람은 비행기 타고 아들 낳은 사람은 리어카 탄다 카는 소리 알지예. 자우자께 나지오 방송에서 들은 소린데 대학교 박사가 나와서 그캅디더. 남의 말 다 믿을 거는 몬 되지만 앞으로는 언나들 학교에도 딸아들보다 머스마 숫자가 더 많아서요 어리바리한 머스마는 장개도 못 가고 늙어죽게 된다는디요. 아, 아지매 집에서 같이 본 테레비에도 벌써 안 그랍디꺼. 농촌으로 시집 올 처니가 없어서 농촌 노총각 장개 보낼라꼬 동남아 처녀 데려다는께 결혼패물하고 통장꺼정 싹 씰어서 달아났다 카능 거요. 말이야 바른 말이지 요새 세상에 아들딸이 무슨 구별 있어예?"

"이 사람이요 갈수록 태산이네. 제사로 지내주는데 와. 자네가 남의 딸 자슥이지만 지집 일 놔뚜고 친정일 보러가나? 몬 하재? 동고 애비 그 게쭐이가 그리하라꼬 허락하더나? 니도 딸있제? 키아나 봐라. 가스나 자 슥 그거는 옛날부터 도독년이다."

"그라닝께 도독년으로 안 키울라 카능 거 아입니꺼. 우리 집 동고 애 비도 아부님하고는 많이 다르지예. 내 말은예. 내도 우리 오빠맨키로 논 밭 팔아 감서로 우리 아부지가 공부시킸시모 출세해서 효도하지요. 딸 자식이라고 요모양 요꼴로 내삐리놓고 지 살기도 가빠죽겄는데 친정 생 각할 여지가 어딨십니꺼. 친정일이야 그 사랑 많이 받은 오빠가 하는 기 당연하지예. 그래서 나는 요새 우리 아들보고도 선언했지만 딸이라고 안 해주고 아들이라고 더 잘해주고 그런 일 절대 없을 기니께 알아서 하 라 캤심더. 딸이나 아들이나 공부 잘하는 놈은 공부시키고 기술 있는 놈 기술자 맹글고 그라는 기제 안 그래예? 우리는 인자 옛날 오매들맹키로 머스마라꼬 깜빡 죽어서 딸자식들 종살이 시키는 짓은 안 할 깁니더. 웃 물 꾸중키리는 짓은 안 할 끼다 그 말입니더."

문득, 우리 일도 아닌데 우리가 왜 이렇게 괜히 아웅다웅하는가 싶은 지 머쓱해진 젊은 여자의 표정에는 웃음기가 흐르기 시작했으나 파르족 족하게 경직된 노파의 기색은 좀체 풀어질 기미를 보이지 않았다.

"조, 조, 그래도 지 옳다꼬 한마디도 안 수그러드네. 니는 아들 있고 딸 있고, 또 아직 젊은께 모린다. 딸이 아무리 좋다 캐도 커갈수록 옆구리가 텅 빈다꼬 새미골 동촌 영감이 그랬다. 그 집 사우들이 비믄하게 장인장 모를 섬기나 소문 난 집 아이가. 사우들이 어리등등 출세해서 겉으로는 좋다 캐도 비루둥이 아들 자슥만 못 하다꼬 설 추석날 아침에는 썰렁한 빈집에서 양주가 울고 앉았단다."

"차암 아지매도, 그만 좀 딸 딸 하이소. 서울 며느리한테 구박받기 싫어서 아지매 이리 혼자 고생하미 살고 계시는 거 우리가 다 알고 있는데 와그리 자꾸 아들 타령만 고집하십니꺼. 뭐 딱 뿌러지게 아지매 말씀도 틀린 거는 없십니더. 글치만 두고 보이소. 주영이 엄마만 해도 그래에. 참 딱하다 아입니꺼. 없는 집에 시집 와서 참 열심히 안 했십니꺼. 그런데 피임수술하고부터 시어머니한테 사사건건 욕만 묵고 안 살았십니꺼. 그렇다꼬 주영이 옴마가 자기 시어머니한테 못 해디린 기 어데 있습니꺼. 이랄라꼬 안 그랬십니꺼 하면서 철철이 옷 해드리고 여행 보내디리고 용돈은 또 주영이 할매 자기 평생 그렇게 많은 돈을 수중에 지녀봤겠십니꺼. 동네 노인들한테도 얼매나 잘했십니꺼. 어른들 모이앉아서 꿀찜한디 주전부리할 거 없나 하시모 벼락겉이 뭘 해다 바쳐도 꼭 안 해다 바칫십니꺼. 아지매도 주영이 엄마는 똥도 내삐릴 게 없는 사람이라꼬 우리가 질투 나도록 칭찬 안 했습니꺼. 돌아가신 주영이 할머니한테 이런 소리하기는 뭣하지만 주영이 할매 욕심하고 잔소리는 또 어지간했십니꺼. 주영 엄마가 그래도 본데 있는 집 자손 값하니라꼬 잘 참고 넘겨서 그렇지 요새 젊은 사람들 시어머니 잔소리 들어가며 한 집에서 시집살이 할라 카는 사람 없십니더."

"그래도 그렇제. 나이 환갑인 사돈영감도 손자 겉은 아들 봤다 카는데, 그 할마이가 우찌 가만히 있었겄노."

"그것도 맞지예, 틀렸다 소리는 절대 아입니더. 그러게 일진이 나빴다 안 캅니꺼. 서로 밀고 닥치고 하다가 넘어졌지만 방바닥에서 넘어졌는데 싶어서 설마 했다 안 카디에. 주영 할매가 걸핏하모 기암하고 또 엄살은 좀 심한 양반입니꺼. 저 할매가 또 엄살 부리다 일어나겠지 싶어서 픽 나갔는데, 그때 마침 밤골 작은시누가 와서 현장을 봤다 카데에. 설마 시어머니 줘이놓고 일부러 피했겠십니꺼. 참말로 그랬다 카모 하늘에 벼락 맞으려고 지 발로 더꿍더꿍 도돌아 들어올 깁니꺼."

"일마야, 이기 무인 소리고. 지 입으로 그랬다 안 카더나, 일부러 그랬다꼬."

"아이고매 참 아지매도 답답하네. 주영 옴마 성질 모립니꺼. 변명 안 하고 한 술 더 뜨는 거 아입니꺼. 일 저질러놓고 지 살끼라꼬 변명하고 살살 돌리는 사람 절대로 아입니더."

"니 아무리 변명해도 소용없다. 지 아무리 베린 칼날맹키로 분명키 처신한다 캐도 순리를 거스리모 안 된다. 씨에미 그리 죽은 꼴 눈에 붋히서 진들 펭상 마음 편키 살것나."

"그 말 참 잘하싰십니더. 아지매, 그란께 우리가 돕자 그 말 아입니꺼. 이왕지사 그리된 일 지 양심이 평생 지고 살 죄는 지한테 매껴놓고 주영 오매를 잘 아는 우리가 조끔이라도 덜어주자 그 뜻아입니꺼."

"참 니도 답답타. 내한테 그라모 표 찍으러 가자꼬 저녁 묵고 데불러 올라 캤더나?"

두 여인의 입씨름은 얼른 끝날 것 같지 않았다. 참견을 하며 끼어들 처지도 아니었고 관계없는 사람 마냥 태연히 듣고 있자니 줄거리는 거기서 거기인데 공깃돌 주고받듯이 실랑이만 계속된다.

간단한 인사를 남기고 양지가 떠나자 젊은 여자의 목소리가 뒤따라왔다.

"아지매, 저 사람은 누군디예? 안면이 어데서 많이 본 사람 같은데."

호남과는 자매 같지 않게 각 낯이라는 소리를 들었지만 분위기라는 게 있다. 호남과 주영이랑 셋이 얼굴을 맞대면 그렇다 싶게 닮은 구석이 없지도 않을 것이다. 그들의 시야에서 얼른 벗어나기 위해 길도 아닌 높은 밭둑을 구르듯이 미끄러져내렸다. 노파의, 순리대로 살아야 된다는 말이 겨냥하고 던진 비수처럼 양지의 뒤통수를 찔렀다. 문득, 돌아가신 주영이 할머니한테 미안한 생각도 들었다. 새며느리로 들어가는 날부터 호남은 분명 꼬리를 감춘 여우였지 순종적인 며느리는 못 되었을 것이다. 양지 역시 과수댁의 외아들과 호남이 결혼을 서두를 때부터 축하보다는 아심찮음이 더 앞섰다. 사귀는 남자가 체격도 심성도 너무 약질이어서 너의 상대로는 걸맞지 않다고 하자 호남이 스스로 뱉었던 말이 있었다. 엄마맹키로 빙신걸이 당하고만 안 살라꼬 일부러 내 말 잘 듣는 얼빵한 사람을 꼬싯다 와. 그리고 호남은 '임신'한 몸이라고 속여서 반대하는 양쪽 집 가족들의 입을 막고 혼인 승낙까지 단번에 받아냈던 것이다. 저게 그래도 시집가서 제 살림 사니께 소견 통이 쪼매 열리는지, 짝소리 없이 잘 사는 것 보래. 어머니의 입술에서 안도의 한숨이 채 가라앉기도 전에 소심한 남편을 설득해서 호남의 단산 수술은 행해졌다. 이제는 우리 집구석 문 닫았네. 쏘涵 팠네. 식음을 전폐하고 누웠다는 사돈 마나님 앞에 꿇어앉아 죽을 죄 지은 죄인이 되어 어머니는 빌었다. 그런 어머니를 끌어내면서 내가 뭐 잘못했어, 제발 그런 못난 짓 좀 그만하라고 호남은 되레 어머니를 구박했다. 자식 낳아서 이 모양으로 고생시킬 바에는 차라리 하나도 안 낳는 게 서로를 위해서 적선하는 방법이었을 끼다. 악다구니도 퍼부었더랬다.

흡족하게 잘 가르치지 못한 두 늙은이의 자격지심을 향해 공격의 화살을 휘날리며 호남은 더욱 당당하고 씩씩해졌다. 그녀는 이미 딸 아들 구별 말고 하나만 낳아서 열 아들 부럽잖게 잘 키우는 쪽으로 길을 잡은 젊은 에미였다. 그러나 며느리가 워낙 잘하니까 잠잠하게 잦아들었던 그녀 시어머니의 욕심봉지를 터뜨리고 명을 단축시킨 것은 따지고 보면 아버지의 득남에서 비롯된 불상사였다. 내 입장은 쪼끔도 생각 안 해주고 그 주책없는 영감탕구가 세상에, 그 소리를 듣고 할망구가 환장 안 하겠어? 하지만 양지는 호남의 이죽거림에 따라 굳이 따지자면 이번 일의 원인 제공자는 아버지가 아니라 자신이라는 가책으로 가슴이 아프다. 늘 고분고분 따뜻하게 아버지를 대해주었더라면 아버지의 득남 소식은 호남이보다 양지 자신이 먼저 듣게 되었을 것이고 호남의 입장이 곤란해질라 소문을 차단하는 단속이라도 할 수 있었을 것이다.

호남은 얼마 전에 자동차 면허증을 땄다. 다음에는 컴퓨터를 배울 차례라고 기대가 대단했다. 경운기·양수기·콤바인·트랙터·예초기 등 농촌 생활에 소용되는 기계들 중 못 다루는 게 거의 없다고 으스대기도 했다. 자전거에다 쉴 참을 싣고 빨간 모자를 쓰고 윗도리 뒷자락을 바람에 휘날리며 들길을 달리는 호남의 모습은 정말 멋졌다. 언니야, 이 근육 좀 봐라. 몸 건강하고 겁나는 일이 뭐있노. 나는 열심히 일해서 최고로 잘해놓고 잘살 끼다. 쓰고 싶은 대로 돈도 팍팍 쓰고. 가시나 자식도 이렇다 싶어 미안해서 눈물 줄줄 흘리도록 아부지 용돈도 푹푹 많이 드리고, 엄마한테도 억수로 잘해 줄 끼다. 호남의 궤적에서 양지는 언뜻 큰언니 성남을 느끼고 있었다. 호남이 아직 기저귀 찰 때 언니는 죽었다. 사진으로 또는 굴러다니는 전설적인 이야기들로 언니를 안게 고작일 테지만 같은 토양에서 자란 동종의 묘목처럼 호남의 생각이나 행동은 언니와 흡사한 부분이 많았다. 고모의 영靈이 언니에게 되 태어났다는 말이 있었듯이 언니 성남의 영이 호남에게 씌었을지 모른다는 말도 영 배제할 수 없는 현상이었다.

호남을 면회하자. 그런 생각이 들자 양지는 시계를 보았다. 서쪽 하늘로 고개를 돌렸다. 구름의 가장자리를 선 두른 듯 빨갛게 물들이며 해가 지고 있었다. 으스름해지는 산그늘 속으로 분주히 날아드는 새떼들의 날갯짓이 쓸쓸하고 빈 적막을 안겨준다. 언니, 참말로 그렇게까지 될 줄은 몰랐어. 호남은 아마 그럴 것이다. 양지의 대답도 뻔했다. 아냐, 난 그럴 줄 알았어. 충동적인 네 성격에 욕심이 지나치면 화를 부른다고, 자제하는 법을 익히는 게 중요하다고 그렇게 충고했었지? 그러나 어떻게 그런 말로 상처받은 동생을 다시 꼬집고 때릴 것인가. 막상 필요할 때는 곁에 없던 언니라는 인간이. 면회라는 단어를 구체적으로 떠올리자 양지는 점점 자신이 없어졌다. 저와 함께 같이 끓고 같이 들떠주지 않는 양지에게 호남은 늘 불평이었다. 한 어머니에게서 태어난 자매간인데도 어쩜 그렇게 대조적인지 쾌남은 이 집 딸이 아닌지 모르겠다는 농담을 이웃 사람들에게도 자주 들었다. 살인죄의 오명을 쓴 무안함으로 어쩔 줄 모르는 호남의 얼굴만 쳐다볼 뿐 그 애를 위해서 지금 내가 해줄 수 있는 일은 아무것도 없다. 양지는 상황이 점점 자신을 견지하기 힘든 쪽으로 겨워짐을 느끼기 시작했다.

마음만 먹다 끝나버린 정남의 일을 참고로, 이제는 좀 적극적으로 언니노릇을 하리라. 마음을 고쳐먹은 양지는 호남의 일로 하루 종일을 보냈다. 그러나 처음 당하는 일에 대한 주춤거림으로 시간만 낭비하고 만 셈이 됐다. 담당자가 없다. 조사 중이니 안 된다. 이리 가보라 저리 가보

라. 기다려보시요. 그때마다 끼쳐오는 불쾌한 시선에 대한 모멸감으로 양지는 그들의 눈길이 묻어 있는 옷마저 벗어 던져버리고 어디든 먼 곳으로 달아나버리고 싶은 심정을 견뎌야 했다. 이리 나올 줄 알았다. 가라, 니한테 덕 볼라꼬 기대하는 사람 아무도 없다. 니 혼자 출세해서 잘살지 와 찾아와서 손발이 묶이고 입 봉창까지 된 내 앞에서 염장 지르고 있노. 호남은 양지가 무슨 말을 하든 목 졸린 고양이처럼 앙앙거릴 것이 분명했다.

결국 오전 내내 창피스럽고 더러운 기분으로 굽실거리기만 했다. 경찰서 문을 나설 때는 면회를 하지 못한 게 차라리 잘 됐다 싶었다. 여관방에서의 낯선 잠자리며 자판커피 이외에 변변히 음식물을 섭취한 기억이 없는 심한 공복감에 반하여 참을 만큼 참았던 강한 뇨의가 풀어진 긴장의 틈바구니를 통해 터질 것처럼 하체를 조였다. 낯익은 곳에는 아직 화장실이라는 고상한 이름이 욕먹는 그 옛날의 변소가 그대로 남아 있어 다행이었다.

옆 돌아볼 경황없이 뛰어들어 볼일을 보고나니 비로소 질척하게 괴어 있는 바닥의 오물이 눈에 들어왔다. 시멘트 가루가 푸슬푸슬 삭아내리는 비좁은 공간에 고리도 없는 널짝문은 곧 떨어져나갈 듯 엉성궂게 매달려 있다. 게다가 고약한 냄새도 새삼스럽게 후각을 마비시키며 밀려들었다. 양지는 무릎에 놓았던 가방 끈을 입에 물고 대강 매무새를 고친 후 문을 열고 나오려다 멈칫했다.

다투듯 큰소리로 무슨 이야긴가를 주고받으며 나이 든 남자 둘이 그녀가 열고 나갈 화장실 문 앞을 막고 들어왔다. 소변기 앞에 선 두 남자의 등에 걸리지 않고 나갈 만큼 문 앞의 공간은 넉넉하지 않았다. 양지는 숨을 죽이고 두 남자의 괴춤 여는 소리까지 듣고 있어야 했다. 찌푸린 눈길로 아무렇게나 갈겨 쓴 글씨와 광고 스티커가 들어왔다. '여종업원급구월수200만원외능력급유무경험자우대 달님싸롱.', '막힌 곳 확 뚫어 줍니다.', '성병 치질 상담.'

힘살 좋게 쏟아지는 오줌소리와 함께 두 남자의 대화는 계속 되었다. 얼 잔이나 취한 듯 부풀고 방만한 음성이 화장실 안을 울렸다.

"또 더듬수 놓지 말고, 뭘 모리모 가만히 있으라 안 카더나. 가뜩데이 똥장군 지고 상객걸음 따라나서드키 쏙쏙 나서들 말고."

"그란께 뭐꼬 말이다. 그쪽에는 뱃놈이나 왜놈들이 득시글댔응께 고스란히 씨받이한 택이고 최샌네는 알면서도 입을 봉창하고 가만히 있었단 말 아이가?"

"어허이, 입에 똥바가치 들어갈라꼬. 죽고 없는 최 생원은 또."

"최샌이나 아들이나 뭐 그 집일은 그 집일 아이가."

"확인 안 될 일이닝께 그렇제. 지끔이라도 누가 증거를 대라 카모 우짤 끼고. 내 한 가지만 부탁하자. 어데서 들었다꼬 요게 조게 나서서 아는 체하다가 애맨 사람꺼정 욕테배이 맹글고 더 나가서 비단구리이 담부랑 넘다가 장독 깨는 짓 저질러 갖고 나까지 한 두름으로 엮이게 하지 말라 그 말이다. 우리는 거저 입 딱 다물고 거저 굿귀경이나 하고 떡이나 주모 꼭꼭 씹어서 배탈 안 나게 잘 묵어주자 이 말이라."

"말이야 천만 분 지당하제. 그런데 나는 하도 뜬금없는 소리가 돼서 놀랜 가슴이 영 갈앉들 않네."

"니가 말귀가 어더바서 그렇제 운젯적부터 떠돈 이바구라꼬. 나도 벌써 어릴 때 들은 이배기구만. 최 진사 영감하고 종년 삼월이 얘기 떠돌던 기 참말로 전설인가, 생각하다 집어치았다. 그런데 니는 에나 모리고 카는 것가 일부러 카는 것가?"

"그기야 내가 일일이 우찌 알끼고. 두 집 간에 필유곡절인 무엇이 있다 카는 거는 나도 어렴풋 알고는 있었지만 설마 인자사 그런 일이 터질 끼라꼬는 상상도 못 했구마는."

"그런 일이 본래 그런 거 아이가. 세가 왕성하모 잠잠하게 숨카지다가 세가 떠름해지모 장마에 잡초 들떠데키 성해지는 거. 그래서 아무튼지 간에 자슥은 잘 키아놓고 볼일이제. 법짜하고 당골네가 오돔패이 치고 살아도 딸 하나는 기차게 잘 낳아서 그만 집안을 떠억 일으키 세우는 거 봐라. 기철이 그놈아 선거자금도 저거 큰 누부가 솔빡 다 댄단다."

"말이야 바른 말이제 잘 키우기야 뭘로 잘 키았어. 운이 돌아서 지가 잘 커주었제. 그란께 옛말에도 벼리는 넬씨 봐도 사람은 절대 넬씨 보모 안 된다 카는 거 아인가벼. 좌우당간에 원풀이는 씨언하게 하는 기제. 그나저나 이웃 덕 보는 거는 좋은데 태복이 그 사람 보기 좀 껄끄러울 낀데 우짜꼬 싶네."

양지는 자신도 몰래 고였던 침을 꼴딱 삼켰다. 듣고 보니 아버지 이야기였고 여기도 명자네와 연결된 문제가 이미 터져 있었다.

"이 사람아, 그건 그때 가서 걱정하고 오줌이나 바로 싸, 옷 다 베리는구만."

"힛히, 정신 다 빠져빗구만."

"그 사람 요새는 집에 빚감도 잘 안 하는 갑더마. 내사 새꼴시러바서, 쥐뿔도 없는 늙다리가 그 피떵거리로 장차 우짤란지."

"그 얼가이 깡다구가 핏덩거리한테 죄만 짓는 기제. 우짜다가 재수없이 노방초 꼬리뱅이에 매이 갖고 그나마 또 낙랑끄트리 신세라, 그 사람 팔자도 생각해보모 참 안 됐어."

"그래도 제 끈은 이까났다 싶으니 눈은 감겄제."

"시장 시러버라. 노방초 제 구실하게 누가 키울꼬. 그놈으 외눈깔, 그만 좀 뿔뚝기리고 끄트머리 좀 엔간이 흔들고 싸대지. 요새는 벗거지도 다됐더라."

"누한테 들으니, 그 핏덩거리도 또디이곁은 태복이 지 생각이지 생판 헛물이란 소리도 있더마."

양지는 자신이 지금 어디에 있다는 것도 잊어버리고 그들의 이야기에 귀를 기울였다. 흉도 되고 욕도 되고 예부터 그렇게 여러 사람들의 입에서 회자되고 있었을 집안 이야기들. 이렇게 구체적으로 가까이서 듣고 보니 그 진원지에서 자란 양지 자신은 왜 그처럼 방관자로 살았을까에 대한 의문도 문득 들었다.

"맞다. 그것도 최가 제 씨라꼬 우찌 믿을 끼고, 어리석은 노름에 태벽이 처 눈먼 돈만 내 좆 빨아라 날아가는 기제."

"일마가 뭐라쿠내, 참말로 자겁할 소리하네. 아무리 그렇지만 어먼 놈자슥을 낳아놓고 돈 받아 챙기겄나."

"쳇, 뭘 모리모 가만히 있으라 안 쿠더나. 장삿집 구정물 통에 손 담구고 사는 여자가 그것도 벌이다 싶으모 뭔 계약을 몬 하겄노. 좋은 기계 있겄다 적선하고 돈 벌고. 돈 천오백은 누집 아 이름이가?"

"하기사…. 여자 그거 요물인데 잘 다스리야 되제 쪼깬만 떼끌티렀다 카모 구미호로 둔갑하는 기라. 우리 한 구녕 뚤버주모 좀 떵가 물 재주 있나. 성애 좀 붙이보까?"

"막설여라 인마. 내가 아무리 노름방 개평은 이마에 신짝 붙이고 든다만 문디 콧구녕에 마늘 쪼가리로 빼묵었시모 빼묵지, 마 작게 묵고 가는 똥 쌀란다."

"맘 잘 묵었다. 벌써 구미호들이 살판 날리는 세상인데 니겉은 노름쟁이 상대로는 거간도 안 튼다."

"야, 말만 들어도 써미한 세상이다. 참 썩바리네. 이 놈의 세상은 좋다 캐야 될지 안 좋다 캐야 될지. 앞으로가 참말로 낭패거만."

"아, 또 지랄하고 있다. 활짝 핀 살기 좋은 세상이라꼬 입에 침이 마를 때는 운재고, 오줌 한번 싸고 난께 생각이 해까닥 변해뿌리노. 마 또 한 분 단속하는데 어데 가서 또 무짜이 소리 하지 말고 우리는 입 다물고 절대 모리는 척하기다이. 당사자 간에는 잘 처리할 기라도 많은 사람이 알모 여론에 밀려서 괜히 파토 나는 수 있응께."

"그래, 쉬쉬 숨기고 감차서 그렇제 조선팔도 이름깨나 들내고 살던 집안 치고 그렇고 그런 내력 한두 가지 안 숨키고 있는 집이 몇이나 되겄노."

안에 누가 있는 거 아이가. 담배 한 대까지 불붙여서 나누어물고, 그제야 주위를 의식하고 수런수런 목소리를 낮춘 두 사람은 앞다투어 화장실 밖으로 나갔다.

무엇 때문에 여기까지 왔나. 양지는 습관적으로 시계를 보았다. 지금 떠나는 차가 있다면 곧장 몸을 실어버리고 싶었다. 여론은 몹쓸 인간으로 아버지를 매도할 게 분명했다. 그러나 자식으로서 그녀 자신의 능력은 너무나 한계적이지 않은가. 덤으로 초라해지고 우세스러운 꼬락서니는 당하고 싶지 않았다. 누가 맞대놓고 비난이라도 한다면 자신과는 관계없는 윗대 조상들의 잘못일 뿐이며 증거도 확실하지 않다는 변명이라도 할 기회가 주어지지만 대놓고 바로 말하는 사람은 아직 없었다. 자기네들끼리 속살거리며 입을 삐죽거리다가도 막상 당사자 앞에서는 씻은 듯이 말문을 닫고 시치미 떼는 것이 이웃이었다. 그렇다고 지금 내 흉을 보았느냐고 따지면 따진 사람만 더 웃음거리가 된다.

어릴 때 골목에서 또는 우물가에서 흔히 제가 가면 말을 뚝 끊고 딴청 부리는 경우를 목격했다. 어느 해였던지 정확한 기억은 할 수 없고 동네 초입에 있는 입 큰 덕순네 담장 밑에서였던 건 분명했다. 목소리로 보아 덕순 엄마, 현자 엄마, 정자 고모, 서넛 되었다. 야 인마들아, 밤말은 쥐가 듣고 낮말은 새가 듣는단다. 제발 목소리 좀 낮차라. 덕순 엄마의 주의로 조금 낮아졌던 목소리는 화제의 감칠맛을 고조시키며 다시 담장 밖까지 펄펄 넘어나왔다.

"그 집 뒤안에 있는 돌배나무 그게 영물이람서?"

돌배나무가 영물. 자신과 무관하지 않다는 이상한 예감에 쾌남은 묶인 듯이 그 자리에 멈춰 서 있고 말았다. 화제로 지칭될 만한 돌배나무가 있는 집은 쾌남네밖에 없었다. 그리고 그 돌배나무는 고목이어서 온전한 형상도 지니고 있지 못했다. 벼락을 맞아서 우듬지가 잘려나가기도 했고, 뿌리에서 이삼십 센티 정도 높이에는 베려다만 상처로 두툼하게 아물어진 톱자국도 선명하게 남아 있다. 열매를 거의 맺지 않는 것도 물론이다. 반절이나 죽어 있는 삭은 목질의 틈새에다 집을 지은 개미 떼만 우글거리고 있다. 뿌리 부분에 새순이 몇 개 돋아서 자라고 있지만 그게 언제 자라서 전처럼 큰 나무 구실을 할 수 있을지조차 통 믿음이 가지 않는다. 보기 흉한 양으로 치면 벌써 없애버리기라도 했어야 하지만 왠지 아버지나 어머니는 그에 대한 해결은 입 밖에도 내지 않았는데 함묵하고 있는 그들의 기색에는 왠지 금기 같은 것이 느껴졌다. 더러 그 부근으로 소꿉놀이에 쓸 사금파리를 주우러 얼씬거릴라치면 어머니는 밭은 손짓으로 에비, 에비 하면서 접근을 금지시켰다. 어머니가 보인 그 막연한 두려움은 엄청나게 큰 이무기가 아니면 또 무엇일까, 상상하는 것만도 두려워서 그곳을 관심의 대상에서 제외시키는 것으로 무시해왔던 돌배나무였다. 그밖에도 집안의 여기저기에는 보고도 못 본 척해야 되는 것들이 많았다. 후미진 대밭 속의 움집에는 색이 낡은 가마 틀이나 먼지로 빚은 듯이 세월의 때를 껴입은 옹기들이며 줄로 매어진 녹슨 궤짝들이 있었다. 허물어진 아래채에 남아 있는 벽장이며 아버지가 지붕을 급조해올렸다가 근년에는 아예 없애버린 곳간이며 마구간의 더그매 위에는 아이들의 호기심을 자극할 만한 음습한 물건들이 무진장 많이 남아 있었다.

그날도 이웃 여자들의 수군거림은 쾌남이네의 돌배나무에 말전주거리를 두고 맴돌았다. 좀전까지 이들은 언니 성남이가 이상해졌다는 이야기를 했을 것이고, 반편이 용남 언니의 소문도 주고받았을 것이고, 아버지가 어떤 곳의 어떤 여자와 그렇고 그런 사인가 보더라는 소문도 여러 입을 통해 뛰고 날며 퍼날랐을 것이다. 그런 경우를 목격할 적마다 쾌남은 그저 사연 많은 집 아이답게 고개를 숙이고 그들을 지나쳤다. 집으로는 바로 가기 싫어 집과는 동떨어진 방향으로 걸음을 옮기며 이대로 영원히 집과는 멀어져 버렸으면 좋겠다고 소망해놓고는 구슬픈 외로움을 씹어 삼키곤 했다.

"분명히 그 집 조상 누가 숭구기는 숭것을 낀데 누가 숭것는지는 확실히 모른대."

"아이구 참 웃기고 있다. 참배나무는 또 따 묵기라도 할라꼬 심그지만 아무짝에도 쓸모없는 돌배낭구로 누가 일부러 숨기는 숭거. 제대로 나서 큰 뒤에사 눈에 띄었것제."

"말이 아이기는 니가 말도 아니다. 그 큰 낭구가 눈에 안 띄기는 와 안 띄노."

"아따 니 똑똑타. 지끔 겉음사 눈에 띄고도 남제. 하지만 그때는 대밭이 얼매나 크고 울이 얼매나 너른데 그 많은 나무들 가운데 하필 그기라꼬 눈에 들었고 문제가 됐것나."

"그 말이 맞구만. 집에 가화가 들어서 집을 내리 짓고사 눈에 드는 자리가 됐제."

"그란데 그 놈의 나무에서 귀신울음 소리가 난다 카데?"

"아이코 문디야, 그게 운젯적 이바군데. 귓구녕에 도라무깡을 박고 살았나."

"그 집 아아들은 밤만 되모 자다가 옷에 오좀을 싸도 변솟질에 뒤보러도 몬 간단다. 그래서 해만 지모 저녁도 안 묵어서 요강부터 씻어다놓는 기 일이라 안 쿠나."

쾌남은 완전히 그들 속에 홀로 서 있었다. 남들이 어떻게 집안일을 저렇게 잘 알까 싶을 정도로 그들의 말은 틀리지 않았다.

"그거는 나도 안다. 은막골 청자 할매가 그라는디 자기 어릴 때 한 동네 살든 눈깜비 영감한테 들었다 카더라."

"나도 안다. 그 영감이 나무를 베다가 귀신한테 당해서 급살 맞을 뻔 했는디 다행히 눈만 멀었다 그 말 아이가?"

"아이고 그기야 내가 직접 봤나, 그런 소리를 들었다 이기제."

"그러이까내 알고는 아무도 손 안 대지. 시나브로 삭아 없어지도록 내삐리 두는 수밖에."

"그기 바로 상촌띠기 가운이라 안 카나. 나무 중딩이가 벼락 맞고 부러진 거는 바로 적손이 끊어질 징조라꼬. 용한 풍수쟁이가 옛날에 벌써 예언을 했는데 고집 센 영감이 콧방귀 뀌면서 바로 듣들 않더란다."

"지눈으로 보다 않은 옛날 일로 우찌 그리 직접 본 듯이 하노."

"내가 뭘 아요. 황새골 당골네가 그캤으니 알제"

"황새골 당골네 그 사람은 뭘 알고 그런 소리로 할꼬?"

"모시고 있는 신님이 알카줬것제 뭐."

킥, 킥, 웃는 소리가 나더니 은근한 소리가 다시 들렸다.

"다 그런 이유가 있니라."

"뭐 반조시니 뭐니 떠도는 말?"

"이봐라 지끔 와서 그런 소리 나부다시가 뭐할 끼고."

쉿, 그리는 입 모양이라도 보일 듯 제지시키는 분위기도 확연히 느껴졌다. 그러나 끈질긴 호기심은 그치지 않았다. 어린 쾌남도 어느새 담장에 바짝 다가서 있는 자신을 보았다.

"그게 무인 소린데?"

"그거 모리고 있었더나?"

"반조시가 뭔지는 알지만 그게 딸린 짚은 내막은 모린다."

"아는 거는 칠월 꿰뜨린데 그런데는 또 우찌 그리 순뚜베이고. 모리모마 잠자코 있는 기 신간 편타, 모리는 대로 기양 있거라."

"하모, 그래. 아가리에 똥바가치 안 들어갈라 카모 한 페이지 넹기자."

그러나 얘기의 범주는 크게 벗어나지 않았다.

"옛날부터 나무고 돌이고 오래 되모 다 신이 붙는다 카는데 목신이 더무섭단 말이 안 있나."

"으응, 그래서 성냄이 오매가 그리 자꾸 가스나만 놓는단 말도 있더라. 그걸 암서로 성남 어매는 그리 기로 씨고 자꾸 낳아제끼모 우짤란고."

"성냄이 오매 보수통머리 없는 성질 모리요. 미신이다 이기제. 그 사람은 자기 맴이 안 씰리모 천하 없는 말도 안 듣는 성민께."

"그거야 친정 강씨들 본성이제. 이전에 그 집 작은아부진가 눈고 읍내 칼잽이 개백정들 편들고 나섰을 때도 안 그랬소. 한번 옳다 싶은 생각이 들모 절대 안 굽히는 뭐 의린가 뭔고 그기 쎈 내림이 있다 카데."

"그래, 양반 체면도 없이 도판에 칼잽이 편을 들고 나섰시니 호적에서 파낸다꼬 집안 쌈꺼정 나고 난리가 났던 거는 우리도 어른들한테 들었던 거 아이가."

"그 덕에 돈 세상 되고, 죽을 때도 버들잎을 물고 죽는다는 칼잽이들이 양반 안 됐나."

"이배기가 우찌 그리 옆길로 새비릿노?"

"하다본께 그리됐네. 그래 딸이라도 자꾸 낳다보모 설마 아들도 안 낳것나."

"참 성님도, 가스나 떼만 강생이새끼맹키로 우글우글 해보소. 내가 생각해도 징그럽소. 돼지새끼, 강생이새끼라서 장에 갖다 돈을 살 수가 있나. 밥 돌라 옷 돌라 칭얼거리기 시작하모 참말로 환장 안 하것소."

"그런데도 딱한 그 집 바깥양반은 바람에 단초꽃 씨 날리데끼 사시장

철 여기저기 종자나 뿌리고 댕기고."

"그기야 양딸도 주고 민며느리도 주고, 줄 때는 에미 가슴 에이는 드키 가심 아파도 그것들이 세근 들어서 어마·아바 하고 찾을 때는 울이 되도 안 되것소."

"울은 무슨, 제 부모가 베린 자석인디 복을 탓시모 올매나 탓것소, 되따 원수나 안 되모 다행이제."

"그래 딸자슥 그거 키아서 시집 보내놓고 죽었다꼬 부고장 날아오는 것 보고야 친정부모는 다리 펴고 잔다꼬 옛날부터 말이 안 있나."

"하기사 잘 살모 보통이지만 못 살모 애물이제. 우리 동네만 해도 친정살이 하는 예편네가 몇 안 있나."

"배운 거 없는 여자들이 낯선데 가서 뭐로 할 끼고. 드난살이로 해묵고 살아도 친정 곳이 미덥고 나슨께 그라제."

"아지매도 참 호래이 담배 풋던 시절 이바구하고 있네. 우리 동네 여기만 요러케 이조, 고래장 때 행신을 하면서 애헴하는 사람 많지 삼거리 너머만 나가도 안 그래요. 신식 찾는 사람들이 훨씬 사는 것도 편하더구만."

"그기사 누가 모리나. 소금도 무운 놈이 물 켠다꼬 딸자슥도 잘 갤차서 좋은 데 보내노모 친정도 돌보것제. 글치만 내부터가 머스마 놔뚜고 선뜻 가스나 핵교 보내기 안 되더라. 죄 맞을 소린가 몰라도 말짱 넘 좋은 일 시킬 거 싶은께 손이 안으로 오그라지던 걸 우짤끼고."

"없는 기 죄지 어느 에민들 은새지기는 딸내미 안 예쁠 끼요. 그래서 산아제한이니 가족계획이니 안 해쌓소. 딸 아들 구별 말고 알맞기 낳아서 잘 키아주자꼬."

"삐모린 살림에 아아들 한창 묵을 때는 한빨띠 갖다 부들띠리 놔도 당적을 몬 하는디, 성냄이 저그 집에 가서 상촌띠기한테 그런 소리 좀 해조라. 아매도 혼자 얌전해서 그런 걸 모리고 사는 갑다."

"그래 알았다. 내 지끔 간다."

시답잖은 말장난이다 싶었던지 다시 왁자하게 웃음이 터졌다. 여자들은 무언가를 나누어먹은 뒤 자신이 증인이거나 한 듯이 이번에는 명자언니네 자취방에서 아버지에게 끌려오는 성남 언니를 집구석 망칠 괴물처럼 묘사했고, 임신 중인 엄마의 배가 바가지 엎은 듯 데뚝한 걸 보면 또 딸을 낳을 게 분명하다고 제멋대로 점을 치기도 했다.

옛날을 회상하던 양지는 자신이 서 있는 곳이 악취 나는 배설간이라는 것도 잊은 채 멍하니 서 있었다. 확산되는 집안의 악취로 똘똘 묶인 기분이었다. 고향 인심은 객지에서 성공한 사람을 품어주고 진심으로 환영하기보다 묵은 과거에다 성공한 사람을 밀어넣고 조롱하는 속성이 있다. 이런 연유로 객지에서 성공한 사람들은 고향에 가기를 꺼린다고 했을까.

10. 안고 앓아야 하는 내상

갇힌 듯이 화장실에 있던 양지는 억제하고 있던 숨통을 열고 큰 숨을 들이키며 나왔다. 그러나 느닷없이 날아드는 새 떼의 기습을 받는 듯한 환각으로 손을 들어 안면을 가렸다.

급한 김에 뛰어서 화장실로 직행하느라 미처 발견하지 못했던 장식들이었다. 하늘을 가리고 있는 만국기, 바람개비. 어디 주유 소개업이라도 했나보다. 읍사무소에서 우체국으로 지서까지 축제의 깃발은 연이어 있었다. 한바탕 매구를 쳤는지 땀을 닦으며 술잔을 나누고 있는 농악패들의 울긋불긋한 모습도 보였다. 그뿐 아니다. 삼삼오오, 모여앉은 사람들마다 돼지고기 안주에 술을 마시고 있다. 정류장은 전보다 훨씬 비좁아졌다. 실비집·노래방·당구장 등의 간판이 붙어 있는 삼층 건물이 새로 들어섰다. 저쪽으로 낡은 매표소 건물을 뜯다 말고 잠자는 공룡처럼 코를 처박고 있는 포클레인도 보인다. 어딘가 모르게 옛 모양이 많이 변했다. 그 가운데서도 모두들 잔치 기분에 젖어 있는데 이방의 나그네처럼 양지 혼자 외톨이였다. 시선을 줄 곳도 서 있을 곳도 마땅치 않다.

양지는 뜯기다만 매표소 쪽으로 걸어갔다. 이미 가게도 철거되었다. 모처럼 집에 올 때면 동생들과 어머니에게 줄 선물을 옆에 놓고 표를 사던 곳이었다. 먼지 앉은 진열대에 총채질을 하다가 표를 끊어주던 뱃살이 퉁퉁한 아줌마도 보이지 않는다.

"대평 가는 차는 어디서 타야 합니까?"

양지의 물음에 일회용 접시에 담겨 있는 경단을 집어들어 입으로 가져가던 젊은 여자가 해반닥 고개를 들었다. 어매 뭘 모르는 갑네. 그런 표정이었다. 양지는 머쓱해져서 그녀의 표정을 살폈다.

"여게 처음 온 모양인디 쪼맨만 기다리 봅시다. 우리 모두 그리로 갈 사람들인께."

둘러앉은 사람들 속에서 술잔을 기울이던 나이 지긋한 아저씨가 끼어들었다. 그제야 양지에게 관심을 보이며 여기저기서 음식을 같이 먹자고 권하기도 했다. 둘러보았지만 안면 있는 사람은 아무도 눈에 띄지 않았다. 그때 아, 온다, 온다. 누군가의 외침과 함께 모여 있던 사람들이 웅성거리며 일어났다. 지서 옆 공터 쪽에서 소형버스 한 대가 천천히 미끄러져 들어왔다. 아, 저거였구나. 양지는 새차에 둘러쳐진 휘장의 글귀를 훑었다. ─ 축 대평-수곡 간 마을버스 개통 ─.

사람들은 손뼉을 치며 몰려들어 차를 에워쌌다. 활짝 열려진 문에서 말쑥한 정장 차림의 키 큰 청년이 내려왔다. 뒤이어 청년이 돌아서서 뻗어올린 손을 잡고 부한 몸매의 노부인이 함박꽃처럼 활짝 핀 웃음을 펼쳐보이며 내려왔다. 아. 양지는 저도 몰래 짧은 놀라움을 토해냈다. 명자 어머니. 그렇다면 저 청년은 기철이다. 선거에 출마한다는, 좀 전에 화장실에서 들은 소리가 퍼뜩 생각났다.

"돈 한나 안 내고 공짜로 타고 댕기도 된담서요?"

떡을 먹던 아까 그 젊은 여자가 조금 모자라 보이는 얼뜬 표정으로 옆 사람에게 묻는 소리였다.

"하모. 한 시간에 한번썩이라니께 하루에 몇 번은 일보러 왔다갔다 해도 될 끼구마."

"아이구야, 돈이 울매나 많아서 동네 사람들한테 이런 적선을 다하꼬?"

감동하고 탄복하는 말들은 여기저기서 어울려나왔다.

"우리 아들이 서울 있는 저그 큰 누부캉 의논해서 희사한 차니께, 눈이 오나 비가 오나, 하리에 백 번도 좋고 천 번도 좋고 마음놓고 타고 댕김서 일들 보시라꼬요. 예에, 예에."

자비로워보이는 푸진 미소와 함께 명자 어머니의 말이 떨어지자 박수와 환호가 터져나왔다. 모자는 너그러운 웃음을 만면에 싣고 굽실굽실 허리 굽혀 답례를 한다. 양지는 다시 한번 주위를 살펴보았다. 자신을 알아보지 못하는 사람들뿐인 걸 다행으로 여기며 무리에서 뒷걸음쳐 물러났다.

"자, 집에 가모 또 술도 쌨고 괴기도 쌨심니더. 어서어서 타이소. 이리 자시고 말랍니꺼. 우리 한번 떡 벌어지게 축하파티를 해보입시더."

육덕 좋은 몸매에 기름기마저 자르르 느껴지는 당골네, 명자 어머니의 목소리. 오늘 드디어 활짝 피어난 귀한 꽃인 양 기품도 호사함도 들러리를 섰다.

양지는 머리를 저었다. 되도록 단순해지고 싶었다. 과거의 어두움에 지배되어 현재가 방해받고 있다면 과감하게 토막 쳐서 기억을 없애야 한다. 하지만 뇌리속에 박혀서 육화되다시피 한 일들은 없앤다고 없어지고 잊으련다고 쉬 잊어지는 게 아니었다. 자신의 의지와는 상반되게 현재와 과거의 어우름을 서성거리고 있다. 뒤숭숭하고 난해한 일들에서 방해받지 않도록 멀리 까맣게 망각속에다 고향을 방치해왔을 뿐. 외롭게, 없이 사는 것도 서러운데 상촌양반은 와그리 우리 아아들 아부지를 못 잡아 묵어서 그라요, 신당에 고하고 물어봐도 당최 괘가 안 빠지요. 부모 쥑인 원수도 아니고, 전생에 무슨 웬수가 맺혔다꼬. 상전이 벽해 될 날 있다꼬 우리도 자슥 키우요. 참말로 와그라요? 땅을 치며 악다구니를 퍼붓는 아내 곁에 북짐을 진 채 우두커니 서 있던 명자 아버지. 아내와 같이 다니며 엿장수를 할 때는 달비요, 삼터럭이요, 아내의 입을 따라 같이 뻐끔거리기라도 하더니 신이 내려 당골네가 된 아내의 북짐을 지고 다니면서는 아예 입을 떼지도 않아 천생 등신 같아진 사내였다. 맥없이 사위어가는 남편의 형상이 너 때문이라고 따지듯이 명자의 엄마는 목청껏 아버지께 앙석을 했다. 그리고는 전혀 딴 사람이 된 듯 구슬프게 청을 뽑았다.

"아서라 이 세상 초로 같은 인생살이, 아웅다웅 산다 캐도 저승문이 코 앞이다. 개천아 네 그러나 눈먼 봉사 내 그러지. 그렇지만 상전이 벽해 란다. 쥐구녕에도 볕들 날 있는 벱이다. 아들 자석 키아서 정승판서 맹글고 딸 자석은 키아서 요지연으로 보내는 꿈 밤이 짤라 몬 꾸것나 하룻밤에도 열두 뺑뺑이다⋯."

명자 역시 양지 앞에서 들어 새기란 듯 똑똑히 말했었다.

"내가 왜 그렇게 미친년처럼 돈, 돈하며 내 청춘을 바꾸었는데?"

그들은 시와 때가 도래하도록 사연을 깊이 품어서 간직하고 와신상담

해왔을 뿐이다. 일시에 상대방을 쓰러뜨릴 기회를 얻을 때까지 독즙을 따 모으듯이 인내를 저축하고 있었던 것이다. 말만 한 딸들을 등에 업고 어웅어웅 기어다니던 자기 아버지와 친구처럼 어울려서 뒹굴던 명자네 집 식구들의 '버릇없고 막된' 생활 모습. 명자는 그런 부모에게 은혜를 갚는다고 했는데 그게 오늘 같은 날이다.

양지는 목이 졸린 것처럼 큰 숨을 토해냈다. 아버지가 순순히 인정하려 들지 않으면 예기치 않은 불상사로 일이 크게 벌어지는 상황이 만들어질지도 몰랐다.

양지는 스며들 듯 조용히 고향마을 진입로로 들어섰다.

층층으로 쌓아올린 높은 축대 위에 병들고 황폐한 내면을 감춘 늙은 장수처럼 그래도 거만하게 버티고 선 고가는 멀리서도 잘 보였다. 그런데 양지는 언뜻 걸음을 멈추며 상상조차 하지 않았던 어떤 살풍경을 목격했다. 너무나 당혹한 나머지 자신이 엇비슷한 어떤 다른 촌마을로 착각해서 들어온 게 아닌가 주위를 다시 둘러볼 지경이었다.

품이 넓은 가족처럼 마을을 아늑하게 둘러싼 보호수들의 울울한 수림이 움푹움푹 가라앉아 있었다. 수백 년은 족히 되었을 고목들이라 나무 하나가 차지한 자리만 해도 지름 십여 미터는 족할 면적인데 그 많던 나무들이 거의 벌목되고 없는 자리는 황량하기조차 했다. 그녀가 유일하게 간직하고 있는 고향에 대한 자긍심이 있다면 어릴 때 부르던 〈나의 살던 고향〉이라는 동요의 창작 무대일지도 모르는 마을의 분위기였다. 나의 살던 고향은 꽃피는 산골. 복숭아꽃 살구꽃 아기진달래. 울긋불긋 꽃대궐 차리인 동네. 그 속에서 놀던 때가 그립습니다. 어쩌다 집이 그립다는 생각이 나면 어린 가슴을 쿨렁거리며 흥얼거리던 노래 속의 그 곳이었다.

그 무성한 숲을 이루던 거목들은 다 어떻게 된 것일까. 아이들 서넛이 팔을 벌리고 둘러서도 잡히지 않던 우람한 등걸의 팽나무나 느티나무, 참나무 등의 고목들 때문에 오래된 마을의 운치는 더욱 장중했었다. 생장점이 구불텅구불텅 아무렇게나 뒤틀려 올라간 팽나무와 귀목나무며 우툴두툴 갈라진 참나무 목피 틈으로 흘러나온 진액을 먹고사는 사슴벌레, 작은 날개를 팽이처럼 돌리며 부지런히 날아다니던 풍뎅이들…. 어린 가죽 순을 따기 위해 간짓대를 들고 몰려들던 가죽나무, 그 옆으로 또 옆으로 키 작은 잡목들의 수장으로 버티고 서 있던 이파리도 미끈하게 예쁘던 서나무, 소나기 만난 아이들의 머리를 우산처럼 가려주던 넓은 잎을 가진 오동나무들…. 그 아래 떨어진 입가심거리를 줍기 위해 놀이터 삼아 뻔질나게 오르내리는 아이들을 실망시키지 않던 밤나무, 굴밤나무, 고염나무들…. 특히 낮은 가지에 그네를 매놓고 뛰던 배롱나무, 그 위를 원숭이처럼 가지타기 하며 건너다니다 부러졌던 팔이 덧날까봐 쑥으로 뜸떴던 팔의 흉터는 아직도 남아 있다. 맷방석 같은 그루터기 주변으로 허옇게 쌓여 있는 톱밥이 흘러내린 나무의 진액에 젖어 축축하게 부풀어 있고 미처 수거하지 못한 잔삭다리가 수북하게 방치되어 있는 깐으로 보아 나무는 벤 지 오래된 것 같지 않았다.

집으로 들어서자 폐허가 된 절간같이 쓸쓸하고 적막한 마당에는 이리저리 가랑잎과 짚검불 따위만 바람을 맞아 휩쓸러다니고 있었다. 차라리 볏짚으로 이엉을 엮어 얹은 조그만 오막살이라면 고즈넉한 세월의 정감이라도 느낄 수 있었을 텐데 큰 덩치에 담긴 많은 해괴한 사연으로 인해 집 건물은 어린 저를 길러준 고향집이라는 그리움은커녕 스산스럽기만 하다.

중문을 넘어 안마당으로 가야 하건만 양지는 움직이지를 못한다. 된서리 맞은 텃밭에 눈길이 쏠렸다. 잎사귀와 끝물고추가 데친 듯이 쳐져 내려 있는 고추밭. 부지런하고 야무진 어머니가 다 지은 농사를 저 따위로 이유없이 팽개쳐둔 것은 경황없이 분주한 어머니의 요즘 심경이 그대로 미친 여파이리라. 너거 어매 언양 갔대이. 사나흘 걸린다 카지 아마. 동구에서 만난 이웃 아주머니의 말을 듣는 순간 양지는 그냥 돌아가 버릴까 하는 생각을 얼핏 했다. 자신이 몹시 초라한 데 울화가 치밀었다. 정말 이 따위의 귀향은 그녀가 원하는 게 아니었다. 그러나 이왕 온 길이라 내처 돌아서지 못하게 날은 기울고 전신에 힘도 풀렸다. 그녀는 하늘을 올려다보았다. 흐릴 것 같던 하늘은 그래도 아직 기운 햇살을 거느리고 엷게 가로누워 있었다.

서산머리로 멀리 보이는 하늘로 눈길을 보내자 안장산 꼭대기에서 먹구름이 몰려오지 않는 한 겨울비는 오지 않는다고 날씨를 점치던 어머니의 모습이 떠올랐다. 깨끗하고 기품 있게 늙은 종갓집 종부들의 모습을 신문이나 티브이 화면을 통해 볼 때마다 불현듯 비교되는 어머니를 떠올리곤 했다. 가솔이 번창하고 재산 있는 집 종부는 시집살이도 호되지만 가내 대소가의 사람들로부터 존중을 받는 영광스러움도 있었다. 그러나 어머니의 생애는 어떠했던가. 바람언덕에 선 억새처럼 혼자서 외로운 집안의 온갖 어려움을 버텨내느라 몸피조차 삐쩍 말라 있다. 안장산 꼭대기에 비를 담은 구름이 실려 있는지 없는지를 혼자 관찰하듯이 가까운 일가붙이 하나 없이 집안의 대소사를 혼자서 계획하고 실행

해야만 했던 어머니. 사방을 둘러봐도 기댈 데라고는 자신 하나뿐인 것을 알면서 외롭고 고독한 길을 걸어올 때 어머니는 무슨 생각을 하며 자신을 추슬렀을까. 그녀는 다시 오른쪽으로 고개를 돌려본다. 북서풍을 막아서 안방처럼 따스하게 마을을 감싸주던 동뫼등이 지쳐 있는 늙은 소의 모습으로 누워 있는 게 얼추 나목이 된 잡목림 사이로 바라보였다.

물기가 말라비틀어진 걸레로 대강 먼지를 훔친 양지는 마루 끝에 엉덩이를 걸쳤다. 기우뚱한 아래채 모퉁이에 있던 더그매 쪽으로 자연스럽게 시선이 나아갔다. 거기에는 암탉이 알을 낳거나 병아리를 깔 때 사용하던 짚둥우리가 오래 전에 불용선고를 받은 채 느슨하게 매달려 있었다. 그러고 보니 참 여기 이쯤이었지. 양지는 조금 자리를 옮겨앉으며 목을 기웃 뽑았다. 알을 먼저 꺼내기 위해서, 또는 개나리 울타리 밑으로 어미닭이 병아리를 데리고 산보를 나서면 솔개가 덮치지나 않을까, 망을 보던 자리. 계란, 계란…. 그 순간 문득 계란 반찬 일색으로 상을 차려 아버지를 곤란하게 만들었던 수치스러운 기억까지 연달았다. 사회에 나가보니 그 시절에도 진취적이고 개방적으로 산 사람들은 많던데 유독 아버지만 왜 그렇게 어둡고 고통스러운 과거에서 벗어나지 못하고 본인은 물론 가족들까지 얽어 넣어서 괴롭혀왔는지. 되도록 단순하게 사고력을 제어해도 눈길 머무는 곳마다 한 맺힌 추억 한 점씩 서려 있지 않은 곳이 없다.

알매가 푸스스 흘러내리다 간신히 엉켜붙어 있는 처마 끝을 올려다보고 있던 양지는 스치는 생각의 한 끝을 잡고 섬돌의 층계를 내려섰다. 부엌 쪽의 후원으로 돌아갈 참이었다. 지금은 없어졌지만 이 집의 상징이다시피 하던 넓은 대밭이 있었고, 돌배나무가 고목의 흉물스러운 모습으로 버티고 있던 곳을 눈으로 직접 확인해보고 싶었다. 진사댁이라고 불렸던 윗대의 명당 터는 대밭 언덕의 상단에 수려하고 웅장하게 자리 잡고 있었다 했다. 그리고 우거진 잡초넝쿨로 인해 그곳에 어떤 건물이 있었고, 대체 어떤 일이 있었던지 목격했던 사람 아니면 몰라보게 변해버린 사당터.

"어느 해부터 가화家禍가 일어서 사람이 죽고 농우가 죽고 자꾸 우환재책이 일어나더란다. 하는 수 없어서 이 터로 내려서 집을 짓고 가화는 면했으나마 손孫이 안 나더란다."

동뫼등에 널어놓은 목화를 따면서 어머니는 집안의 내력을 그렇게 이야기해주었다. 얼마 전 명자가 말하는 그 억울한 내막을 듣게 되자 비로소 그때 어머니에게 들었던 이야기들이 생각났지만 그 이전에는 거저 어느 동네에 옛날부터 전해내려오는 전설을 들은 듯 무심히 흘려들어버리려 했다. 가화가 무엇이냐고 물었을 때 어머니는 가화라는 말을 입에 올리는 동시에 마치 그 가화를 다시 당하기라도 할 듯 질겁한 표정을 굳히며 그딴 건 몰라도 된다며, 공연히 일손 느리다고만 지청구를 해서 말머리를 돌렸었다.

축대를 내려서 부엌으로 돌아가던 양지는 갑자기 걸음을 멈추었다. 군불용 땔감 몇 뭉치가 동개동개 포개져 있는 찬방 모퉁이를 도는데 갑자기 후욱 담배 연기가 감지되었다. 반사적으로 몸을 움츠린 양지는 자지러질 듯한 놀라움으로 뒷걸음질을 쳤다. 뜻밖에도 아버지가 거기 서 있었다. 얼마 전에 보았던 그 색 바래고 낡아보이던 희불그레한 사파리 차림 그대로였다. 골똘한 생각에 잠긴 얼굴로 오직 담배를 피우는 일에만 집중해 있던 아버지는 뒤에 누가 오는지도 모르고 있었다. 얼마 만에야 꽁초를 휙 집어던져 밟으며 돌아서던 아버지가 양지를 발견했다. 이어서 뱉으려던 담배 침을 꿀꺽 삼키며 그 역시 짐짓 굳은 자세를 취했다. 얼마 전 자취방을 찾아왔을 때의 주눅 든 모습이 아닌 여느 창창하던 때의 아버지 표정이 거기 그대로 드러났다.

"나는 또, 니 에미가 왔다꼬…."

어색한 침묵을 깨기 위한 듯 아버지가 먼저 실망스러운 티를 냈다. 그리곤 금방 피우고 끈 담배를 다시 한 대 꺼내서 피워물었다. 수인사 따위는 아무도 하지 않았다.

"면소 있는 데는 난리법석이 났제?"

기철이네, 그 차를 타고 오지 않았느냐는 물음일 것이었다. 호남의 일에 대해서는 알고도 모른 척 하는 것인가. 양지는 대답 대신 아버지를 쏘아보았다. 호남의 불상사에 대한 가족적인 교감보다 먼저 명자네가 주재하는 잔치에 더 많은 관심을 보이는 것은 너희들도 남의 딸자식인데 왜 그런 영화는 안 보여 주느냐는 뒤틀린 나무람으로 들렸다. 그러나 아버지는 대답은 기대하지도 않았다는 듯 외면하며 두어 번 더 빨던 담배를 발로 비벼끈 뒤 아래채 뒤의 더그매로 올라가버렸다.

호남의 일을 아버지는 정말 아무것도 모르고 있는가, 아니면 알고도 시치미를 떼고 있는 것인지 확인하고 싶은 마음으로 몇 걸음 아버지 쪽으로 걸어가다가 멈추어버렸다. 아버지는 이제 가까이하고 참여시키는 대로 도움이 되기보다는 거추장스러울 뿐이라는 생각이 앞을 가렸던 것이다. 양지는 아버지가 돌아간 아래채의 담벼락을 흘겨보며 얄궂은 심사에 부대꼈다. 명자를 부러워하지 말고 아버지의 단견을 통탄하세요. 딸자식들이 언제나 어리기만 할 것이라서 그렇게 모질스럽게 싹을 짓밟았던가요. 또 그런 억하심정이 뻣뻣하게 목젖을 타고 오르는 것을 억지로 눌렀다.

어느덧 건너편 산자락으로 해그림자가 뉘엿거리기 시작했다. 양지는 아까부터 마당 한가운데 우두커니 서 있었다. 동그라미가 소복하게 발끝에 그려져 있다. 그러나 실제로 마음을 실은 동작은 하나도 없다. 그저 하나의 입상처럼 스카프를 바람에 날리며 서 있을 뿐이었다. 무엇을 어떻게 해야 할지 아무런 대안이 떠오르지 않고 머릿속만 복잡했다. 저녁때부터 급강하하기 시작한 추위를 견디려면 어머니가 비운 냉방에다 어둡기 전에 군불을 때야 된다. 변변히 먹은 것도 없는 허기진 뱃속에다 음식물을 공급하기 위한 어떤 노력이라도 행동에 옮겨야 할 것이다. 전기밥솥에다 밥을 안치고 김치국이라도 끓이면 식사해결은 된다. 하지만 호남이가 어머니의 내침을 당해가면서 사다 날랐을 듯싶은 편리한 가전용품들이 냉장고에서 커피포트까지 불편없이 갖추어져 있지만 선뜻 손이 갈 것 같지 않았다. 객석에 앉아서 영화를 보듯 해도 될 남의 일이 아닌데도 도무지 주위의 일들에 대한 감응이 일어주지 않는다. 의식은 상고시대에 있으면서 생활은 현대에 있는 이 모순적인 집안의 기현상이 그녀를 괴이한 혼란속으로 젖어들게 한다. 세뇌된 습관은 참 고질적인 병이라는 생각이 고작이다.

정남의 요절이 깨우쳐준 대로 이제는 이쯤에서 확실한 방향설정을 해야 할 때임을 모르는 바 아니다. 거부하는 의식을 배반하며 여기 이 자리에 서 있는 자신을 그녀는 인식하지 않으면 안 되었다. 하지만 의식과는 달리 그녀의 본심은 주춤거리고 있다. 눈 먼 돈키호테가 되어 피 흘릴 가치 있는 그 무엇이 과연 이곳에 있기나 한가, 있다면 그게 무엇인지. 그녀는 하나하나의 의미를 되새기며 주위의 사물들을 살펴보기 시작했다. 의식적인 무관심 속에다 몽땅거려 넣고 녹슬도록 굳게 자물쇠를 채워서 내팽개쳐 버렸던 것들…. 순간, 진저리치듯 그녀는 고개를 저었다. 잊었다니, 잊었다니. 잊으려 했을 뿐, 잊으려고 갈망했으며 잊었다고 착각해왔을 뿐, 눈으로 보았고 겪었던 것들 중 잊힌 것은 아무것도 없이 전신에 맺혀 있었다.

끄잡아 당기려는 원치 않는 손길을 뿌리치듯 서둘러서 그녀는 안마당으로 자리를 옮겼다. 마당에는 두 묶음으로 나눈 베틀이 아버지가 패대기친 대로 조용히 일몰을 받아들이며 나둥그러져 있었다.

"아는 사람이, 민속박물관인가 뭔가 한다꼬, 좀 찾아봐돌라 캐서…."

쏘아보는 양지의 눈길을 의식하며 아버지가 먼저 주억거리게 하던 물건이다. 한 개의 부품이라도 더 들추어내기 위해 먼지투성이 더그매 위를 얼마나 헤집으며 기어다녔는지 아버지는 전신에다 거미줄과 먼지를 뒤집어쓰고 나왔었다.

"엄마가 옛날에 쓰던 명주 베틀 같은데요?"

"그렇제. 장마에 다 패 때고 없는 줄 알았더마 용케도 남았네 그려."

장마에 다 패 때고. 속으로 아버지의 말을 되뇌어보자 저도 몰래 조소가 뿜어나왔다. 아내의 시력이 반잠이가 되도록 길쌈을 한 대가로 의식 해결을 한 못난 사내가 나요. 전시실에다 펼쳐놓고 광고라도 하자는 건가요? 양지는 그렇게 쏘아주고 싶은 것을 애써 참았다. 하나 둘, 바디, 도투마리, 잉앗대, 부테… 점검하며 헤아리는 아버지의 손길에 잔뜩 붙어 있는 신명을 보자 눈에 천불이 일었다.

"삼베, 무명베 짜는 베틀은 흔해도 명주 베틀은 원래가 귀한 물건이거등."

그래서 어쨌다는 건가요. 양지는 자꾸 오장이 뒤틀려오르는 것 같았다. 언제, 남보다 월등한 재주를 지녔다고 한번이나마 아내를 대접해준 적 있었던가. 해마다 하나씩 임신을 해서 곧 벌어지고 말 것 같은 맹꽁이배를 부테로 잔뜩 동여매고 베를 짜던 어머니. 아침에 보아도, 저녁에 잠자다가 깨어 봐도 그림 속의 여인처럼 베를 짜고 있던 어머니. 찰그랑, 찰그랑 바디에 건 문고리 소리가 내는 마찰음을 자장가처럼 들으면서 무심하게 잠들었던 철없던 어린 시절. 어머니는 누에고치 속으로 잠과 하루해를 몰아넣어 옷과 밥과 돈을 바꾸어냈다. 솥에서 펄펄 끓는 누에고치를 휘저어 어머니가 끄집어낸 그 구원의 실오라기가 없었던들 우리는 어떻게 되었을까.

"이걸 기증하실려고요?"

"기증?"

뜻밖의 소리인 듯 아버지가 조금 당황한 목소리로 되물었다. 답을 기대하고 물었던 것도 아니어서 관심을 돌리려는데 아버지가 덧붙였다.

"뭐, 기증을 하든 어쨌든 모리것다. 니 에미가 지금 또 명지 베 길쌈을 할 것도 아니고…."

그렇다, 새삼스럽게 찾아낸 베틀의 용도는 분명해졌다. 양지는 가슴에다 바늘쌈을 넣고 있는 것 같다. 또 아버지의 어투도 걸렸다.

"이제 엄마에 대한 호칭도 좀 달리했으면 좋겠어요. 식몬지, 종인지."

아버지의 표정이 조금 신등해졌다. 그러더니 작심한 듯이 참고 있던 울화를 터뜨렸다.

"또 그까짓 게 문제가? 너긋들 눈에는 니 에미만 뵈이고 이 애비는 안 뵈이나? 그란께 가스나 자슥은 말짱 황이라 카제. 아이구우, 내 쪽을 누가 알아줄꼬."

양지는 아버지의 말에는 반응하지 않고 내친 김에 참고 누르려던 말을 연달아서 뱉어냈다.

"들어오다보니 저기 비석모듬에 있던 고목들이랑 또 집 주변에 있던 팽나무 참나무들이 모두 베어지고 없던데요?"

웬 엉뚱한 소리로 얘기의 흐름이 바뀌냐는 듯 마뜩찮게 아버지의 표정이 일그러졌다.

"목각 예술인가 뭔가 한다는 사람들이 며칠 전에 제재소 사람 델꼬 와서 몽땅 정리를 했다. 수리가 들어서도 오래 못 갈 것들…."

갑자기 엉뚱한 말이 양지의 입에서 튀어나왔다.

"핑계 댄다꼬 모를 줄 압니꺼. 우리 집하고 명자 언니네 집하고 얽힌 일 벌써부터 알고 계싰지예?"

명자라는 말이 나오자 말자 양지의 말을 자른 즉각적인 아버지의 반응이 나타났다.

"요것 봐라. 엉뎅이 뿔난 송아지도 아니고, 씨잘데없는 남의 소리는 솔곳하기 들음서 와 애비 말은 풋방구만도 안 여기고, 그딴 소리들 천 소리 만 소리 한다 캐도 내하고는 상관없는 얘긴께."

"명자 언니네 작은할아버지가 연변에서 오게 돼 있다는데 상관이 없기는 왜 없다 캅니꺼."

"그딴 똥기저귀 차고 사는 늙다리가 오기는, 언제 죽은 영장이 돼서? 오뉴월 귀뚜리 닮아서 아는 것 많아서 좋겠다. 그리 잘 아는 년이, 애비가 그리 칠푼이 아니라는 거는 와 모리꼬?"

"우겨서 되는 게 있고 안 되는 게 있는데, 고집 부리지 말고 옛날 어른들이 한 일이니 잘 몰라서 그랬다 사과하고 화해하이소. 모르는 척 뻗대봤자 손가락질만 받게 돼 있는 거 내가 다 안 본줄 압니꺼?"

"건방진 년, 니까짓 게 뭐이관데 이래라 저래라 애비를 갤칠라꼬 드노. 도대체 니년이 뭔데 상관을 하노. 내하고 무신 관곈디. 본데없는 부상년도 그리는 안 한다. 집에 부리는 종놈도 아니고 먼 길 간 애비를 그리 푸대접하는 자식이 어데 있노. 읍내장에 가서 계란 몇 판 사다줄까? 다른 집 딸자식들 하는 것, 니도 눈 있는 년이 그따구 짓을 하모 우짤 긴데?"

양지는 계란이라는 말에 뜨끔했으나 명자네를 염두에 둔 아버지의 비아냥거림에 자신도 몰래 픽 나오는 냉소를 막지 못했다. 당신은 언제 자식 대접이나 제대로 해준 적 있느냐고, 성남 언니를 대접해서 잘 키웠다면 명자 언니만 못 했을까보냐, 이제 와서 그들을 부러워하는 그 심보는 어떤 양심에서 나온 망령이냐며 튕기고 되받고 싶은 대꾸는 그나마 꾹 눌러서 참았다. 늙은이한테 남는 건 눈치밖에 없다는 소리는 부영감으로부터 들은 상식이다. 무엇이 아버지에게 이런 힘을 주었을까. 자취방에서 보았던 모습하고는 천양지차로 기승한 아버지는 무시하는 눈길로 양지를 쏘아본 뒤 횡하고 콧방귀를 뀌었다. 이제 스스로 문제 해결할 방법을 취하고 있다는 자신감에서 돋아난 힘일 것이 상황으로 단박 읽혔다.

아버지는 끝내 약속한 천오백만 원을 모으기 위해 고목을 목재상에다 넘겼다는 실토는 하지 않았다. 양지 역시 아버지가 '소원성취'한데 대한 일은 모른 척해버렸다. 그러나 아버지는 듣다보니, 곱새겨보니 더욱 울화가 치솟는 모양. 어깨 위로 메어 올리던 베틀 묶음을 패대기치듯 내려놓으며 내뱉었다.

"야 이 잘난 년아. 네가 뭐이관대 애비가 하는 일에 그리 제재가 심하노. 내가, 이 최태뵉이가 운재 딸자슥 눈치보고 살다나. 저녁에라도 니에미가 오거등 내가 왔다갔다 캐라."

암호 같은 말을 남긴 아버지는 빈 몸으로 휑하니 중문을 나가버렸다. 긁어 뱉는 가래침 소리만 바깥마당에 팅겨 울렸다.

아버지라서 차마 행동으로 옮길 수는 없지만 솟구치는 증오와 울분으로 치면 달려가서 목덜미라도 낚아채서 그가 패대기치고 간 베틀과 똑같이 해주고 싶었다. 첨예하게 되살아나는 성남 언니와 명자 언니에 대비된 기억이 부추겨올린 증오는 첩첩으로 대기해 있었다.

첫 번째는 보릿고개라는 드높고 험한 고개를 넘을 때의 일이다. 장리로 얻어온 쌀도 바닥 난 대개의 집 사람들은 무시래기처럼 삐쩍 마른 몸과 마른버짐 핀 무표정한 얼굴로 다음 농번기를 준비하는 막연한 하루하루를 고행하는 순교자 같은 자세로 이어가고 있었다. 가족의 호구를 책임 진 어른들조차 도둑질이나 강도질 못 하는 양심에 눌려 애태울 뿐 다른 뾰족한 방법을 찾아내지 못하고 그냥저냥 긴 목숨이나 연명시킬 뿐인 그때. 새벽종이 울렸네 새아침이 밝았네. 전국을 들썩거리게 한 그 노래는 양지네 마을에도 예외없이 구석구석 휘돌아치며 쳐져 있는 분위기를 일으켜 세웠다. 이 노래는 아무리 늦잠꾸러기 게으름뱅이라도 송신하고 부끄러워서 잠자리를 털고 일어나게 만들었다.

집안일을 밤으로 미룬 사람들은 새마을 사업장에 나가서 시키는 일을 했다. 전에는 도로나 하천 보수를 해도 무보수 부역으로 끝났지만 일한

만큼 밀가루나 콩, 옥수수 등의 현물일망정 노동의 대가를 받을 수 있으니 너도 나도 열심히 일장의 정보를 얻어 작업장으로 나갔다. 양지가 눈을 뜨면 그때 벌써 언니는 밭으로 나가고 없었다. 부지런히 집안일을 해놓고 동네 언니나 아주머니들과 어울려 새마을 사업장에 나가기 위해서였다. 도대체 언니는 잠을 자는지, 잠들 때도 깨어나서도 양지는 잠자리에서 언니를 본 기억이 가물가물할 정도였다. 오늘은 신작로 공사장에 갈까 아니면 지난해에 무너진 제방 축을 쌓는데 가서 대야로 흙이나 돌을 여다 나를지도 모른다. 아니 벌거숭이 민둥산에 어린 묘목을 심거나 산사태 방지를 하는 사방공사장에 나가 조성된 계단참에 풀씨를 뿌릴지도 모른다. 언니는 요즘 신이 나서 어른들을 따라다녔다. 노임으로 주는 밀가루도 벌써 여러 부대 쌓였다. 옥수수나 납작 보리쌀을 받아올 때도 있었는데 옥수수는 절구로 알뜰하게 대낀 뒤 밥을 지어먹기도 했다. 먹을 것이 넉넉해지니 어머니도 언니도 자주 편한 웃음을 웃었다.

그런데 하필 어머니까지 공사장에 나갔다 돌아오는 길에 아버지에게 딱 걸리고 말았다. 화가 난 아버지는 부엌 앞에 놓여 있는 구정물 통을 눈에 보이는 대로 쳐들더니 어이딸을 향해 내던졌다. 마침 언니는 잽싸게 뒤꼍으로 도망치는 바람에 어머니만 시큼하게 부패한 구정물을 흠뻑 뒤집어썼다. 어머니는 묵묵히 업수건 썼던 무명베 수건을 벗어 얼굴을 닦은 뒤 저녁준비를 했다. 체면 깎인 화를 못 삭이고 씩씩거리던 아버지는 기어코 밥상에 얹힌 장떡을 내던지며 다시 밥상을 차버렸다.

"내가 아무리 죽은 뭐이라 캐도 가장은 가장인데 내가 한분 안 된다 카모 안 해야 될꺼 아이가. 에미가 가장 알기를 물똥 싼 개 밑구녕모냥으로 아니 딸년들이 뭘로 보고 배울 끼고. 이 따우껏 배터지게 쳐묵고 천

년 만 년 살라꼬?"

깨진 된장그릇을 치우고 쏟아진 된장을 쓸어담고 흩어진 장떡 쪼가리를 천천히 집어담는 어머니의 뒤통수를 겨냥해서 아버지의 호통은 계속 쏟아졌다. 그 고집스럽고 묵묵한 뒷모습을 노려보던 아버지의 일갈과 함께 때꼽 낀 양말 뭉치가 어머니의 머리 위로 날아갔다.

"사람 말이 돼지새끼 방귀소리만도 몬 하나. 다시 더 안 한다 한다 말이 있어야 될 꺼 아이가! 또 다시 한번 이 최태벅이 낮에 똥칠하는 짓하러 나갔다간 다리몽댕이 뿌러질 줄 알라꼬, 내가 캤나? 안 캤나?"

외척의 알음으로 얻어온 장리나락을 꾸어다 먹은 것도 벌써 바닥이 난 것을 어머니는 아직 말하지 않았다. 건채해놓았던 나물도 바닥이 났고 쓴냉이, 쑥뿌리를 캐다 넣어먹던 풀대죽도 성남의 노력이 아니면 언감생심인 것을 굳이 밝히지 않았다. 성남이 아니면 뱃속에서 쪼록쪼록 소리가 나도록 굶다가 픽픽 쓰러지는 이웃들처럼 어쩔 수 없는 것을 남편은 정말 모르는 것일까. 체면만 가득한 집안에 쥐 볼가심할 것도 없이 바람만 빵빵한 뒤주 안을 정말 염두에서 지웠을까. 순간, 어머니의 살모사처럼 변한 눈초리가 아버지를 향해 꽂혔다.

"참 해도 해도 너무 하네요. 이녘이 그칸 거는 맞지요. 그렇지만 체면이 우리한테 밥을 줍디껴 돈을 줍디껴. 집에 챗독이 그득함사 낸들 미친 개괴기를 삶아묵은 것도 아니고, 미쳤다꼬 얼싸 좋다 외간 남정네들 판인 거기 끼이겠소. 정경부인도 못 되면서 두 손 재배하고 있으모 쌀이 나오요? 돈이 나오요?"

"또 그놈의 돈! 돈! 집에서 길쌈하고 농사 돌보고…."

"아이고오 이 양반아, 떼 양반아. 쎄빠지게 나대봐야 제 동도 못 대는 살림살이 누구보다 잘 앎서로 우짠다꼬 그리 억불로 사람 오장을 또 뒤집고 그라요.”

“에이 집구석이라 카능기!”

말이 막힌 아버지는 문을 박차고 나섰다. 그러나 생각해보니 이게 아니다 싶은지 마루를 건너가다 돌아서더니 손가락으로 어머니를 겨냥한 뒤 다시 엄포를 놓았다.

“야튼, 또 한번 그런데 나가모 집구석에 확 불 싸질러삐리고 다시는 내 얼굴 몬 볼 줄 알아라!”

아버지가 나가고 잠시 후 뒤뜰 어디선가 아버지의 시위성 헛고함 소리가 들렸다. 무언가를 거니챈 어머니와 성남 언니가 잽싸게 뛰어나갔을 때 낫을 든 아버지는 이미 대나무밭 기슭에 있는 방공호로 들어서고 있었다. 아버지가 든 낫날이 희끗거릴 때마다 쌓아놓은 밀가루부대가 좍, 좍, 갈라지며 안에 차 있던 밀가루가 하얗게 쏟아져나왔다.

“아이고 이라지 마소, 이리 볼촉시리 나오모 신양에 안 좋심더. 참말로, 에나 이라모, 진짜 죄 받심더.”

휘둘리는 흉기에 대한 겁도 없이 어머니가 달려들자 동작을 멈춘 아버지는 대밭 어우름에다 낫을 휙 집어던지고는 가래침 한 덩이를 긁어뱉었다.

“그따구 소갈머리로 사나아 기를 쥑일라꼬, 어데서 감히!”

아버지가 무슨 억측을 퍼부으며 비난을 하든 말든 어머니는 흩어진 밀가루를 쓸어담는 데만 정신을 쏟았다. 간간이 마른 밀가루를 흡입한 사래기침을 쏟아내며 연신 성남 언니에게 미안해서 어쩔 줄 몰라했다.

“에이구우, 땀 흘린 새끼한테 미안하단 말은 못할망정 이 일로 우째야 될꼬."

"아부지 성질 모리는 것도 아니고, 괘안타 옴마. 글타꼬 내가 가만히
있겠나. 내일은 동동골 사방공사하는 데 가기로 벌써 약속 다해놓고 왔
다."

정신나간 사람처럼 찢어진 밀가루부대를 안고 끙끙거리는 어머니를
본 언니는 선머슴처럼 대범하게 히히 웃으며 남은 밥을 비벼서 아귀아
귀 퍼먹고 맛보면서 동생들께로 숟가락을 나누어주었다. 큰언니 성남은
이미 아버지의 이중적인 심리를 간파할 만큼 속이 차 있었던 것이다.

언니는 그 후에도 열심히 새마을 사업장에 나갔다. 그니가 받아온 옥
수수나 밀가루는 다각다각 바닥 긁히는 뒤주를 채웠고 끼니가 되어 가
족들의 주린 배를 불려주었다. 즐거운 웃음과 화목까지 선사했음은 말
할 것도 없었다. 들일이라야 품앗이가 고작인 농사일에나 동원되었던
여자들도 당당하게 일당을 받는데 은근한 자부심을 가졌고, 열심히 모
은 곡식이 훌륭한 가용돈 역할을 했다. 남편에게 가용돈을 타 쓰던 아낙
들도 자기가 번 돈이니 자기 마음대로 쓰겠다는 뱃장으로 예쁜 옷을 사
입기도 했고, 어떤 어른은 아이들 옷을 기워 입히기 위해 재봉틀 사는데
신바람을 냈다. 대개 못살았던 때였고 노루 잡은 작대기만 삶아먹어도
죽어가던 사람이 살아나던 때였다. 굶주림이 극에 달했던 무렵 누구네
는 솥 달아맨지가 며칠째라 식구들이 죽은 듯이 누워지낸다는 소리도
심심찮게 들렸다. 쌀이나 건건이 하다못해 잡곡 오쟁이까지 추렴해서
돌보았지만 형편이 그만그만한 마을 사람들의 돌봄도 한계가 있게 마련
이니, 이웃이 들을라 음식 끓이는 기척이나 숟가락 소리도 내지 않고 밥
을 먹을 정도로 인심마저 메말라갈 그 시절의 일들인데 어찌 기억에서

지울 것인가. 이것 봐라. 밥하는 연기가 없는 사람들 눈에 띄일까봐 이리 작게 만든 기란다. 어머니는 언젠가 뒤꼍에 있는 아주 낮게 숨어 있는 굴뚝을 가리켰다. 그라모 우리도 부자로 잘 살던 때가 있었네? 반색을 하는 언니의 물음에 어머니는 더 침음해진 음성을 한숨처럼 지었다. 하모. 그렇지만 부자 삼 대 못가고 거랭이 삼 대 안 간다는 말이 안 있나, 있는 집 업 떠나듯이 가운이 진한기라. 흥망성쇠는 언제나 있게 마련이라 그리 위안하고 살아야제. 우리도 윗대에는 저기 실고개에 가마솥을 걸어놓고 배고픈 사람들한테 밥이나 죽을 끓여줌서 기민구제를 했던 적도 있던 집안이란다. 너거 할아부지나 아부지나 지난 날 영화에서 몬 벗어나고 사는 게 그게 병이제. 젖히다 안 되모 굽힐 줄도 알아야 되는데 그게 안 되니 사는 게 이리 팍팍한 삐알길 아이가.

막판 보릿고개에서 신음하고 있을 그 즈음 어느 날, 울밑에서 누군가와 소곤거리던 성남 언니가 들어오더니 자는 양지를 깨우고 옷을 입혔다. 셍이야, 와그라노? 안즉 오좀 눌 때도 안 됐는데. 언니는 잠꼬대로 꿍얼거리는 양지의 입을 얼른 막으면서 손을 끌었다. 안방에 들킬라 고양이걸음으로 마루를 건너는 것쯤은 익숙했다. 조심스럽게 대문을 지그려놓고 밖으로 나오니 팔짱을 낀 채 깨금발을 놓고 있던 명자 언니가 앞장을 섰다.

다른 데로 놀러가는 것이 아니라 도착한 곳은 뜻밖에도 명자 언니의 집이었는데 웬일인지 부엌에는 제삿날처럼 환한 호롱불이 여기저기 밝혀져 있고 가마솥 아궁이에는 잉걸불이 활활 센 불땀을 내고 있었다. 부엌 천장까지 가득 차 있는 구수하고 푸진 김이 야기로 더욱 까슬해진 양지의 얼굴을 비단보처럼 보드랍게 감싸주었다. 그들을 보자 아궁이 불을 돌보고 있던 명자 아버지가 손짓으로 어서 들어가라는 시늉을 했다. 김이 펄펄 나는 가마솥을 일별하며 방으로 들어가니 방안에는 벌써 김이 술술 오르는 자배기를 에둘러앉아 그 집 아이들은 뭔가를 열심히 먹고 있었다. 그들이 내주는 틈으로 양지와 언니도 끼어 앉았다. 뚝배기 가득 기름이 동동 뜨는 곰국을 명자 아버지가 건네주었다.

"우리 아부지가 이것 멕일라꼬 부르라 카더라."

명자는 흐물흐물하게 잘 익은 고깃점을 소금에 쿡 찍어먹으며 어서 먹으라고 성남의 팔을 밀었다. 영문 모르고 먹게 되는 음식을 바라보며 멈칫거리는 양지의 숟가락을 국그릇으로 꾹 눌러담그며 명자 아버지도 웃어보였다.

"참 맛있다. 너거 옴마 굿하러 가서 받아왔는 갑제?"

"아이다. 아부지가 어데서 갖고 왔는데, 고마 얼렁얼렁 많이 묵기나 해라."

"이기 뭔 괴기고? 이런 괴깃국은 첨 묵어본다. 토끼괴기·비둘기괴기는 묵어봤다만, 이렇게 살이 깊고 구수하고, 금방 온몸이 화악 짚어지는 것 매이로 흐뭇해진다."

"야도 참, 그란께 울아부지가 너것들 데꼬오라칸 거 아이가. 아무 소리 말고 많이 묵기나 해라. 저 봐라 울아부지가 또 퍼온다. 우리는 날마다 묵는데 며칠 묵고 난께 인자 물똥도 안 싼다."

"에나가? 날마다 누가 그리 많이 갖다주는데?"

"그건 나도 모린다. 아부지가 말도 못 하는데 설명을 우찌할 끼고. 저게 먼 데라꼬 손짓만 하는디."

맛있게 먹은 고깃국으로 양지는 이튿날 사태난 듯이 맹렬한 물똥을 싸댔다. 그런데 며칠 후 양지는 성난 맹수처럼 쳐들어온 아버지로 인해 자신들이 먹은 그 맛있는 고깃국의 정체를 알게 됐다.

그날도 두 집 아이들은 마른버짐 투성이던 서로의 얼굴이 기름 바른 것처럼 반지르르하게 피어난 것을 마주보고 자랑하며 맛있는 곰국을 먹었다. 어린 양지는 그때도 몇 번이나 시중드는 명자 아버지에게 넋을 앗겼다. 저이가 나의 아버지라면. 벙어리라도 좋다. 아버지처럼 유식하게 한자로 된 서책을 읽을 줄 몰라도 좋다. 고개 숙여 인사하는 사람이 많지 않아도 좋다. 꼿꼿하게 양반걸음을 걷지 못해도 좋다. 양지는 그때 행복이란, 어떤 보호자의 조건 없는 사랑 아래서 맛있는 음식을 배부르게 먹을 때 샘물처럼 퍼져 흐르는 저린 감정임을 알게 되었다. 아버지는 저래야 된다. 저 아버지를 안고 매달려 언제까지나 흔감하게 녹아들고 싶었다. 어린 양지의 눈에서는 저도 모르게 감격의 눈물이 줄줄 흘러내렸다. 성격이 매운 아버지는 잘한 일 아홉 가지는 칭찬도 없이 당연하게 넘기면서 실수한 일 한 가지는 용케도 꼬집어내서 딸자식 교육이 어떻네 저떻네로 비약시켜가며 아내와 딸들을 혼찌검만 냈다. 게다가 아내와 자식들이야 밥을 먹었는지 죽을 먹었는지 물어보지도 않고 맛있는 반찬이 있으면 다른 사람 못 먹게 다음 때에 또 먹겠다는 말을 덧붙이며 상을 물렸다.

양지는 저도 몰래 명자 아버지께로 다가갔다.

"아재예, 나는 자꾸 자꾸 눈물이 나예. 에나로, 진짜로, 너무 너무 고맙십니더. 나는 아재하고 같이 살고 싶어예. 아재가 우리 아부지라 카모 좋겠어예. 꾸지람도 안 하고 날마다 이리 맛있는 괴기도 묵고예."

양지가 달려가서 목을 껴안고 매달리자 명자 아버지도 웃으며 양지의 허리를 안고 돌린 입에다 연하게 바른 고깃살을 넣어주며 등을 토닥거렸다. 그런데 아버지가 그 흐뭇한 성찬의 모꼬지를 깻박내는 불한당이 되어 쳐들어온 것이다.

"이놈의 법짜 쌔키, 어데 있노!"

방문을 열어젖힌 아버지는 방안에 펼쳐져 있는 진풍경을 확인한 뒤 다짜고짜 명자 아버지의 먹살부터 낚아챘다. 기습에 놀라 버둥거리는 명자 아버지의 몸놀림에 휩쓸려 곰국을 먹던 깊고 흐뭇했던 두레상은 뒤엎어지고 아수라장이 되었다.

"내 이놈의 새끼 패쥑이삔다. 내 가시나들까지 매구 귀신 맹글라꼬. 어데다 흠충시럽기 진육을 쳐멕이고 있노 으이?!"

아버지가 한창 명자 아버지를 짓밟고 있는데 집으로 오던 명자 어머니가 달려들어 아버지를 뜯어말렸다.

"상촌양반, 와이라요. 짜빡하모 우리 아아들 아부지를 몬 잡아 묵어서 패악이요. 법없이도 살 우리 명자 아부지한티 에나 와이라요."

"헛, 초록은 동색이라꼬, 영락없이 가시버시는 가시버시네. 내가 와이라는지 몰라서 그라나? 이 짐승 겉은 놈이 묏등에 파묻힌 죽은 쇠 영장을 파다가 아아들 믹인 걸 알고도 죽은 놈맹키로 내가 가만있으란 말이가?"

죽어서 파묻은 소를 몰래 꺼내다 끓여준 곰국이 그렇게 맛있었다니. 아버지가 명자 언니 부모를 죄지은 짐승 족치듯 하는 것보다 더 놀라웠다. 어린 양지는 이제 물똥을 누지 않아도 될 만큼 속이 여물어진 대로 엉뚱한 생각을 했다. '삶을 때는 모두 다 죽은 짐승이지 솥에 들어가서도 살아 있는 괴기가 어디 있노. 산에 나무하러 갔던 이웃 아저씨도 '홀랑

개'로 잡은 죽은 토끼를 덜렁덜렁 들고 와서 굽고 찌지고 맛있게 잘만 먹더라.' 양지의 생각으로는 죽어서 파묻은 고기라서 사람이 먹지 말아야 한다는 말은 별스러운 시빗거리가 될 것 같지도 않았다. 배고픈 자식들을 먹이기 위해 무덤 속에 든 죽은 소를 메고온 명자 아버지의 간절한 자식사랑에 대한 감동이 거룩하고 존경스러워 어린 가슴은 짓무르도록 뭉클거렸다.

언니가 끄는 손에 매달려 생쥐처럼 울타리 구멍을 빠져나온 양지 자매들마저 아버지는 그냥두지 않았다.

"또 와 저라꼬. 참 엉글쯩 나서 죽겠네."

남편이 날뛰는 이유를 알지 못한 어머니는 평소처럼 주눅 든 손짓으로 딸들이 숨어 있는 사당을 가리키며 저쪽으로 가더라고 이실직고했다. 설마 조상님들의 위패가 모셔져 있는 거기까지야 싶었던 딸들의 예측은 빗나갔다. 머리끄덩이를 끌고나온 성남을 패대기친 아버지는 발발 떨고 있는 양지까지 싸잡아 발길로 걷어차고 성남에 대한 주먹질을 멈추지 않았다.

"야, 이 웬수덩거리 년들아. 나가서 뒈져라. 그 놈이 어떤 흑심으로 그런 걸 퍼 멕이는지 설사 입주덩이 벌리고 퍼부어도 안 처묵어야 될 거 아이가. 애비가 그 얼비 같은 놈한테 하는 거 보고도 몰라. 이 아무짝에도 쓸데없는 년들로 그냥 한 주먹에 콱 다 쎄리쥑이 삘끼다!"

자신이 지칠 때까지 아버지의 화풀이는 계속되었다.

참 많은 세월이 흐른 옛일들이지만 기억은 아직도 아프다. 양지는 아린 몸짓으로 살피듯이 주위를 둘러본다. 자라난 환경에서 영향을 받는 것이 어디 식물이나 동물뿐일까. 사람의 영혼은 더 흠뻑 그 영향을 흡수한 대로 평생 안고 앓아야 하는 내상을 갖게 된다.

물로 가신 솥에다 맹물을 붓고, 아궁이 가득 군불을 밀어넣고 있는데 두런거리는 소리가 났다. 소리를 쫓아 마당으로 나오자 집을 둘러보고 있던 오륙십 전후의 남자 셋이 양지를 발견하고는 뜻밖인 양 서로의 얼굴을 돌아보았다.

그중 제일 퉁퉁해보이는 남자가 체격에 어울리지 않는 가벼운 웃음을 지으며 양지에게 말을 걸었다.

"우린 최태복 씨랑 잘 아는 사람들이요. 집 구경 좀 하러왔수."

가자, 가자. 뭐 죄 지었냐. 온 김에 둘러보고나 가야지. 대답도 없이, 빤한 눈길로 바라보는 양지를 의식해서 잠시 좌중지난을 보이던 사람들이 뚱뚱한 남자의 통변으로 용기를 얻었는지 갖고 왔던 목적 달성을 위해 집안 곳곳을 기웃거리고 다니기 시작했다.

"지은 지는 내가 알기로 한 백오십 년 남짓 그리 빽기 안 됐는디 건축양식은 문화재 감이란다. 저 버선코 겉은 추녀하고 깃도련 겉은 처마를 봐. 또 이 난간에 있는 봉황 조각은 어때, 못 하나 안 쓰고 홈을 파서 끼우고 아귀를 맞춘 기라. 워낙 보수 한번 안 하고 방치를 해서 그렇지 지금이라도 손 좀 보고 칠만 좀 믹이믄…."

말하다 말고 뚱보남자는 힐끔 또 양지의 눈치를 살폈다. 둘이 한패로 짝지어 다니는 남자가 담배 한 개비를 피워물며 끼어들었다.

"문화재가 밥 미기주냐. 장사만 잘 되모 장땡이지. 그나저나 수맥이나 넉넉한지 모르겠다."

"물? 물 하모 걱정을 팍 걷어싸라 고마. 이 집 위에 전에는 큰 대밭이 있었는데 그게 기똥차게 물맛 좋은 샘이 있었다. 지금은 식구도 없고 이력저럭 폐정이 됐지만 지하수 개발하모 무진장으로 약수가 솟을 끼구마, 장사 잘되고 못 되고는 장담 못 해도 조건 하나는 안심 꽉 공과삐라고마, 이 몸이 보장하꼬마."

"근데 택도 없이 중금 아이가?"

"그만 밑천 안 대고 이런 집주인 되겠나 생각해. 앞으로는 주차장 시설 잘해놓고 음식 맛만 좋으모 어데든지 손님은 간단다. 마이카 시대가 온다 안 쌌더나."

사정이 절박해진 아버지는 돈이 될 만한 것이면 무엇이든 돈과 바꾸는 중이다 못해 이 집마저 장사꾼들한테 거간을 맡긴 모양이었다. 뭐라고 자기네들끼리만 통하는 말을 주고받으며 집 안팎을 휘돌아다니는 그들을 두고 양지는 방으로 들어섰다. 어머니가 이것마저 동의를 했을까. 아무리 묵은 집이고 잘 된 일 없어도 이 집에는 가족들의 정과 혼이 얽혀 있다. 상속자가 있으면 당연히 자자손손 터전을 물려주는 당연한 정서를 무시하고 어머니가 이 일에 동의를 하지 않으면 있을 수 없는 일이었다. 어머니가 없는 날을 이용하여 아버지 혼자 꾸미는 일임이 분명해지자 양지는 딸이라는 이름의 자신이 그동안 얼마나 물 위에 뜬 기름마냥 동떨어져 살아왔는가를 느끼며 한없이 허전해졌다.

"여기 이거는 또 뭐하던 것꼬?"

바깥마당에서 뭔가를 발로 툭툭 차면서 한 남자가 묻자 또 한 남자의 대답하는 목소리가 들렸다.

"홍살문이라카는 거 들어봤나? 효자나 열녀가 나면 나라에서 세워준다는 정려문."

"이 집에 그런 것도 있었나?"

"전쟁통에 부서지고, 세월에 못 이겨서 허물어지고, 또 떠받쳐줄 인물이 안 나고, 삼박자가 딱 맞아떨어지니까 자네 차지되는 거라꼬. 우리 할아버지 어릴 때만 해도 굉장했던 집이란다. 떠도는 소문도 안 많더냐. 도시 근교라서 장소는 약간 회면지다만 규모를 보고 짐작해봐라."

이런 경우에 흥망성쇠라는 말을 쓰는 걸까. 막을 수 없는 변화를 현실로 직접 목격하게 되는 참담한 심정. 정이 없다고 뜻조차 없을까. 될 수 있으면 관계없는 먼 곳이기를 바라며 외면해왔을 뿐. 그런데… 양지는 사람의 감정이란 얼마나 변화무쌍한 것인지를 실감하며 멀어지는 그들의 발소리를 듣는다. 울먹이는 가슴의 파동이 전신으로 퍼지며 으스스한 한기로 휘돌았다.

<제2권으로 계속>

복잡미묘한 여성의 본색으로 쓴 여성의 역사

백두산만 산이냐. 우리 동네 앞산도 산이다.

그런 심정으로 무명의 길이나마 묵묵히, 열심히 걸었다.

『갈밭을 헤맨 고양이들』은 20여 년 전에 썼던 「언니」라는 제목의 단편소설인데 공교롭게도 내 인생의 심화과정에 겹쳐 동행하면서 4,000여 장의 장편소설로 거듭나게 되었다. 긴 세월 동안 한 작품을 오리고 덧대고 다듬는 작업은 사실 참 지난한 작업이었다. 그러나 숲속에 갇힌 것처럼 답답한 장거리 길을 동행하는 동안 다행히도 운이 좋아 대량의 열매를 받은 셈이다. 그리고 이 작품 속을 관류하는 동안 작품 속 인물이나 사회환경에 대한 이해의 폭과 깊이는 물론 각도에 따른 관점 또한 그래프처럼 내 인간적인 성숙도를 높이는 데 많은 도움을 받았음도 빠뜨릴 수 없는 고백이다.

그동안 여자로서의 역할에 따른 굴레에 저항한 것도 사실이며 잠시 절필 지경을 헤매기도 했다. 하지만 깊이 들여다볼수록 거룩한 모성에 힘입어서 과대포장 되었을지 모르는 복잡미묘한 심리로 구성되어 있는 여성의 본색을 발견했고, 이와 연결된 충돌로 드러난, 나와 같은 여성들의 역사를 보면서 얻은 과외의 큰 수확이 있다면 관조나 관망의 긍정적 사고로 일상을 대할 수 있는 안목이 생긴 터일 것이다.

여성이 가진 수많은 능력을 바로 읽지 못한 채, 핍진한 사랑과 관심의 결과가 빚은 불행했던 시대는 어느덧 지나갔다. 그러나 각종 시험에서 여성우위론이 나올 정도로 남녀평등의 기회가 온 듯하지만 새로운 양상의 몸살은 계속되고 있다. 어머니 시대의 인내와 딸들의 다양한 지식이 잘 버무려진 성찬이 되어 가족과 사회를 배부르게 했으면 얼마나 좋을까. 너와 나 손뼉 치면서 함께 웃는 세상은 우리 모두의 지향점이기에 말이다.

어릴 때 내가 자란 마을은 시골이어서 멀고 먼 비포장도로를 십 리 길이나 걸어 학교로 가야 했다. 일가친척으로 구성된 마을이었지만 성큼성큼 보폭이 큰 언니들을 따라가기에 친언니도 없는 맏이였던 나의 등굣길은 언제나 고난의 행군이었다. 황새를 따라가는 뱁새처럼 종종걸음을 치다보면 자갈투성이 도로에 엎어지기도 하는데 다친 무릎에서 흐르는 피를 닦을 겨를도 없이 절름거리면서 따라 뛸 수밖에 없었다. 그런 어느 날, 나 역시 예상 못했던, 지금도 왜였는지 모르게 아리송한 말이 내 입에서 튀어나왔다. 어젯밤에 재미있는 꿈을 꾸었는데 이야기해줄까? 별스러운 기대를 품고 했던 말도 아닌데 언니들은 의외의 반응을 보이며 내 이야기를 듣기 위해 나와 같은 보폭을 만들며 어깨동무를 해주었다. 신이 난 내 음성은 먼 먼 등굣길이 지루하지 않고 재미있게 꿈 이야기를 풀어나갔다. 진짜로 꾸었던 꿈은 그날로 동났지만 그 후 몇 날 동안 나는 어린 세에라자드가 되어 지어낸 꿈 이야기로 언니들의 보호를 받았다.

어느덧, 먹은 나이가 가당찮음을 실감하면서 자신을 성찰해볼 때면, 그 많은 설법을 남겼으면서도 '나는 아무 말도 하지 않았다'고 했다는 부처님 말씀이 떠오른다. 대성대각도 아닌 내가 쓴 글이나 말은 얼마나 허풍스럽고 필요 없는 감언이설로 넘쳐났을까 부끄러움도 생겼다. 어떤 삶을 살아야 하는지에 대한 가치관의 명료함도 없이 선배들의 그림자에 끄달려서 흉내내기만 한 듯한 것이 무척 아쉽다.

가사를 책임진 아내와 어미의 여력으로 다른 분야에 비해 긴 시간이 소요되는 소설을 쓰는 일은 참 어렵다. 그러나 소설 창작의 심해로 나를 이끌기 위해 내 인생 초기의 흐름은 그처럼 협소하고 굴곡졌으며 거칠기까지 했던가. 이 역시 부엉이 집처럼 가득 차야 하는 작가의 곳간을 충분히 채워준 과정이었음을 이해하게 되었다. 소설이 어떤 것인지 조금 보인다고나 할까.

아직도 내 곳간은 빽빽한데, 느낌 좋은 작품 인연을 계속 만났으면 좋겠다.

덧.

나의 남자, 목원 김태호 씨에게,

착한 '사미'처럼 평생 나를 지켜준 당신. 이 작품이 신문에 연재되는 동안 하루도 빠짐없이 스크랩한 묵직한 관심까지 선물해주셨지요. 서로를 서로의 작품이라 상정해놓고 동반하는 동안 당신의 순도 높은 사포질에 힘입은 결과임을 어찌 인정하지 않으리요.

그 아버지의 자녀들답게 아들 딸 삼남매와 사위의 배려까지 힘입어서

이 작품이 묶여 나왔음을 보고합니다. 이 모두 당신의 뜻이 발현된 현상
이라 믿습니다. 고맙고 고맙습니다. 마하반야바라밀.

2019년 8월
박주원

박주원 장편소설

갈밭을 헤맨 고양이들

제1권 비극의 잉태

지은이_ 박주원
펴낸이_ 조현석
펴낸곳_ 북인
디자인_ 푸른영토

1판 1쇄_ 2019년 09월 21일
출판등록번호_ 313 - 2004 - 000111
주소_ 121 - 842 서울 마포구 서교동 467 - 4, 301호
전화_ 02 - 323 - 7767
팩스_ 02 - 323 - 7845

ISBN 979 - 11 - 87413 - 51 - 6   03810

이 도서의 국립중앙도서관 출판예정도서목록(CIP)은 서지정보유통지원시스템 홈페이지
(http://seoji.nl.go.kr)와 국가자료종합목록시스템(http://www.nl.go.kr/kolisnet)에서
이용하실 수 있습니다. (CIP제어번호 : CIP2019035021)

이 책은 경남문화예술진흥원의 문화예술지원금을 보조받아 발간되었습니다.